DIE ALB, DIE LIEBE UND DER TOD

Martina Fiess stöberte als Journalistin so manche Leiche im Keller anderer Leute auf, trennte als Sachbuchlektorin Fiktion von Fakten und manipulierte als Werbetexterin den schönen Schein. Dank dieser perfekten Vorbildung veröffentlichte sie bereits zahlreiche unterhaltsame Kriminalromane und Kurzgeschichten. Seit einigen Jahren pendelt Martina Fiess zwischen Stuttgart und Schwäbischer Alb.
www.martina-fiess.de

Dieses Buch ist ein Roman. Handlungen und Personen sind frei erfunden. Ähnlichkeiten mit lebenden oder toten Personen sind nicht gewollt und rein zufällig.

MARTINA FIESS

DIE ALB, DIE LIEBE UND DER TOD

Kriminalroman

emons:

Bibliografische Information der Deutschen Nationalbibliothek
Die Deutsche Nationalbibliothek verzeichnet diese Publikation in der Deutschen Nationalbibliografie; detaillierte bibliografische Daten sind im Internet über http://dnb.d-nb.de abrufbar.

MIX
Papier | Fördert gute Waldnutzung
FSC® C083411
FSC
www.fsc.org

Umschlagmotiv: shutterstock.com/Simon Dux Media
Umschlaggestaltung: Nina Schäfer, nach einem Konzept von Leonardo Magrelli und Nina Schäfer
Umsetzung: Tobias Doetsch
Gestaltung Innenteil: DÜDE Satz und Grafik, Odenthal
Druck und Bindung: CPI – Clausen & Bosse, Leck
Printed in Germany 2022
ISBN 978-3-7408-1595-0
Originalausgabe

Dieser Roman wurde gefördert im Rahmen des Stipendienprogramms der VG WORT in NEUSTART KULTUR der Beauftragten der Bundesregierung für Kultur und Medien.

VG WORT

NEU START KULTUR

Die Beauftragte der Bundesregierung für Kultur und Medien

Über jeden Berg gibt es einen Weg,
der jedoch vom Tal aus nicht sichtbar ist.

Theodore Roethke

Prolog

Bald ist sie tot. Dann werde ich eine Sorge weniger haben.

Der Mann lehnte sich im Fahrersitz zurück und wartete geduldig. Im schwarzen Lack seines Wagens spiegelte sich das grellweiße Licht der Straßenlaternen. Der Audi TT stand in einer menschenleeren Seitenstraße gegenüber einem Industriebau. Hinter den beleuchteten Fensterreihen des Fitnessstudios im oberen Stockwerk sah er Menschen auf Fahrrädern in die Pedale treten. Erhitzte Gesichter mit Stirnbändern bewegten sich rhythmisch auf und ab. Durch die gekippten Fenster schallte Musik nach draußen auf den vollgestellten Parkplatz.

Als die Tür im Erdgeschoss aufschwang und eine junge Frau herauskam, krallten sich seine Finger um das Lenkrad. Seit Tagen hatte er ihre Gewohnheiten studiert, und heute würde er es tun. Endlich. Sie lief über den Parkplatz, das blonde Haar wehte hinter ihr her wie ein Schleier. Ihr hellblaues Top hatte die gleiche Farbe wie ihre Augen.

Eine schöne Frau, dachte er bedauernd. Schade, dass ihr Leben nun enden würde. Aber er hatte keine andere Wahl. Sie wusste zu viel.

Die Frau verließ den Parkplatz und ging die verlassene Straße entlang. Er wartete, bis sie nur wenige Meter vor ihm die Fahrbahn passierte und in die dunkle Gasse eintauchte. Fragte sie sich nicht, warum die Straßenlaternen in diesem Abschnitt nicht funktionierten? Er kannte die Antwort. Gestern Nacht hatte er die Glühbirnen mit gezielten Steinwürfen zerschmettert und die Scherben eingesammelt. Keine Spuren hinterlassen, darauf achtete er.

Ihre Leiche würde er auf der Alb in der Nähe von Ochsenwang deponieren. So konnte er den Verdacht auf jemanden lenken, der sie hasste und mehr als genug Gründe hatte, sie umzubringen.

Er drehte den Schlüssel im Zündschloss und hörte, wie der Motor ansprang und zufrieden schnurrte. Ohne die Scheinwerfer einzuschalten, gab er behutsam Gas und folgte der jungen Frau auf dem Weg zu ihrem Wagen. Er warf einen Blick in die Rück- und Seitenspiegel und vergewisserte sich, dass es keine Zeugen gab.

Entschlossen drückte er das Gaspedal durch. Die Beschleunigung presste ihn gegen die Lehne. Er steuerte direkt auf die Frau zu. Sie hielt inne und sah über die Schulter. Als sie den Audi bemerkte, der auf sie zuschoss, stieß sie einen Schrei aus, ließ ihre Sporttasche fallen und rannte um ihr Leben. Sie kam nur ein paar Meter weit, bis sein Wagen sie zu Boden stieß und überrollte.

Dienstag

Ausgerechnet die Schwäbische Alb! Isabella legte den fünften Gang ein und zog ihr Auto nach links auf die Überholspur. Denn genau dort gehörte sie hin. Auf die Überholspur. Die Straße der Gewinner. Aber leider lag ihre Zukunft nicht in Paris oder Barcelona, wie sie es sich in ihren Träumen ausgemalt hatte. An diesem trüben Mai-Nachmittag führte ihr Weg in irgendein Minikaff auf der Schwäbischen Alb, in dem die Schafe den ganzen Tag über gelangweilt blökten.

Noch vor zwei Wochen hätte sie Mark und Bein geschworen, dass ihr nächstes Zuhause ein Penthouse im Stuttgarter Nobelviertel Killesberg sein würde, wo die oberen Zehntausend standesgemäß in Halbhöhe residierten. Eingerichtet in geschmackvollen Beige- und Rosétönen, mit edler Bulthaup-Küche und original venezianischem Kronleuchter.

Mit einem herrischen Hupen blies der Fahrer hinter ihr zur Jagd auf ihren Kleinstwagen. Vor lauter Selbstmitleid hatte sie tatsächlich vergessen, dass sie keinen Sportwagen mehr fuhr, sondern ihren altersschwachen Agila aus Studienzeiten. Der Kastenwagen war nur dann überholspurtauglich, wenn die Straße bergab führte und der Rückenwind zusätzlich mithalf, was auf der flachen Strecke über die Filderebene nicht der Fall war.

Isabella passierte ein futuristisches Gebäude der Landesmesse mit schwingendem Dach. Sie tauchte in den Schatten des monströsen Parkhauses mit dem überdimensionierten blutroten Firmenschriftzug eines weltbekannten Automobilzulieferers ein. Trotz des gewaltigen Lärms, den der Motor des Agilas bei diesem Tempo produzierte, hörte Isabella das Kreischen eines startenden Flugzeugs. Kaum war die Maschine verschwunden, hupte es erneut.

Isabella schaute in den Rückspiegel und stieß einen Seufzer

aus. Eine weitere Gemeinheit des Schicksals. Ausgerechnet ein schwarzer Audi TT Coupé hing an ihrem Kofferraum. Bis vor ein paar Tagen hatte sie genau dieses Modell gefahren. Für die Verlobte des Juniorchefs eines renommierten Auktionshauses war das nur standesgemäß gewesen.

Die Fernlichter des rassig schönen Automobils blendeten mehrmals auf und ließen keinen Zweifel daran, wo der Platz aller Agilas war: eindeutig auf der rechten Fahrspur. Besonders im autofixierten Bundesland Baden-Württemberg, in dem man nicht ohne Grund vom »Heiligs Blechle« sprach.

So einfach wollte sich Isabella nicht in die zweite Reihe drängen lassen. Energisch trat sie das ausgeleierte Gaspedal durch. Aus dem Motorraum des Agilas drang der Geruch von verschmortem Gummi in die Fahrerkabine.

»Komm, altes Mädchen«, spornte Isabella ihren Wagen an. »Wir werden uns jetzt keine Blöße geben.«

Zentimeter für Zentimeter quälte sie sich an einem Möbellaster vorbei und scherte wieder auf die Verliererspur ein. Am Seitenstreifen tauchte ein Hinweisschild in einem geschmacklosen Braunton auf und wies auf die nächstgelegene Sehenswürdigkeit hin. Unter dem Wort »Nürtingen« war die Silhouette einer Kirche abgebildet.

Nürtingen? Von einer Stadt mit diesem Namen hatte Isabella noch nie gehört. Und wenn, dann hatte sie sie sofort wieder vergessen. Obwohl, war da nicht was mit Hölderlin gewesen? Egal. Bis ihre Ausfahrt nach Schwäbisch Sibirien kam, hatte sie noch ein paar Kilometer Gnadenfrist.

Gedemütigt sah sie dem schwarzen Audi TT hinterher. Das Sportcoupé zog so mühelos an ihr vorbei, als würde sie gar nicht existieren. Womit der Fahrer durchaus richtiggelegen hätte. Isabella Walser, dreiunddreißig Jahre alt, Kunsthistorikerin, aufstrebende freie Mitarbeiterin des renommierten Stuttgarter Auktionshauses Lichtenstein und Verlobte des gut aussehenden Juniorchefs, gehörte der Vergangenheit an. Statt der festen Anstellung, auf die sie gehofft hatte, und des Aufstiegs in die Geschäftsführung hieß es nun Aushilfsjob in der Einöde.

Ein bitterer Geschmack breitete sich in ihrem Mund aus. Schwäbische Alb. Das langweilige Mittelgebirge kannte sie bisher nur von längst verdrängten Wandertouren mit den Eltern. Und von eher beiläufigen Blicken aus dem Seitenfenster, wenn sie Richtung »Bella Italia« oder in angesagte Wintersportorte gefahren und die Burg Teck südlich der A 8 am Horizont erschienen war.

Dennoch ahnte Isabella, was sie erwartete: ein unverständlicher Dialekt aus Kehllauten wie »ra« und »dr«, nach Gülle stinkende Felder-Ödnis und aufgemotzte Audis mit wortkargen, pickelgesichtigen Fahrern, die samstagabends die Landeshauptstadt verstopften, weil sie die Sehnsucht nach der großen weiten Welt packte.

Unwillkürlich gab Isabella Gas, leider etwas zu heftig. Die Absätze ihrer Manolo Blahniks verhedderten sich in der abgewetzten Fußmatte. Ein paar Sekunden lang trudelte der Agila zwischen Mittellinie und Schutzplanken hin und her, bis sie ihre Edeltreter freibekommen hatte.

Plötzlich spürte sie ein dumpfes Vibrieren. Es kam von draußen. Im Rückspiegel sah sie einen riesigen Lastwagen heranpreschen. Der Fahrer hatte seine rote Ferrari-Kappe in die Stirn gezogen und schien sie anschieben zu wollen.

Isabella fühlte sich peinlich berührt. Sogar der Vieltonner war auf dem leichten Gefälle schneller.

Als sie den Blick im Spiegel senkte, landete er auf dem Rücksitz. Dort thronten ein Umzugskarton mit Kunstbänden, zwei pinkfarbene Hartschalenkoffer, ein silbernes Beautycase und ein in Luftpolsterfolie verpacktes Gemälde – das war alles, was sie bei der überstürzten Flucht mitgenommen hatte.

Der Tag, an dem Isabellas Leben ohne Vorwarnung auf den Kopf gestellt worden war, hatte wie üblich mit einem doppelten Espresso begonnen. Sie hatte an der Marmorplatte des

Stehtischs gelehnt, der den Küchenbereich in der luxuriösen Penthouse-Wohnung vom Esszimmer trennte. Während sie genießerisch an dem kleinen Schwarzen in ihrer Hand schnupperte, glitten ihre Augen erfreut über den attraktiven Mann, der barfuß und nur mit grauen Boxershorts bekleidet am Herd stand.

Alex schien ihren hungrigen Blick zu fühlen. Er drehte sich um und deutete mit dem Bratwender auf das köstlich duftende Kaviar-Omelett in der Pfanne. »Frühstück für die Dame des Hauses?«

Isabella lächelte und ignorierte das erfreute Knurren ihres Magens. »Nein, danke, Schatz. Ich muss los.« Sie trank den Espresso aus, stellte die Tasse auf den Marmortisch und fuhr Alex zum Abschied liebevoll durch die verwuschelten sandfarbenen Haare, die ihm einen unwiderstehlichen Out-of-bed-Look verliehen. »Angermaier hasst es, wenn man ihn warten lässt.«

Der mittelständische Unternehmer Hannes Angermaier mehrte um diese Uhrzeit normalerweise sein Vermögen durch die Produktion von Halbleiterplatten. Heute wollte er sich ausnahmsweise eine Auszeit nehmen, um Isabella persönlich seine wertvolle Sammlung von Kupferstichen zu zeigen. Dabei würde er jede Gelegenheit nutzen, um auf ihren Hintern zu starren. Das nahm sie in Kauf. Sie hoffte, dass Angermaier ihr einige seltene Stadtansichten von Stuttgart für die nächste Versteigerung im Auktionshaus überließ, in dem sie seit fast zwei Jahren arbeitete. Wenn dieser Coup gelang, würde sie endlich bei Alex' kritischem Vater punkten können, der sich hoffentlich bald in den Ruhestand zurückziehen würde.

Eine Stunde später hatte sich Isabella zwei von Angermaiers Kupferstichen gesichert, ohne auf seine Avancen einzugehen. Hocherhobenen Hauptes, wenn auch mit flauem Magen, war sie aus der protzigen Unternehmervilla mit ihren geschmacklosen vergoldeten Wasserhähnen und der von Löwenstatuen gesäumten Garagenzufahrt in exklusiver Degerlocher Waldrandlage gestöckelt. Auf die Butterbrezel, die Angermaier ihr nach seiner Privatführung angeboten hatte, hatte sie dankend verzichtet. Wegen der drohenden Fettflecke auf ihrem Kleid und weil sie dem gönnerhaften Patriarchen nicht kauend gegenübersitzen wollte. Das hätte ihre Position als ernst zu nehmende Geschäftspartnerin geschwächt.

Zur Belohnung beschloss Isabella, auf dem Weg in das Auktionshaus einen Zwischenstopp einzulegen und sich zu Hause eines der knusprigen Mohncroissants zu gönnen, die Alex am Morgen vom Bäcker geholt hatte.

Zufrieden mit sich und der Welt parkte sie ihren schwarzen Audi TT vor der Villa in der Hasenbergsteige. Drei Monate zuvor war sie in Alex' elegantes Loft im obersten Stock eingezogen und genoss seitdem jeden einzelnen Tag an der Seite ihres Traummanns.

Als sie die Wohnung betrat, hing der Duft des Kaviar-Omeletts noch in der Luft. Isabella ließ ihre Umhängetasche auf die Terrakottafliesen im Flur fallen, streifte im Gehen die Stilettos ab und steuerte die Küche an. Durch die verglaste Südseite flutete die Frühjahrssonne herein und tauchte das Loft in warmes gelboranges Licht.

Isabella ging am Schlafzimmer vorbei. Ein Geräusch ließ sie innehalten. Es klang, als würde Stoff rascheln. Jemand atmete tief aus. Und dann ... war das ein Lachen? Die Putzfrau konnte es nicht sein, denn die kam freitags.

Die Tür zum Schlafzimmer war einen Spaltbreit geöffnet, bemerkte Isabella. Sie trat näher. Der herbe Duft von Alex' Duschgel stieg ihr in die Nase. Ihr Blick fiel auf eine blonde Hochsteckfrisur, aus der sich einzelne Strähnen gelöst hatten. Was auch an der Männerhand liegen mochte, die sich darin verkrallte. Ein zarter Nacken, nackte Schultern, genussvolles Stöhnen.

Die Blondine thronte auf der seidenen Bettdecke wie auf einer maisgelben Wolke und wandte Isabella den Rücken zu.

Das goldfarbene Haar passte farblich perfekt zur Bettwäsche, wie Isabella als visuell orientierte Kunsthistorikerin automatisch registrierte. Dann visierte sie die Hand in der Hochsteckfrisur an. Und den mattierten Platinreif am linken Ringfinger. Darüber tauchte das lustverzerrte Gesicht des Mannes auf. Sein Mund war offen und er keuchte. Das sandfarbene Haar war zerzaust. Mit geschlossenen Lidern genoss Alex die sexuelle Liebkosung der Blondine, die sich auf seinem Schoß auf und ab bewegte.

Nichts wie weg hier! Um die deprimierende Erinnerung hinter sich zu lassen, drückte Isabella das Gaspedal des Agilas bis zum Anschlag durch. Kaum hatte sie Schwung gewonnen, schoss von links etwas Großes, Blaues heran und scherte vor ihrer Fronthaube auf die Fahrbahn ein.

Isabella trat hart auf die Bremse, um nicht auf den Pick-up aufzufahren, dessen Laderampe kaum mehr als drei Meter vor ihr wie eine blaue Wand aus Metall aufragte. Ihre Handflächen wurden feucht, und sie umklammerte das Lenkrad fester. Abrupt und ohne zu blinken, bog der Pick-up in die Ausfahrt Kirchheim/Teck-West ein.

Erneut bremste Isabella. Der Agila brach nach rechts aus, als wäre er auf eine Ölspur geraten, und schlingerte auf die Schutzplanke zu. Sie löste den Stiletto von der Bremse und steuerte sachte nach links gegen, bis der Agila sich wieder in der Spur befand.

Während ihr Puls sich beruhigte, warf sie einen Blick zur Hügelkette des Albtraufs. Die Autobahn folgte seinem Verlauf bis zum Albaufstieg. Auf einem erstaunlich hohen Hügel – oder war das ein Berg? – machte sie den runden weißen Turm von Burg Teck aus, der sich über reichlich Gemäuer in den frühlingsblauen Himmel schob. Wenn sie sich richtig erinnerte, war die Burg ein Nachbau aus dem 19. Jahrhundert und wurde als Wanderheim genutzt.

Bei dem Gedanken an muffelnde Wollsocken und karierte

Wanderhemden rümpfte Isabella die Nase. Wandern war mit Abstand die schlimmste Freizeitbeschäftigung, die sie sich vorstellen konnte. Sinnlos durch die Gegend zu trampeln war nur etwas für Menschen, die mit ihrem Leben wirklich nichts Besseres anzufangen wussten. Oder die kein Geld für andere Hobbys hatten, wie es bei ihren Eltern der Fall gewesen war.

Die Burg wirkte noch genauso langweilig wie bei ihrer Fahrt zur Mailänder Möbelmesse im April. Dort hatten sie und Alex nach jungen Designern Ausschau gehalten. In ihrem Fünfsternehotel hatte Alex ein romantisches Abendessen auf der Dachterrasse arrangiert. Champagner und Austern mit phänomenalem Blick auf die weltberühmte Domfassade.

Isabella wurde es eng im Hals. Fast erleichtert begrüßte sie ein Hinweisschild für die nächste Ausfahrt, das ihre Aufmerksamkeit forderte. An die grobe Anfahrtsbeschreibung, die ihre Schwester Angie ihr gestern am Handy durchgegeben hatte, erinnerte sie sich nur vage. Sie wusste nur noch, dass sie hier die Autobahn verlassen musste. Als Eselsbrücke hatte sie sich den ersten Buchstaben »O« von Kirchheim-Ost gemerkt – »o« wie öde. Entschlossen setzte sie den Blinker.

Angies Hotel lag dreihundert Meter höher in einem kleinen Kaff, zu dem eine kurvige Straße hinaufführte. Isabella durchquerte einen Ort namens Nabern und fuhr durch einen Kreisverkehr. Unterwegs staunte sie, wie grün die Landschaft hier war. Überall Bäume, Büsche, Wiesen und Wälder.

Womit beschäftigen sich die Menschen hier nur, ganz ohne Cafés, Restaurants, Galerien oder Museen?, fragte sie sich.

An einem Hügel vorbei, hinter dem sich ein kegelförmiger Berg aus der Ebene schob, ging es steil aufwärts. Nach einer Haarnadelkurve öffnete sich eine weite Fläche. Ein Ortsschild begrüßte Isabella in Ochsenwang. Sie folgte den Anweisungen ihrer Schwester und landete auf einer schmalen Straße mit dicht gedrängten Häusern, die ins Niemandsland zu führen schien.

Isabella schaltete einen Gang zurück und löste den Sicherheitsgurt, während sie sich nach einem repräsentativen Hotelgebäude umsah. Die Straße ging in einen Feldweg über. Rechter Hand erstreckte sich ein Acker. Auf der zerfurchten Fläche reihten sich grüne Pflänzchen. Ein stechender Geruch drang in das Wageninnere. Kuhmist. Wo sollte sich in dieser gottverlassenen Gegend ein gehobenes Landhotel befinden?

Plötzlich tauchte vor ihr auf dem Weg ein rötliches Etwas auf. Isabella riss das Lenkrad herum. Es polterte heftig, und sie wurde durchgeschüttelt. Abrupt kam der Agila zum Stehen. Der Motor starb ab. Isabella knallte mit der Stirn an die Frontscheibe.

Bissiger Ammoniakgestank stieg ihr in die Nase. Von irgendwoher kam eine weibliche Stimme, die »Gott sei Dank« und »Lucinda« rief.

Vermutlich hatte sie ein Schleudertrauma erlitten, und zwar im Hörzentrum ihres Gehirns. Isabella sank gegen die Kopfstütze und fasste sich benommen an die Stirn. Um sie herum war alles braun. Sie war mitten in dem gülleverseuchten Acker gelandet. Und sie hatte Visionen. Denn etwas anderes konnte das da vor ihr nicht sein. Eine Gestalt in einem bunten, wallenden Kleid fing ein aufgescheuchtes Huhn ein, dessen Gefieder fast denselben Farbton wie die orangeroten Korkenzieherlocken der Frau hatte.

Sie klopfte an die Seitenscheibe. »Hallo, da drin, alles in Ordnung?« Ihre von Sommersprossen bedeckte Nase berührte fast das Glas. Tannengrüne Augen mit rötlich braunen Wimpern musterten Isabella. »Bist du verletzt?«

Isabella tastete nach der Kurbel und öffnete das Seitenfenster. »Was ist passiert?«

Die Frau lächelte und zeigte zwei weiße Reihen kleiner Zähne, die leicht übereinanderstanden. »Du hast Lucinda gerettet.« Ihr Kinn wies auf das Huhn in ihren Armen. »Das wilde Ding ist dir vors Auto gelaufen. Du hast blitzschnell reagiert.«

Isabella öffnete die Tür. Die Frau trat einen Schritt zurück, ging in die Hocke und setzte das Huhn ab. Das Federvieh schlug mit den Flügeln und rannte gackernd über die Schollen des Ackers davon.

Die Frau lachte. »Grüß dich, du tapfere Hühnerretterin. Ich bin Karlotta.« Sie schüttelte Isabellas Hand mit festem Griff.

Isabella kletterte aus dem Auto und versuchte, nur durch den Mund zu atmen.

»Sei vorsichtig, deine Schuhe sind nicht gerade ideal für eine Ackerüberquerung«, warnte Karlotta.

Keine Sekunde später gab die Erde unter Isabella nach. Ihre Stilettos sanken in eine Furche, und das Schlangenmuster des hellen Brokatstoffs wurde von einer braunen Brühe überspült.

»Uaaah«, stieß Isabella aus und stapfte auf den Ballen durch den feuchten Acker. Nach ein paar Metern hatte sie den Weg erreicht und schlüpfte aus ihren Schuhen.

»Hast du dich verfahren?« Karlotta deutete auf Isabellas Nummernschild, das sie als Bewohnerin der Landeshauptstadt auswies. »Suchst du das Mörikehaus?«

»Nein.« Isabella blickte dem Tier hinterher, das sich zu einigen Artgenossen gesellte, die auf einer Wiese nach Insekten pickten. »Dein Huhn heißt Lucinda?«

Karlotta nickte. »Mhm. Ist an dem Tag geschlüpft, an dem Lucinda Riley gestorben ist, die Schriftstellerin. Da hab ich das Küken nach ihr benannt.«

»Romantikkitsch«, murmelte Isabella.

Karlotta schien es trotzdem gehört zu haben. »Die Riley schreibt gar nicht so kitschig, wie viele denken.« Sie lächelte und zeigte erneut die Zähne.

»Das kann ich nicht beurteilen. Ich lese keine Liebesromane.« Niedergeschlagen betrachtete Isabella die teuren High Heels in ihrer Hand, deren Farbe von Creme zu Braun gewechselt hatte. »Mein Name ist Isabella. Ich bin auf der Suche nach einem exklusiven Landhotel, es heißt ›Wacholderblick‹.«

»Hier gibt's kein Landhotel.« Karlotta unterdrückte ein

Kichern. »Nur eine einfache Pension. Und die ist weniger exklusiv, vielmehr ... sagen wir mal ... romantisch.«

»Romantisch?«

»Eineinhalb-Sterne-Klasse. Hast du ein Zimmer gebucht?«

»Nicht direkt. Das Hotel gehört meiner Schwester, sie wartet auf mich. Ist es weit? Ich glaube nicht, dass mein Auto es von allein aus dem Acker schafft.«

»Die Pension ist dort drüben.« Karlotta zeigte zu zwei nahe gelegenen Häusern.

»Gut, dann gehen wir das kurze Stück zu Fuß. Mein Gepäck hole ich später.«

Die Frauen näherten sich der Häusergruppe. Links stand ein schiefes Fachwerkhaus mit Scheune. Schräg gegenüber befand sich ein kleiner Bauernhof mit Hühnerhaus und Kräutergarten.

»Da wohne ich«, sagte Karlotta. »Und dort in dem halb verfallenen Haus lebt Bauer Schmalz, dem der Acker gehört.«

Im Hof rosteten ein betagter Traktor und ein Moped mit zerbeultem Radblech vor sich hin.

Ein vierstöckiges Haus mit grünen Fensterläden und Mansarddach kam in Sichtweite. Umgeben war es von einer halbhohen Hecke, hinter der sich ein verwilderter Garten erstreckte. Ausgetretene Steinstufen führten zur Eingangstür hinauf. Über dem Vordach sah Isabella eine verblichene Schriftzeile in Schwarz, von der nur die Silben »Wach« und »blick« übrig waren.

Sie schluckte heftig. War dies das gehobene Landhotel, das sie den Sommer über führen sollte?

Eine dunkelhaarige Frau in einem grünen Kleid trat auf die Schwelle. Isabella hatte ihre Schwester seit dem letzten Sommer nicht mehr gesehen, dennoch erkannte sie Angie sofort. Von ein paar Kilo mehr auf den Hüften und einer für diese Jahreszeit ungewöhnlichen Bräune im Gesicht abgesehen, hatte sie sich nicht verändert.

»Isa, na endlich!«, rief Angie und winkte Isabella. »Ich warte schon auf dich, mein Taxi kommt in einer halben Stunde.« Sie deutete auf zwei Lederkoffer am Fuß der Eingangstreppe.

»Achtung, gleich kommt wieder was Romantisches«, raunte Karlotta und kicherte, was sie offenbar gern tat. »Ich muss los. Die Hühnerbande steuert meinen Kräutergarten an. Das Hotel hast du ja nun gefunden.« Sie lief zu den Hühnern und kreiste mit den Armen. »Sch, sch, weg mit euch.«

Isabella straffte die Schultern und trat an das Gartentor. »Hallo, Angie. Das ist also dein Hotel.« Sie blickte an der Hausfassade hoch. Aus der Nähe waren die abblätternde grüne Farbe an den Fensterläden und die Spinnweben, die sich über die Scheiben der oberen Stockwerke zogen, nicht zu übersehen.

»Hotel?«, wiederholte Angie. »Wer hat was von einem Hotel gesagt? Bestimmt Mama, oder?«

»Nein. Mama hat damit nichts zu tun. Ich dachte nur, dass du vielleicht endlich …«

Gerade noch rechtzeitig brach Isabella ab. Nachdem sie sich so lange nicht gesehen hatten, wollte sie ihrer Schwester nicht gleich deren Vorliebe für Drittklassiges unter die Nase reiben.

»Freut mich, dich zu sehen«, sagte sie stattdessen.

Angie kam über den Gartenweg auf sie zu, öffnete das Holztor und beäugte sie von Kopf bis Fuß. »Wie immer die erfolgreiche Businessfrau, tadellos frisiert und im teuren Kostüm.« Ihr Blick fiel auf die in Mitleidenschaft gezogenen High Heels in Isabellas Hand.

Nun registrierte Isabella den unangenehmen Geruch, der von ihnen aufstieg.

»Na, dass du mit so feinen Stadtschühchen bei uns nicht weit kommst, scheinst du bereits gemerkt zu haben«, sagte Angie.

Isabella musterte das Kleid ihrer Schwester. Was war nur mit der Taille los? War Angie in der Mitte wie Hefeteig auseinandergegangen?

Inzwischen hatte Angie den Agila im Acker entdeckt. »Sag bloß, das ist dein Auto? Ich dachte, du fährst einen Sportwagen?«

Woher Angies Information stammte, ahnte Isabella. »Das hat Mama dir erzählt, hm?« In ihrem Inneren bildete sich ein Knoten. »Da ist sie nicht up to date.«

»Komm, ich zeige dir das Wichtigste. Die Gäste sind auf einer Kräuterwanderung im Bissinger Tal, du kannst dich also in Ruhe umsehen.« Angie ging zurück zur Eingangstreppe. »Leider haben wir nicht mehr viel Zeit. Ich konnte auf einen früheren Flug umbuchen und bin zum späten Abendessen bereits bei Costa auf Kreta. Ach, das wird ein Sommer voller Leidenschaft!«

Isabella folgte ihr die Stufen hinauf. Angie schob die Holztür auf und bat sie herein.

Im Flur roch es nach Keller. Der helle Steinboden sah ziemlich mitgenommen aus, trotzdem zögerte Isabella wegen ihrer feuchten Füße. »Ich möchte dir nicht den Boden versauen.«

Angie machte eine wegwerfende Handbewegung. »Ach, hier müsste sowieso dringend geschrubbt werden. Tritt ein, bring Glück herein.« Mit einem Lächeln ergänzte sie: »Bring noch mehr Glück herein, sollte ich besser sagen. Wer hätte gedacht, dass ich ausgerechnet in einem Yoga-Retreat einen derart phantastischen Mann treffe.«

Phantastische Männer. Schon wieder das falsche Thema, dachte Isabella, während sie Angies Lobeshymnen über ihre Urlaubsbekanntschaft über sich ergehen ließ. Die feuchten Schuhe stellte sie neben der Haustür ab.

Angie führte Isabella durch das Erdgeschoss und zeigte ihr den Wintergarten, wie sie den lichtdurchfluteten Raum mit schlichten Holztischen und Stühlen, Kamin und zwei Sofas entlang der Wände hochtrabend bezeichnete. »Hier frühstücken die Gäste. Auch das Abendessen wird hier serviert.«

»Abendessen?« Ein mulmiges Gefühl machte sich in Isabella breit.

»Ja. Für die Gäste, die Halbpension gebucht haben.«

»Wie viele Personen wohnen zurzeit im Hotel? Äh, in der Pension?«

Angie hob ihre rechte Hand hoch und klappte den Daumen ein. »Vier. Ein junges Paar auf Hochzeitsreise, eine Fotografin und ein Wanderfreak. Sind alle sehr nett, wenn auch etwas eigen. Daran gewöhnst du dich bald. So, und dort geht's zur Küche und zum Büro, das auch als Rezeption dient.«

Angie wollte Isabella gerade die kleine Dachwohnung zeigen, die sie ihr während der nächsten Monate überließ, als es vor dem Haus zweimal hupte. Sie öffnete das Fenster und schaute nach unten.

»Das Taxi ist zu früh dran. Das Wichtigste hast du gesehen. Falls du Fragen hast, wende dich an Karlotta. Sie weiß Bescheid.« Angie drehte sich einmal im Kreis und hob ausgelassen die Arme. »Yassou, Griechenland! Ich komme!«

Verblüfft von so viel Temperament, wich Isabella zurück. Seit wann war ihre Schwester derart ausgelassen? Ob das die Hormone waren? Aus der Nähe hatte sie in Angies dunkelbraunem Schopf einige graue Strähnen ausgemacht und auf die Wechseljahre getippt. Nun ging ihr auf, dass ihre Lebenslust weniger auf Hormonschwankungen als auf diesen Costa zurückzuführen war.

Ein griechischer Lover. Na ja, dachte sie. Nicht mein Geschmack. Zu viel Knoblauch.

Angie überreichte Isabella den Schlüssel und lief die Stufen hinunter ins Erdgeschoss. Auf der Türschwelle fügte sie hinzu: »Du kannst auch Frau Gandolfini, die Fotografin, fragen. Sie ist seit Jahren Stammgast. Oder du schickst mir eine E-Mail. Es kann allerdings dauern, bis du von mir hörst. Costa will mir die Insel zeigen und mich seiner Familie vorstellen. Ach, das wird so romantisch!«

Durch das Dachfenster verfolgte Isabella, wie Angie das Haus verließ und dem Taxifahrer zunickte, der auf die beiden Koffer wies. Angie öffnete die Tür und wollte einsteigen, als sie zögerte und zu Isabella hochschaute. »Ach, Isa, das hätte ich beinahe vergessen. Ein Mann hat angerufen und nach dir gefragt.«

Isabellas Herz schlug schneller. »Ein Mann? Wie war sein Name? War es Alex? Alex Lichtenstein, meine ich?« Auch wenn die beiden sich nie kennengelernt hatten, hatte sie ihre Schwester Alex gegenüber natürlich erwähnt.

»Den Namen weiß ich nicht mehr. Er hat sich erkundigt, ob ich wüsste, wo du bist. Ich habe gesagt, dass du heute kommst und meine Vertretung übernimmst. Bestimmt meldet er sich wieder. Die Adresse habe ich ihm durchgegeben.«

Angie ließ sich auf der Rückbank des Taxis nieder.

Schade, dass sie den Namen vergessen hatte, dachte Isabella. Sie hätte zu gern gewusst, wer nach ihr gesucht hatte und nun ihren aktuellen Aufenthaltsort kannte. Schließlich war es ihr Plan gewesen, hier auf der Alb für eine Weile unterzutauchen. Vielleicht war der Anrufer ja jemand anders als Alex gewesen, überlegte sie. Womöglich sein Vater, der empört war, weil sie von einem Tag auf den anderen nicht mehr zur Arbeit gekommen war und sich dann krankgemeldet hatte.

Das Taxi wendete und entfernte sich im Schritttempo. Auf Höhe des Ackers, in dem der Agila steckte, winkte Angie ihr noch einmal strahlend zu. Isabella brachte nicht mehr als ein schmales Lächeln zustande. Am liebsten hätte sie auch ein Taxi gerufen und diesen Ort sofort wieder verlassen. Aber welches Ziel hätte sie dem Fahrer angeben sollen?

Mit hängenden Schultern trottete sie die Treppe hinunter.

»Wetten, deine Schwester kehrt mit einem Verlobungsring aus Griechenland zurück?« Karlotta kam von ihrem Bauernhof herübergeschlendert. »Falls sie überhaupt jemals wieder zurückkommt. Dieser Costa muss ein Hauptgewinn sein, so wie sie von ihm schwärmt. Ich kenne nur seine Stimme, und die klingt sexy.«

Auf Isabellas fragenden Blick hin ergänzte sie: »Ich habe neulich mit ihm telefoniert. Beziehungsweise bin ans Telefon gegangen. Angie war in Kirchheim, um fürs Abendessen einzukaufen. Apropos Abendessen. Hat Angie dir erklärt, was dafür zu tun ist?«

»Nein. Vielleicht kannst du mir den Koch vorstellen? Dafür hat die Zeit nicht mehr gereicht.«

»Koch?« Karlotta wirkte belustigt. »So nobel ist dieses Etablissement nicht. Fürs Abendessen bist du zuständig, hat Angie dir das nicht gesagt? Am Samstag hat sie einen Großeinkauf angeschleppt. Du müsstest also genügend Zutaten im Haus haben. Es sei denn, du möchtest an deinem ersten Abend ein Galadinner servieren.«

»Zutaten? Soll das bedeuten, ich muss das Essen selbst zubereiten?« Ein Schwindelanfall ließ Isabella gegen den Türrahmen sinken. »Also ... ich soll ... kochen?«

»Keine Sorge. Die Gäste wissen, dass du heute angekommen bist. Drei normale Gänge reichen völlig, und den Nachtisch essen meist nur die beiden Frischverliebten.«

»Drei Gänge?« Isabellas Stimme flatterte.

»Yep. Ist das ein Problem für dich?« Karlotta musterte sie neugierig.

Isabella schüttelte beherzt den Kopf. Drei Gänge für eine mittelmäßige Landpension, das würde sie ja wohl schaffen. Auch wenn sich ihre kulinarischen Erfahrungen der letzten Jahre auf Toaströsten und Austernöffnen beschränkt hatten. Und auf das Genießen der opulenten Menüs, die Alex für sie zauberte und die sie oft nackt im Bett verspeisten. Verspeist hatten. Wie auch immer, für solche Notfälle war schließlich YouTube erfunden worden.

»Bevor es dunkel wird, sollten wir dein Auto retten.« Karlotta deutete auf Isabellas Agila, der etwa zwanzig Meter entfernt stand. »Wenn Bauer Schmalz den in seinem Acker sieht, packt er womöglich die Mistgabel aus.«

»Hilfst du mir?«

»Ehrensache. Was Besseres hab ich heute sowieso nicht vor.«

Die Frauen folgten dem Fahrweg zurück bis zum Acker. Spitze Steinchen piksten in Isabellas Fußsohlen. Die Seidenstrümpfe würde sie wegwerfen müssen, genau wie die teuren Manolo Blahniks.

Unauffällig schaute sie zu Karlottas Füßen. Turnschuhe. Markenlos. Und leicht verlatscht, dachte sie, schaffte es aber, das Gesicht nicht zu verziehen. Ihre üblichen Maßstäbe konnte sie hier auf dem Land kaum anlegen. Sie seufzte.

»Keep cool, Isabella. Das schaffen wir«, tröstete sie Karlotta, die wohl davon ausging, Isabellas Seufzer gelte dem Agila. »Vielleicht springt er sofort an. Diese alten Kisten sind robuster als die neumodischen Elektronikwunder, bei denen sogar ein Mechaniker ohne Laptop nicht weiterkommt.«

Als Isabella den Weg verließ und auf den Acker trat, überkam sie ein leichtes Frösteln, obwohl die Temperatur gute zwanzig Grad betrug. Mit einem saftigen Schmatzen sank ihr Fuß bis zum Knöchel in eine matschige Furche. Unter Karlottas schallendem Gelächter stakste sie über den Acker zum Agila, stieg ein und drehte den Schlüssel herum. Nichts regte sich. Nach einem erneuten Versuch hörte sie ein tiefes Brummen, das stetig lauter wurde. Das Motorengeräusch ging nicht von ihrem Wagen aus.

»Da ist unser Retter in der Not.« Karlotta winkte mit den Armen, als würde sie ein Flugzeug einweisen. Aus dem Ort näherte sich ein blaues Ungetüm. »Ist zwar kein Ritter auf einem weißen Pferd, dafür ein starker Mann in einer PS-strotzenden Karosse.« Sie hob die Handflächen, um das Auto anzuhalten.

Isabella traute ihren Augen nicht. Entweder waren Pick-ups in dieser Gegend außergewöhnlich beliebt, vor allem blaue, oder das Schicksal spielte ihr einen Streich. Der Fahrer wich nach links aus und Isabella hatte den Eindruck, er wolle an Karlotta vorbeifahren.

Beherzt trat diese einen Schritt vor und rief: »Stopp, Leon! Wir brauchen deine Hilfe.«

Reifen quietschten und Staubwolken wirbelten auf. Kaum

mehr als einen Meter vor Karlotta kam der Wagen zum Stehen. Sie warf Isabella einen triumphierenden Blick zu und reckte den Daumen.

Die Tür des Pick-ups schwang auf, und der Fahrer sprang heraus. Durchlöcherte Jeans, Holzfällerhemd, Cowboystiefel. Sicherheitshalber blieb Isabella im Agila und beobachtete, wie sich Karlotta und der Mann unterhielten.

Die rothaarige Frau deutete zur Pension und dann auf Isabellas Agila.

Der Fahrer schob eine Hand in die Gesäßtasche seiner Jeans, mit der anderen strich er sich über den struppigen Bart. Seine Mimik wirkte nicht besonders enthusiastisch. Jedenfalls der Teil seines Gesichts, der nicht von rötlich braunen Borsten überwuchert war.

Nun wandten sich die beiden Isabella zu.

Sie kurbelte die Scheibe herunter. »Hallo. Wir kennen uns bereits. Sie haben mich vorhin auf der Autobahn geschnitten.«

Der Mann zeigte keine Regung.

Karlotta wirkte einen Augenblick verwirrt, nahm das Heft aber sofort wieder in die Hand. »Leon, das ist Isabella. Sie ist Angies Schwester und übernimmt während des Sommers die Pension.« Dann deutete sie auf den Fahrer. »Isabella, darf ich vorstellen: Leon. Er wohnt gegenüber der Pension und hat sich netterweise bereit erklärt, deinen Wagen aus dem Acker zu ziehen.«

Als Isabella zu ihrem Helfer schaute, verdrehte der die Augen. Ganz freiwillig war seine Rettungsaktion demnach nicht. Was hätte er tun sollen? Karlotta überfahren?

Es dauerte einige Sekunden, bis Leon ihr sehr zurückhaltend zunickte. Isabella nickte genauso stoisch und blickte auf den Agila. »Soll ich lieber aussteigen?«

»Nein, bleib einfach sitzen, Leon und ich machen das.« Vor lauter Eifer waren ihre Wangen so rot, wie es die Äpfel auf der Obstbaumwiese neben dem Acker im Herbst sein würden.

Leon nahm jetzt ein Abschleppseil von der Ladefläche des

Pick-ups und kam über den Acker auf Isabella zu. Seine Cowboystiefel versanken weniger tief im Morast als ihre Füße. Vor dem Agila angekommen, bückte er sich und klinkte eine Öse des Seils im Abschlepphaken ein.

»Handbremse lösen, Gang raus.« Sein strenger Tonfall verdeutlichte, wie lästig ihm die Aktion war.

Isabella befolgte seine Anweisungen.

Schließlich ging Leon zurück auf den Weg, befestigte das andere Seilende an der Anhängerkupplung des Pick-ups, stieg ein, startete und rangierte geschickt hin und her, bis das Seil nicht mehr durchhing. Dann fuhr er auf die Wiese gegenüber und mähte die kniehohen gelb und violett blühenden Butterblumen und Storchenschnabel nieder.

Ein Ruck ging durch den Agila. Isabella wurde gegen die Lehne gedrückt. Sie presste die Zähne aufeinander, falls die Fahrt holprig werden sollte. In Zeitlupe rollte der Agila aus der Furche und bewegte sich in stetem Auf und Ab auf den Weg zu. Kaum waren alle vier Räder dort angekommen, sprang Leon aus dem Pick-up und löste das Abschleppseil. Isabella zog die Handbremse an.

»Du bist großartig, Leon!« Karlotta klatschte Beifall. »Dafür bekommst du morgen ein paar Frühstückseier extra.«

Ohne eine Miene zu verziehen, stieg Leon wieder ein und fuhr zu dem Fachwerkhaus gegenüber der Pension. Er parkte vor der Scheune und verschwand wortlos im Haus.

»Das war nett von deinem schweigsamen Freund«, sagte Isabella.

Karlotta schnaubte. »Leon ist doch nicht mein Freund.« Sie fuhr sich durch die roten Locken. »Er ist nur ein Nachbar, der nicht viel Worte macht, dafür aber zur Stelle ist, wenn man einen braucht. Einen Freund, meine ich.« Sie kickte mit dem Turnschuh ein Steinchen weg.

Isabella startete den Agila. »Möchtest du mitfahren?«

Karlotta winkte ab. »Die paar Meter schaffe ich zu Fuß.«

Im Schritttempo fuhr Isabella zur Pension und hielt neben

dem Gartentor. Sie stieg aus, öffnete die hintere Tür und nahm die beiden pinkfarbenen Koffer und das silberne Beautycase heraus. Als sie den Umzugskarton über den Rücksitz zerrte, kam Karlotta ihr zu Hilfe.

»Hast du den fünfundzwanzigbändigen Brockhaus dabei?«, fragte sie keuchend und brachte ihre Fußspitzen in Sicherheit, bevor sie den Karton auf dem Boden abstellten. Sie faltete ihn auf. »Adolf Hölzel, Willi Baumeister, Sonderborg … Willst du eine Buchhandlung eröffnen?«

»Das sind Ausstellungskataloge. Von Künstlern, die in Stuttgart gelebt oder an der Kunstakademie gelehrt haben.«

Karlotta zog einen Katalog heraus und blätterte darin. Mit ratlos wirkendem Gesichtsausdruck meinte sie: »Erinnert mich an Stromleitungen. Ist das Kunst?«

»Moderne Kunst, um genau zu sein. Der Maler heißt Sonderborg.« Isabella wunderte sich nicht über Karlottas Verwirrung. In Stuttgart war dieser Maler sehr bekannt. Hier standen die Menschen wohl mehr auf röhrende Hirsche.

Sie deutete auf eine Grafik, die schwarze Striche auf weißem Grund zeigte, wild durcheinander und voller Energie. »Mit Stromleitung liegst du richtig. Sonderborg war fasziniert von Strukturen wie Bündeln elektrischer Leitungen oder Wirbeln im Wasser.« Sie nahm Karlotta den Katalog aus der Hand und schob ihn in den Karton zurück. »Ist mein Spezialgebiet.« Nach kurzem Zögern korrigierte sie: »Oder war es.« Sie lehnte sich über den Rücksitz und griff nach einem rechteckigen Rahmen, der an die Lehne gestützt und in Luftpolsterfolie verpackt war.

In diesem Moment meldete sich ihr Handy mit einem Piepton. »Nimmst du mir das Gemälde ab? Vorsicht, es ist wertvoll«, bat sie Karlotta.

Diese griff behutsam nach dem ungefähr DIN-A3-großen Kunstwerk und hielt es mit ausgestreckten Armen von sich.

Nach einem Blick auf ihr Handy sah Isabella auf und zuckte mit dem Mundwinkel. Bereits einen Tag nach dem abrupten

Ende ihres beruflichen Engagements im Auktionshaus Lichtenstein hatten ihre Kollegen die Aufgabe übernommen, interessante Hintergrundinfos über Instagram, Twitter und andere Kanäle zu posten, um die Neugier potenzieller Kunden auf die nächste Auktion zu wecken. Diese neue Form der Kommunikation war ihre Idee gewesen und hatte ihr, wenn auch kein Lob, immerhin ein knappes Nicken des ihr gegenüber sonst so kritischen Seniorchefs eingetragen.

Schnee von gestern. Sie schob den schmerzlichen Gedanken beiseite und nahm Karlotta das Bild ab.

Sichtlich erleichtert, atmete die Nachbarin auf. »Lass mich raten – auch Kunst?«

Isabella nickte. »Das Gemälde habe ich aus Stuttgart mitgebracht«, sagte sie vage. Mangels freier Hand schob sie das Gartentor mit der Hüfte auf. »Ich bringe es am besten in Sicherheit.«

Im Flur angekommen, sah sie sich nach einem geschützten Platz um und stellte das Bild auf einer Kommode neben der Garderobe ab.

Mit Karlottas Hilfe schaffte sie ihr Gepäck ins Dachgeschoss. Zuvor hatte sie keinen Blick in Angies Wohnung werfen können, weil das Taxi gekommen war. Nun war sie umso gespannter, was sie erwartete. Schließlich würde dies für die nächsten Monate ihr Zuhause sein.

Als sie das Reich ihrer Schwester betrat, wurde ihr eng ums Herz. Der quadratische Raum war mit Möbeln vollgestellt und wirkte durch die Dachschrägen zusätzlich beengt. Gestreifte Webteppiche und Vorhänge mit Streublümchen jagten ihr einen Schauer über den Rücken.

»Dies ist das Bad«, erklärte Karlotta, die Isabella gefolgt war und deren Beklemmung nicht zu bemerken schien. »Und hier ist die Schlafnische.« Sie zog einen geblümten Vorhang zurück.

Ein ungemachtes Bett mit Batiküberzug kam zum Vorschein. Es war in einer Vertiefung unterhalb der Dachschräge untergebracht und erinnerte an eine platzsparende Koje auf einem Boot. Daneben standen ein altmodischer Nachttisch und ein Kleiderständer, auf dem sich Pullis, Röcke und Hosen übereinandertürmten. In einem Regal waren Bücher quer und längs durcheinander gestapelt. Anhand der Pastellfarben auf Covern und Buchrücken schloss Isabella auf seichte Unterhaltungslektüre. Anscheinend hatte Angie die Leidenschaft ihrer Mutter für Liebesromane geerbt. Das passte, denn sie war nach Angelique, der Lieblingsheldin ihrer Mutter, benannt.

Bestürzt sah sich Isabella um. Vor ihrem inneren Auge tat sich ein weiter Raum auf, der sich über zwei Stockwerke erstreckte und zur Südseite hin verglast war. Schwarzweißer Marmorboden, moderne Sitzmöbel, abstrakte Gemälde an den Wänden …

»Die Ordentlichste ist deine Schwester nicht gerade«, sagte Karlotta und holte Isabella in die Realität zurück. »Aber dafür hat sie die Pension umso besser im Griff. Wenn du Platz brauchst, oben ist ein Dachboden. Dort kannst du etwas unterstellen.«

Isabella nickte und hoffte, dass der Dachboden groß genug für so ziemlich alles in dieser Wohnzelle war.

Karlotta sah auf ihre Armbanduhr. »Bald sechs. Du musst dich ans Abendessen machen. Um halb acht wird im Wintergarten serviert.«

»Okay. Meine Sachen räume ich später ein. Dann geh ich jetzt am besten in die Küche.«

»Mach das«, erwiderte Karlotta munter. »Ich wünsche dir …« Sie stockte, als Isabellas Handy erneut piepte. Da Isabella keine Anstalten machte, auf ihr Telefon zu sehen, fuhr sie fort. »Ich wünsche dir einen guten Einstand. Wir sehen uns morgen, wenn ich die Frühstückseier vorbeibringe.« Sie polterte die Treppe hinunter. Sekunden später fiel die Haustür ins Schloss.

Unschlüssig blickte Isabella an sich hinab. Ihr teures Markenkostüm hatte bereits Schmutzspritzer abbekommen, war aber dennoch nicht die richtige Bekleidung, um am Herd herumzuhantieren. Sie öffnete einen der pinkfarbenen Koffer und durchwühlte die Kleider, die sie mitgebracht hatte. Vor allem Hosenanzüge und Businessblusen. Sie war davon ausgegangen, eine Leitungsfunktion in einem exquisiten Hotel zu übernehmen. Da sie keine Freizeitkleidung dabeihatte, entschied sie sich für ihre Joggingsachen. Bevor sie die überzog, musste sie die Gülle von ihren Füßen schrubben.

Sie öffnete die Badezimmertür und fuhr zurück. Das enge Kabuff hatte die Bezeichnung Zimmer nicht verdient. In dem winzigen Freiraum zwischen Duschkabine, Waschbecken und Toilette zog sie die an den Fußsohlen zerfetzte Seidenstrumpfhose aus und ließ sie in einem hässlichen Abfalleimer verschwinden.

Über die olivgrünen Kacheln der Dusche waren Seifenreste verteilt, und im Sieb wohnten dunkle Haare. Hier musste erst die Putzfrau aktiv werden, bevor Isabella sich hineinwagen würde.

Aus einem Regal nahm sie einen Frotteewaschlappen und machte sich am Waschbecken frisch. In Laufshirt, Leggins und Turnschuhen verließ sie das Dachgeschoss, das Mobiltelefon in der Hand.

Von draußen drang ein lautes Tuckern herein, das nach PS-starkem Motor klang. Fuhr der schlecht gelaunte Typ mit dem Pick-up vorbei?

Auf dem Treppenabsatz im ersten Stock sah Isabella aus dem Sprossenfenster und hielt dabei Abstand zu den dunklen Punkten auf der Scheibe, die wie Hinterlassenschaften von Stubenfliegen aussahen. Unglaublich, wie viel Mist es hier gab. Die Putzfrau schien nicht besonders zuverlässig zu sein.

Das Geräusch stammte von einem Traktor mit Güllewagen, der an der Pension vorbeifuhr. Auf dem Fahrersitz kauerte ein untersetzter Mann in Latzhose und dreckstarrenden Gummistiefeln, eine Pfeife im Mundwinkel. Wenn das der Besitzer des Ackers war, sah er genauso aus, wie sie sich einen Hinterwäldler vorstellte.

Isabella ging hinunter in das Erdgeschoss. Neben der Garderobe standen ihre verfärbten High Heels inmitten einer wenig appetitlichen Pfütze. Ob sie den Brokatstoff wieder sauber bekam? Da sie lediglich sieben Paar Schuhe dabeihatte, dieses eingeschlossen, wollte sie es zumindest versuchen. Vorher stand das Abendessen an. Diese Chance wollte sie für einen guten ersten Eindruck nutzen, um die Gäste von ihren Qualitäten als neuer Pensionschefin zu überzeugen.

In der Küche glitt ihr Blick über die Ober- und Unterschränke mit dunklem Holzfurnier und den Herd. Gegenüber stand der Kühlschrank. Mit einem schmatzenden Geräusch zog sie die Tür auf. Die Fächer enthielten Joghurts, Eierpackungen, Tupperschüsseln, Bierflaschen und Plastikbehälter mit Wurst und Käse.

Im Gemüsefach fand sie Zucchini, Auberginen, Karotten, grüne Bohnen, Zitronen, Brokkoli, drei Salatgurken, Rispentomaten und zwei Papiertüten mit Pilzen. Damit ließ sich zweifellos etwas anfangen.

Das Einzige, was ihr für ein gelungenes Menü noch fehlte, war das passende Rezept. Zielstrebig entsperrte sie ihr Smartphone und rief YouTube auf. Als sie die Benachrichtigungen sah, die sie verpasst hatte, sank ihre Laune. Missmutig tippte sie die News auf. Die Kollegen aus dem Auktionshaus posteten emotionale Storys über Kunstwerke, die bei der nächsten Versteigerung möglichst hohe Erlöse bringen sollten.

Das ging sie alles nichts mehr an. Kurzerhand klickte sie die News weg und beendete das Abo sämtlicher Push-Nachrichten. Dann gab sie auf YouTube die Begriffe »Pilze« und »Gemüse« in das Suchfeld ein und entschied sich für eine gemischte Pfanne, deren Zubereitung von einer Fernsehköchin mit Designerschürze und Kochhut in einem Erklärvideo beschrieben wurde.

Sie suchte die angegebenen Zutaten zusammen und spülte

zwei voluminöse Pfannen, die nicht ganz sauber wirkten, unter dem Wasserhahn ab. Nachdem sie die Pfannen mit einem Geschirrtuch abgetrocknet hatte, deponierte sie das Leinentuch auf der Ablage neben dem Herd, weichte die Pilze in einer Schüssel mit Wasser ein und reihte alle Zutaten auf der Arbeitsfläche nach Farben geordnet auf.

Zufrieden trat sie einen Schritt zurück. Das sah ziemlich professionell aus. Niemand würde auf die Idee kommen, dass sie in Wahrheit keine Ahnung vom Kochen hatte.

Gemüse schneiden und Pilze anbraten waren laut Video die nächsten Arbeitsschritte. Mit schnellem Griff suchte sie rote Paprika, Bohnen, Auberginen und zwei Handvoll Karotten heraus und hackte alles in halbwegs gleichmäßige Stücke. Sie gab eine fingerdicke Ölschicht beide Pfannen, warf das Gemüse hinein und stellte die Herdplatten auf die höchste Stufe.

Jetzt zu den Pilzen. Die schwammigen Dinger hatten sich vollgesaugt und würden saftig schmecken.

Das Gemüse in den Pfannen begann zu brutzeln. Öl spritzte in alle Richtungen davon. Das gehörte bestimmt dazu, schließlich war Kochen echte Arbeit.

Souverän warf Isabella die tropfenden Pilze auf die Gemüsestücke. Das Öl spritzte nun noch heftiger. Nicht nur die Arbeitsplatte, auch der Fußboden und ihr Laufdress bekamen einiges ab. Sie erinnerte sich, dass die Fernsehköchin eine Schürze getragen hatte, und durchsuchte die Schränke.

Im Augenwinkel sah sie etwas Helles aufleuchten und schoss herum. Da brannte es! Neben dem Herd. Auf dem Herd. So genau war das nicht zu erkennen, weil eine dunkelgraue Rauchwolke über allem lag.

Eine markerschütternde Sirene ging los. Das Geräusch kam aus dem Rauchmelder an der Decke. Isabella fuhr zusammen und griff geistesgegenwärtig nach der Schüssel, in der sie die Pilze gewaschen hatte. Sie kippte das Wasser in die Pfannen. Stichflammen schossen hoch.

»Shit, was ist denn hier los?«, hörte sie jemand schreien.

Dann wurde sie am Arm gepackt und vom Herd weggezogen. Der Sirenenlärm war ohrenbetäubend.

»Geh zurück, bevor du auch noch Feuer fängst!« Karlotta schnappte sich ein paar Frotteehandtücher und warf sie auf den Herd. Die Flammen erloschen. Mit einem Besen, der neben dem Kühlschrank stand, stieß sie gegen den Rauchmelder an der Decke. Abrupt verstummte die Sirene.

Karlotta hustete und fächelte den Rauch vor ihrem Gesicht weg. »Wolltest du was Flambiertes servieren? So anspruchsvoll sind die Gäste nun auch wieder nicht«, sagte sie wütend und drehte die Schalter auf null.

Isabella deutete auf ein verkohltes Häufchen auf der Arbeitsplatte. »Das Geschirrtuch muss Feuer gefangen haben.«

»Und der Rest ebenso. Ein paar Minuten später und die ganze Küche hätte in Flammen gestanden.« Karlotta zog die Pfannen von den rot glühenden Herdplatten. »Was sollte das werden? Frittierte Pilze mit extra Röstaromen?« Sie riss die Verandatür auf, um den Rauch hinauszulassen.

Isabella war starr vor Schreck. So hatte sie sich ihren Einstand nicht vorgestellt. Die Gardinenpredigt machte es nicht besser.

»Hast du eine Alternative parat?«, fragte Karlotta. »Die Gäste müssten jede Minute zurückkommen. Die haben Kohldampf von der frischen Luft.«

Kleinlaut musterte Isabella das Katastrophengebiet rund um den Herd. »Kommt die Putzfrau heute noch?«

»Putzfrau? Welche Putzfrau? Fürs Saubermachen bist du zuständig.«

Isabella sah sich entgeistert um. »Putzen? Ich?«

»Bist du dir dafür zu fein?« Karlotta öffnete den Kühlschrank und sichtete den Inhalt. »Genug Eier für Omeletts wären da. Dummerweise ist der Herd nicht benutzbar. Da muss erst die Putzfrau drüber«, fügte sie in spöttischem Tonfall hinzu.

Im Flur waren nun Stimmen zu hören. »Wenn man vom Teufel spricht …« Sie stöhnte. »Lass dir was einfallen, ich lenke sie ab.« Durch die Küchentür schlüpfte sie hinaus.

Das Stimmengewirr im Flur nahm an Lautstärke ab. Isabella trat entmutigt zum Kühlschrank. Statt eines kulinarischen Paukenschlags würde sie ein einfaches schwäbisches Vesper servieren.

Als Karlotta in die Küche zurückkehrte, hatte Isabella Wurst- und Käseaufschnitt auf Servierplatten verteilt und mit Tomatenhälften dekoriert. »Geht doch«, sagte sie, säbelte Scheiben von einem riesigen Brotlaib und richtete sie in einem Flechtkorb an. »Weißt du, wie man Eier kocht?«

Isabella verneinte.

Während Karlotta sie Schritt für Schritt anleitete, sagte sie mit einem Augenzwinkern: »Ein heißer Tipp von mir, falls es mal wieder brennt. Eier gehen immer, egal in welcher Form. Die Gäste können von meinen Bioeiern nie genug bekommen. Liegt am aromatischen Geschmack der Kräuter, über die sich meine Mädels gern hermachen.«

Isabella nickte dankbar und stellte das Vesper auf zwei große Tabletts. Sie gingen hinüber in den Wintergarten.

Wie in einer Zirkusmanege wies Karlotta mit großer Geste auf Isabella. »Das ist Isabella Walser aus Stuttgart. Ihre neue Pensionswirtin.«

Bei dieser Vorstellung verlor Isabella kurz die Kontrolle über ihre Gesichtszüge. Da alle Augenpaare am Tisch auf sie gerichtet waren, setzte sie den professionell-freundlichen Gesichtsausdruck aus dem Auktionshaus auf.

»Finde ich großartig, dass Sie Angie helfen«, lobte ein junger Mann in Wanderhose und T-Shirt. »Sie scheint in Griechenland ihren Traummann gefunden zu haben. Apropos Traummann: Ich bin Max, und das ist meine Frau Jule.« Sichtlich stolz deutete er auf eine zierliche Frau, deren Nasenrücken mit Sommersprossen übersät war. »Wir verbringen unsere Flitterwochen im ›Wacholderblick‹.«

Isabella nickte. »Nachträglich herzlichen Glückwunsch zur Hochzeit.«

Neben Max erhob sich eine hagere Frau Mitte vierzig, deren schwarze Haare mit einem Reif aus dem Gesicht zurückgehalten wurden.

»Herzlich willkommen, Frau Walser. Mein Name ist Estelle Gandolfini. Ich recherchiere für mein neues Buch.«

Erfreut erwiderte Isabella das Lächeln. Wenigstens eine Intellektuelle gab es in dieser Gegend. »Sie schreiben Bücher? Wie beeindruckend.« Dem Namen nach stammte die Frau aus dem italienischen Adel und sie versprach, eine interessante Gesprächspartnerin auf Augenhöhe zu werden.

Estelle Gandolfini winkte bescheiden ab. »Keine Romane oder Gedichte. In meinem Buch geht es um die Wildkräuter der Schwäbischen Alb.«

Isabellas Lächeln bekam etwas Mechanisches. Sie hatte auf die italienische Renaissance, Leonardo da Vinci oder ähnlich Kultiviertes gehofft.

Der leicht übergewichtige Mann neben Estelle Gandolfini schoss in die Höhe. »Gestatten, Hermann Hornschuh. Und, wenn ich das hinzufügen darf, Frau Gandolfini«, die nächste Verbeugung galt der Angesprochenen, deren Wangen sich mit einem rosa Schimmer überzogen, »die Kräuterkunde ist ein anspruchsvolles Forschungsgebiet. Sie dürfen Ihr Licht nicht unter den Scheffel stellen.«

Aus Hermann Hornschuhs glänzenden Augen schloss Isabella auf amouröse Absichten.

»Herr Hornschuh ist Vertreter für Wanderschuhe«, erklärte Karlotta. »Wenn du also Bedarf an Schuhen hast, die besser zu unseren Geländebedingungen passen als deine Pumps, bist du bei ihm richtig.«

»Immer gern zu Diensten.« Hermann Hornschuh rieb sich die Hände beim Anblick der kalten Platten. »Das sieht köstlich aus. Wir waren schon gespannt auf das Abendessen. Es roch nach … Geräuchertem.«

»Der Bauer nebenan hat Grüngut verbrannt«, erwiderte Isabella geistesgegenwärtig. »Daher der strenge Geruch. Ich wünsche guten Appetit.«

Als sie den Wintergarten verlassen hatten, sagte Karlotta: »Glück gehabt, Pensionswirtin. Niemand hat was von der Küchenschlacht mitbekommen.«

»Danke. Ohne dich hätte ich nicht gewusst, was ich machen soll.«

»Das hätte die Feuerwehr für dich übernommen. Wirst sehen, morgen läuft's besser. Nun mache ich es mir auf dem Sofa bequem und sehe mir einen Liebesfilm mit Bradley Cooper an.«

»Viel Spaß.«

Als Karlotta sich verabschiedet hatte, stöhnte Isabella auf. Überall Hormone.

Bis sie den Tisch abgeräumt, das Geschirr in die Spülmaschine einsortiert und die Küche geschrubbt hatte, war es draußen dunkel geworden. Isabella zog sich auf die Veranda zurück. Nur wenige Meter entfernt lag Karlottas Hof. Hinter einem der Fenster flackerte es blau.

Der Liebesfilm, dachte Isabella. Ein unbekanntes Gefühl machte sich in ihr breit. Fühlte sich so Einsamkeit an?

Ein Motorengeräusch ließ sie aufhorchen. Sie hob den Kopf und beobachtete, wie sich ein dunkler Wagen im Schritttempo der Pension näherte. Da die Scheiben getönt waren, konnte sie den Fahrer im trüben Licht der Straßenlaterne nicht erkennen. Wahrscheinlich ein Nachbar, der von der Arbeit nach Hause kam. Wieso hatte er das Licht nicht eingeschaltet?

Als der Wagen vor dem Gartentor stoppte, wurde Isabella unruhig. Sie erhob sich von der Sitzbank und ging zur Hausecke. Die Handbremse wurde angezogen. Mit leisem Surren senkte sich die Scheibe des Fahrersitzes.

Isabella hielt die Luft an, als das Gesicht eines Mannes in der Öffnung erschien. Was wollte der hier? Hatte er sich verfahren und suchte nach dem Weg? Aber dann hätte er kaum das Licht abgeblendet. Irgendetwas stimmte hier nicht.

Misstrauisch schob sie sich an einem Fliederbusch an der Hausecke vorbei, bis sie einen besseren Blick auf den Weg hatte.

Der Fremde beugte sich aus dem Fenster und studierte das Klingelschild. Kurz blitzte ein heller Lichtschein auf, dann klickte es leise. Fotografierte der das Schild? Aus welchem Grund würde jemand das tun? Und vor allem zu dieser späten Stunde?

Das Seitenfenster wurde geschlossen, das Auto rollte langsam an und entfernte sich.

Isabella lief ein paar Schritte in den Garten und verfolgte, wie die Rücklichter aufblendeten und der Wagen zwischen den Häusern verschwand.

Ein Fremder auf der Suche nach einem Zimmer war das kaum, sonst hätte er geklingelt, dachte sie. Und auch kein Nachbar auf dem Heimweg.

Die ganze Sache kam ihr reichlich mysteriös vor.

Stimmen im Flur unterbrachen ihre Gedanken. Die Gäste zogen sich in ihre Zimmer zurück. Sollte sie sich noch einmal sehen lassen und fragen, ob sie etwas benötigten? Doch sie hatte keine Lust, erneut die Pensionswirtin zu spielen.

Sie kehrte in die Küche zurück und wartete dort ab, bis das Knarren der Holztreppe verstummt war. Als es oben ruhig wurde, ging sie in den Flur, nahm ihr Gemälde von der Kommode und trug es hinauf in das Dachgeschoss. Behutsam entfernte sie die Luftpolsterfolie und stellte das Bild auf den Nachttisch.

Eine graue Rechteckform mit roter Ecke bildete das Zentrum des abstrakten Gemäldes mit dem Titel »Montaru«, das zu einer bekannten Serie des Stuttgarter Künstlers Willi Baumeister gehörte. Begleitet wurde die Form von kleinen Farbflächen, einer länglichen kobaltblauen, einem spitzen gelben Dreieck und einer hellblauen Fläche, die an einen See erinnerte.

Gut, dass sie das Bild nicht in Alex' Wohnung zurückgelassen hatte. Schließlich gehörte es ihr, auch wenn sich die Verlobung und alle damit zusammenhängenden Zukunftspläne in Luft aufgelöst hatten.

Im Bad fand sie eine Packung Schlaftabletten und gönnte sich zwei davon. Sie schlüpfte unter die Decke und wartete, bis die pharmazeutischen Helfer ihre Arbeit begannen.

Mittwoch

Isabella kämpfte mit einem Alptraum, in dem eine brennende Holzplastik, die der Verkaufsschlager der nächsten Versteigerung hätte sein sollen und nun durch ihre Schuld in Flammen stand, und der tobende Seniorchef des Auktionshauses die Hauptrollen spielten.

Ein Rütteln an ihrer Schulter schreckte sie auf. »Isabella! Deine Gäste wollen frühstücken!«

Die Stimme gehörte Karlotta und nicht ihrem Chef, stellte Isabella erleichtert fest.

Karlotta riss das Dachfenster auf und ließ kühle Morgenluft und Mistgeruch herein. Sie zog Isabella die Decke weg und verschwand aus dem Zimmer.

Isabella blähte die Nasenflügel. »Unglaublich, wie es hier stinkt.« Sie stand auf, trottete in die Badzelle und hielt den Kopf unter den kalten Wasserstrahl. Halbwegs wach, folgte sie Karlotta in die Küche.

»Danke. Muss den Wecker überhört haben.« Eine Notlüge. Sie hatte schlichtweg vergessen, ihn zu stellen.

»Alkohol oder Schlaftabletten?«, riet Karlotta, während sie Eierschachteln in den Kühlschrank räumte.

»Letzteres. Zwei Stück. Müssen ziemlich stark gewesen sein.«

Karlotta lachte. »Verstehe. Angie fand vor lauter Sehnsucht nach ihrem Costa kaum mehr zur Ruhe. Deshalb hat sie sich die Tabletten von meinem Bruder verschreiben lassen. Der ist Arzt. Schaffst du das Frühstück allein?«

Isabella dehnte ihre verspannten Nackenmuskeln. »Kein Problem. Ich mache Eier.«

»Du scheinst übrigens einen Verehrer zu haben«, sagte Karlotta amüsiert.

»Einen Verehrer? Wie kommst du darauf?« Automatisch

erschien Alex' Gesicht mit den blaugrauen Augen vor Isabella, auch wenn der es kaum sein konnte.

»Gestern ist ein Auto mehrmals an der Pension vorbeigefahren. Es hatte ein Stuttgarter Kennzeichen, daher nehme ich an, der Fahrer wollte zu dir. Oder zumindest in deine Nähe. Angehalten hat er nicht.«

»War es ein Porsche? Ein schwarzer Porsche Targa?« Isabellas Herz schlug schneller. Diesen Sportwagen fuhr Alex. Wenn er der Anrufer gewesen war, den Angie erwähnt hatte, dann wusste er, dass sie seit gestern in der Pension wohnte.

»Nein, kein Porsche, auch wenn dir das lieb wäre«, gab Karlotta zurück. »Den hätte ich erkannt. Bei dem Auto handelte es sich eher um einen Audi oder einen BMW.«

Isabella fiel der geheimnisvolle abendliche Besucher ein. Ihr Mund wurde trocken. »Mit getönten Scheiben? Den habe ich auch gesehen. Am späten Abend, etwa eine Stunde, nachdem du gegangen warst. Das Kennzeichen konnte ich nicht identifizieren, dafür war es bereits zu dunkel. Bist du sicher, dass der Wagen aus Stuttgart war?«

»Ja. Als er das erste Mal vorbeifuhr, war es noch hell. Das S auf dem Kennzeichen war deutlich sichtbar.«

»Das ist kein Verehrer. Ich habe beobachtet, wie der Fahrer das Klingelschild der Pension fotografiert hat.«

»Echt? Wer fotografiert denn ein Klingelschild?« Karlotta schüttelte den Kopf. »Vielleicht war es ein Tourist, der hier bald Urlaub machen möchte. Ich muss Kräuter ausliefern. Bis später.« Sie nahm den direkten Weg über die Veranda.

Isabella bereitete das Frühstück vor. Der unheimliche Besucher aus Stuttgart ging ihr nicht aus dem Sinn. Möglicherweise war es nur ein Tourist gewesen, wie Karlotta vermutete. Aber wäre so jemand mehrmals an der Pension vorbeigefahren und hätte dann in der schützenden Dunkelheit ein Foto aufgenommen? Wohl kaum. Plausibler schien es ihr, dass der Mann hinter ihr herspionierte.

Als sie Käse- und Wurstplatten auftrug, unterhielten sich

die Gäste über ihre Tagespläne. Das verliebte Paar brachte das Kunststück fertig, mit nur einer Hand zu essen. Die anderen Hände waren auf dem Tisch ineinander verschlungen.

Solange die Gäste sich im Wintergarten aufhielten, stand Roomservice auf dem Programm. Isabella wechselte die Handtücher in den Bädern der Einzelzimmer im ersten Stock und im Doppelzimmer der Honeymooner im Dachgeschoss.

Die Gästezimmer waren klein und gemütlich eingerichtet, sofern man auf lyrische Stoffmuster, Ikea-Teppiche und Naturholzmöbel stand. Isabella zog neue Bettwäsche auf und entfernte mit angehaltenem Atem Seifenreste und Haare aus Duschwannen und Waschbecken. Dabei fiel ihr Blick in den Spiegel. Im ersten Moment schreckte sie zurück, weil sie die Frau darin für eine Fremde hielt. Ihre braunen Haare waren fast so lockig wie die von Karlotta. Heute früh war keine Zeit zum Glätten gewesen. In Stuttgart wäre sie mit diesem Mopp auf dem Kopf nicht einmal zum Briefkasten gegangen. Hier auf dem Land war ihr das gleichgültig, und das erschreckte sie fast noch mehr.

Bevor Isabella den Staubsauger gefunden hatte, kehrten die Gäste in ihre Zimmer zurück. Daher sichtete sie in Angies Büro die E-Mails im Posteingang der Pension und beantwortete Anfragen. Gegen Mittag knurrte ihr Magen.

Mit einem Käsebrot ging sie in die Dachwohnung hinauf. Kauend sah sie sich um und überlegte, wie sie den Raum umgestalten konnte. Als Erstes würde sie gründlich durchputzen. Zuvor musste sie ihr Gemälde in Sicherheit bringen.

Nachdem sie sich die Hände gewaschen hatte, trug sie das Bild ins Erdgeschoss und deponierte es wieder auf der Kommode im Flur. Angst vor einem Diebstahl hatte sie nicht. Wenn man die Ausstattung der Pension als Maßstab nahm, ahnte hier niemand, dass es sich um ein wertvolles Kunstwerk handelte.

Normalerweise wirkte die abstrakte Komposition wie ein Kurzurlaub auf sie. Heute wollte das nicht gelingen. Im Gegenteil, das Gemälde machte sie traurig. Es erinnerte sie an

Alex und an das, was sie verloren hatte. Ihr bisheriges Leben. Und ihre Zukunft.

Mit hängenden Schultern wandte sie sich ab und ging in den Frühstücksraum. Dort traute sie ihren Augen kaum. Auf dem Tisch stand eine graue Katze mit weißen Pfoten und weißem Schwanz und fraß die Reste von den Edelstahlplatten. Inklusive saurer Gürkchen.

»Mistvieh, hau ab!«, herrschte sie das Tier an.

Die Katze ignorierte Isabella auf eine derart arrogante Weise, wie es nur Katzen vermochten. In aller Seelenruhe formte sie einen Buckel und stolzierte durch die offene Tür in den Garten.

Als Isabella das Frühstücksgeschirr abräumte, schallte ein Gong durch den Flur. Jemand klingelte an der Eingangstür. Wer konnte das sein? Karlotta? Oder vielleicht ein neuer Gast? Womöglich der seltsame Typ, der gestern Abend mehrmals an der Pension vorbeigefahren war?

Gespannt ging Isabella in den Flur und öffnete die Haustür. Vor der Steintreppe stand ein Mann Mitte vierzig in schwarzer Lederjacke und Jeans. Seine Schnürschuhe waren zwar mit Staub bedeckt, wirkten aber gepflegt. Sie sahen eindeutig nach Stadt aus. Wie ein Wanderer auf Zimmersuche wirkte der ernst blickende Mann nicht.

»Guten Tag. Mein Name ist Petermann, Jens Petermann. Ich suche Frau Isabella Walser«, sagte er und kam die erste Stufe der Treppe herauf.

»Das bin ich. Worum geht's?« Isabella wischte sich die Hände an der Küchenschürze ab.

»Vielleicht ist es besser, wenn wir uns im Haus unterhalten«, entgegnete Jens Petermann mit einem Seitenblick zum Nachbargarten. Dort versuchte Karlotta, ihren Hahn einzufangen, der auf der Straße vor der Einfahrt herumstolzierte und ihr geschickt auswich.

»Das wäre in Ihrem Sinne.« Petermanns karamellfarbene Augen sandten eine eindringliche Botschaft.

Ob dieser Hinweis auf Vertraulichkeit eine neue Betrugsmasche war? Misstrauisch verringerte Isabella den Türspalt. In der Großstadt musste man auf der Hut sein, wenn Fremde versuchten, in die Wohnung zu kommen.

Dann fiel ihr ein, dass sie jetzt auf dem Land lebte, wo man nicht jederzeit mit der organisierten Kriminalität rechnen musste. Sie führte Jens Petermann in den Wintergarten. Er setzte sich auf die Eckbank, sie wählte einen Stuhl auf der anderen Seite des Tisches, auf dem sich noch Frühstücksteller und Tassen stapelten.

Schweigend nestelte Petermann ein Kärtchen aus der Innentasche seiner Lederjacke und hob es hoch.

Isabella beugte sich vor. Es war ein amtlich aussehender Dienstausweis des Landeskriminalamts.

»LKA Baden-Württemberg«, sagte der Mann. »Wir ermitteln im Fall einer Anzeige, die gegen das Stuttgarter Auktionshaus Lichtenstein gestellt wurde. Präziser gesagt gegen Sie, Frau Walser.«

»Gegen mich? Eine Anzeige?« Vor Schreck richtete sich Isabella stocksteif auf. Ein Brustwirbel knackte hörbar. »Aber weswegen denn?«

Jens Petermann fasste in die Außentasche seiner Jacke. Ein Notizblock mit abgestoßenen Ecken kam zum Vorschein. Er feuchtete den Zeigefinger an der Zunge an und blätterte die linierten Seiten durch. »Es geht um ... Moment. Da hab ich's. Um eine Kleinplastik. Ein Sammler hat das Kunstwerk bei einer Auktion vor zwei Wochen erworben. Er ist der Ansicht, die Holzfigur sei nicht echt, und hat das Auktionshaus angezeigt.«

Isabella hob die Hand. »Stopp, Herr Petermann, da sind Sie bei mir falsch. Ich arbeite nicht mehr im Auktionshaus.«

Erstaunt musterte er sie. »Davon weiß ich nichts. Mir wurde gesagt, Sie seien für diese Angelegenheit verantwortlich, Frau Walser. Herr Lichtenstein hat mir nur mitgeteilt, Sie hätten sich krankgemeldet.«

»Nun, es ist so«, begann Isabella und überlegte, wie sie ihre Situation am besten beschreiben konnte, ohne zu viel Privates zu offenbaren. »Ich bin derzeit krank, das stimmt, und nicht für das Auktionshaus tätig. Zur Erholung halte ich mich hier auf, bis ich wieder so weit fit bin, dass ich zurückkehren kann.« Natürlich würde sie nach Alex' Betrug mit ihrer gemeinsamen Kollegin nie wieder einen Fuß in das Lichtenstein'sche Familienunternehmen setzen. Doch das wollte sie dem Ermittler nicht auf die Nase binden.

»Krank?« Jens Petermann betrachtete sie von oben bis unten, als wäre er auf der Suche nach einem eingegipsten Fuß oder einem bandagierten Handgelenk.

»Äh, ja. Der Magen. Zu viel Stress.« Isabella legte ihre Hand auf den Bauch und verzog das Gesicht. Der Magen machte ihr in letzter Zeit tatsächlich öfter als üblich zu schaffen, insofern war sie dicht bei der Wahrheit geblieben. »Herr Lichtenstein hat Sie also zu mir geschickt? Welcher? Der Chef oder sein Sohn?« Ihre Stimme wirkte nun wieder ruhig, auch wenn sie innerlich aufgewühlt war. Eine Anzeige, dachte sie erschrocken.

»Es war der Ältere.« Petermann blätterte im Notizblock. »Walter Lichtenstein. Der Inhaber.«

Woher hatte der Senior ihre neue Adresse? Von Alex?

»Er hat ein Gutachten erwähnt.« Jens Petermann studierte seinen Block. »Wenn ich es richtig verstanden habe, wurde der Auftrag von Ihnen vergeben.«

»Der Auftrag für das Gutachten, meinen Sie?«

Der Kriminalbeamte nickte.

»Das ist gut möglich. Gutachten zu beauftragen, gehörte … ich meine gehört zu meinen Aufgaben.«

»Seit wann sind Sie krankgemeldet?« Er nahm den Kugelschreiber, der am Block klemmte, zur Hand. »Beziehungsweise wann war Ihr letzter Arbeitstag im Auktionshaus?«

»Mein letzter Arbeitstag liegt fast zwei Wochen zurück. Es war Montag, der zweite Mai.« Das wusste sie deshalb so genau, weil ihr Leben einen Tag später eine abrupte Wendung genommen hatte. »Um präzise zu sein, war ich am Dienstagvormittag noch bei einem Sammler unterwegs. Bei diesem Termin fingen die Magenschmerzen an.«

Jens Petermann notierte sich das Datum. Der Stift schabte auf dem groben Papier. Er tippte auf seinen Block. »Das Gutachten ist älter. Es wurde vor drei Wochen in Auftrag gegeben. Demnach könnte es auf Ihre Initiative zurückgehen, oder?«

»Dazu kann ich nichts sagen, ohne den Auftrag gesehen zu haben. Haben Sie ihn dabei? Ich möchte mich mit eigenen Augen davon überzeugen.«

Petermann verneinte. »Dafür müssten Sie sich an meine Kollegen wenden. Ich bin nur für eine erste Befragung hier.«

»Um welche Kleinplastik handelt es sich genau?« Beim Thema Kunst fühlte sich Isabella wieder auf sicherem Terrain.

»Eine Figur aus Holz, wie ich bereits sagte.« Petermann presste die Lippen aufeinander und blätterte. »Heiligenfigur, Lindenholz, um 1500.«

»Weiblich oder männlich? Sind Werkstatt oder der Name des Bildhauers bekannt?«

»Über den Bildhauer habe ich keine Informationen.« Er rutschte auf der Eckbank umher. »Ich weiß nur, dass es sich um eine Heilige handelt. Weiblich also.«

»Haben Sie ein Foto dabei?«

»Leider nein.«

»Schade, das würde die Sache erleichtern.« Aus dem Stegreif konnte sich Isabella an keine bestimmte Kleinplastik aus dieser Epoche erinnern, für die sie ein Gutachten beauftragt hatte. Was auch daran lag, dass zahlreiche solcher Holzfiguren im Umlauf waren und häufig bei Auktionen angeboten wurden. »Ohne Details kann ich Ihnen keine Auskunft geben. Wenn das alles war …« Sie erhob sich, um das unerfreuliche Gespräch zu beenden.

Petermann blieb sitzen und suchte in seinem Notizbuch herum. »Ich bin sicher, dass ich das irgendwo notiert habe,

Augenblick, Frau Walser. Da steht es: Barbara. Es handelt sich um eine Darstellung der heiligen Barbara. Erinnern Sie sich an diese Figur?«

Isabella überlegte eine Weile und ließ die Skulpturen der letzten Wochen, mit denen sie im Auktionshaus zu tun gehabt hatte, vor ihrem inneren Auge vorbeiziehen. »Nein, tut mir leid. Bei fast jeder Versteigerung kommen solche Skulpturen zum Aufruf. Wenn Sie ein Foto hätten, könnte ich Ihnen mehr dazu sagen. So auf die Schnelle kann ich Ihnen nicht weiterhelfen.«

Jens Petermann wartete ein paar Sekunden, als hoffte er, ihr würde ein Geistesblitz kommen. Schließlich stand er auf und reichte ihr eine Visitenkarte. »Falls Ihnen noch etwas dazu einfällt, rufen Sie mich bitte an.«

Kaum hatte sich die Haustür hinter ihm geschlossen, stieß Isabella einen wütenden Schrei aus. »Diese Schweine wollen mir was anhängen!«, brüllte sie und kickte mit dem Joggingschuh gegen den Schirmständer. »Eine heilige Barbara aus Holz, pah, davon gibt's Hunderte!« Aufgebracht lief sie im Flur auf und ab. Der Schirmständer bekam einen zweiten und einen dritten Tritt ab. »Das ist pure Rachsucht, nichts anderes!«

Aus dem ersten Stock drang die Stimme von Hermann Hornschuh. Ihr Wutausbruch musste ihn aufgeschreckt haben.

Isabella ging in Angies Büro, um in Ruhe nachdenken zu können.

Durch das offene Fenster zog Fliederduft herein. Eine Stubenfliege brummte an der Innenseite der Scheibe herum und stieß alle paar Sekunden dagegen.

Nachdem sie den Computer hochgefahren hatte, rief sie den Internetauftritt des Auktionshauses auf. Das dunkelblaue Logo mit dem verschnörkelten weißen L für Lichtenstein erschien auf dem Bildschirm. Ihr Magen zog sich schmerzhaft zusammen. Sie navigierte zu den Auktionen von Mai und April und öffnete die Onlinekataloge, in denen alle Kunstwerke abgebildet waren. Mit einem Klick auf das Cover öffnete sie einen Katalog nach dem anderen und suchte nach weiblichen Heiligenfiguren aus Holz. Allein im Mai hatten einige dieser Skulpturen den Besitzer gewechselt. Es handelte sich um Darstellungen der heiligen Anna, der heiligen Elisabeth, der heiligen Katharina oder Cäcilia.

Sie blätterte weiter, bis die im April versteigerten Objekte angezeigt wurden. Es dauerte nicht lange, bis sie auf die Skulptur stieß, um die es gehen musste. Die heilige Barbara mit goldenem Mantel, Krone und einem Abendmahlskelch.

Für die meisten Heiligen des Christentums hatte es kein gutes Ende genommen. Von Malern und Bildhauern wurden sie mit einem Attribut dargestellt, das auf ihre Todesursache hinwies. Der heilige Sebastian wurde mit dem Rost gezeigt, auf dem er zu Tode gefoltert worden war. Barbara war von ihrem Vater in einem Turm eingesperrt worden, weil sie sich geweigert hatte, ihren christlichen Glauben aufzugeben. Der Kelch nahm Bezug auf die Legende, ein Engel habe ihr die Sterbesakramente gebracht.

Isabella betrachtete das Katalogfoto der circa dreißig Zentimeter hohen Schnitzfigur. Der Körper der Heiligen war stark nach links gebogen und bildete eine schwungvolle Kurve, die für die Zeit um 1500 eher selten war. In den Händen hielt Barbara einen detailliert ausgearbeiteten Kelch. Trotz leichten Altersschäden und kleinen Ergänzungen lag der Startpreis der Skulptur bei achttausend Euro. In der letzten Zeile des Beschreibungstextes ging es um die Provenienz, die Herkunft des Kunstwerks: Privatsammlung, süddeutsch.

Nachdem sie das Foto minutenlang angestarrt hatte, ohne dass sich eine Erinnerung einstellte, gab Isabella auf. So kam sie nicht weiter. Mehr konnte sie nur im Auktionshaus herausfinden.

Sie zog den Cursor auf »Aktuelles«. Diese Rubrik informierte über Neuigkeiten und die Highlights vergangener oder bevorstehender Auktionen. Mit ihren Kollegen Moritz und Sofie hatte sie hier regelmäßig Meldungen eingepflegt.

Rasch scrollte sie die Neuigkeiten der letzten beiden Wochen durch. Sie fand überraschend viele. Die Lücke, die sie durch ihr Fernbleiben hinterlassen hatte, war sofort geschlossen worden. Man hatte sie einfach ersetzt.

In der Rubrik Presse wiesen zwei Meldungen auf Rekordeinnahmen bei Versteigerungen hin. Die Geschäfte der Lichtensteins schienen auch ohne sie hervorragend zu laufen.

Isabella hatte genug gesehen. Sie schaltete den Computer aus und stand auf. Die desorientierte Stubenfliege versuchte noch immer, durch die transparente Scheibe zu fliegen. Isabella öffnete das Fenster und entließ sie in die Freiheit.

Dann ging sie in die Küche und nahm die Wodkaflasche aus dem Gefrierfach, die sie dort entdeckt hatte. Der unerwartete Fund hatte ihr Angie sofort sympathischer gemacht.

Mit einem Glas Wodka gegen das miese Gefühl im Bauch setzte sie sich auf der Küchenveranda in die Mittagssonne und versank in Selbstmitleid. Betrogen, entlobt, gedemütigt. Falscher Mann, falscher Job. Um dem allen die Krone aufzusetzen, wurde sie nun auch noch verdächtigt, ein falsches Gutachten beauftragt zu haben, an das sie keinerlei Erinnerung hatte. Konnte es noch schlimmer kommen?

Sie nahm einen großen Schluck und konzentrierte sich auf das Brennen des Alkohols in der Mundhöhle, das sie von ihrem seelischen Schmerz ablenkte.

»Hat es dir die Petersilie verhagelt? So siehst du aus.« Mit diesen Worten hielt ihr jemand ein Sträußchen krause Petersilie unter die Nase. Karlotta setzte sich neben sie auf die Bank.

Isabella griff nach dem Kraut und schnupperte daran. Der würzige Duft nahm den trüben Gedanken ihr Gewicht.

Karlotta deutete auf die Küchenschürze um Isabellas Hüften. »Mit dem Teil siehst du aus wie eine Ochsenwanger Hausfrau. Oder ein Hausmann, so was Fortschrittliches gibt's auch.« Als sie merkte, dass ihr Aufmunterungsversuch nicht fruchtete, fragte sie: »Was ist los? Hast du die Küche abgefackelt?«

»Wenn es das nur wäre.« Isabella leerte das Glas und stellte es auf die Fensterbank.

»Was wollte der Typ mit den feinen Lederschuhen von dir?« Karlotta sortierte ihre Beine in den Schneidersitz.

Isabella löste die Schleife der Schürze und knüllte den Stoff im Schoß zusammen. »Der war von der Kripo.«

»Kripo?« Karlottas grüne Augen weiteten sich. »Hast du die Landesbank in Stuttgart ausgeraubt und versteckst dich hier, bis Gras über die Sache gewachsen ist?«

»Schön wär's. Dann hätte ich ein Problem weniger.«

»Raus mit der Sprache!« Karlotta stupste sie am Arm. »Vertrau mir. Mit Straftaten kenne ich mich aus.«

Der schrille Ruf eines Vogels, der wie ein lang gezogenes »Wiieeh« klang, ließ die Frauen aufsehen. Ein Greifvogel kreiste über der Pension.

»Das ist ein Rotmilan. Die mögen die Aufwinde am Trauf«, erklärte Karlotta und lächelte. »Also kein Pleitegeier, wenn dich das beruhigt.«

Isabella beschloss, sich Karlotta anzuvertrauen. »Es geht um eine Skulptur.« Sie drehte die Petersilienstängel zwischen den Fingern. »Angie hat dir bestimmt erzählt, dass ich in einem Auktionshaus im Stuttgarter Westen gearbeitet habe.« In wenigen Sätzen fasste sie zusammen, was sie von Petermann erfahren hatte. Ihre Rolle als Verdächtige sparte sie nicht aus.

Karlotta ließ das Gehörte sacken. »Wenn ich dich richtig verstanden habe, sagt dein Chef, du hättest ein Gutachten für die Heilige erstellen lassen, die sich als Fälschung entpuppt hat. Ohne konkrete Beweise ist das lediglich eine Behauptung. Es besteht also durchaus die Möglichkeit, dass du gar nicht in die Sache verwickelt bist und die dir nur den Schwarzen Peter in die Schuhe schieben wollen.«

»Woher weißt du das? Warst du früher Privatdetektivin?«

»Anwältin. Das ist lange her. Einen guten Riecher für Streitsachen habe ich immer noch.«

»Du bist Anwältin?« Verblüfft musterte Isabella die ungeschminkte Karlotta in ihren ausgewaschenen Sportklamotten und mit wilder Mähne, die sie sich nur schwer in Kostüm oder Hosenanzug vorstellen konnte.

»War ich, ja. Hab mich umorientiert.«

»Ich muss in meinen Unterlagen nachsehen«, sagte Isabella. »Erst dann weiß ich, was Sache ist. Wenn mir kein Fehler unterlaufen ist, kann ich beweisen, dass ich zu Unrecht beschuldigt werde.«

»Und wo sind die?«

»Im Auktionshaus.«

»Von der Pension aus kommst du da nicht ran?«

»Nein, das geht nur im Haus selbst. Dort habe ich Zugriff auf das Intranet und die Datenbanken.«

»Wenn das so ist, was machst du dann noch hier?« Karlotta faltete ihre Beine auseinander und streckte sie aus. »Willst du denen kampflos das Feld überlassen?«

»Aber ich habe Angie versprochen, mich um die Pension zu kümmern.«

»Na ja, das Frühstück könnte ich für dich übernehmen. Wenn du mir versprichst, zurückzukommen und weiterhin die Stellung zu halten.«

Isabella nickte. Auch wenn sich alles in ihr sträubte, war es Zeit, sich dem Feind zu stellen.

»Du hast recht, Karlotta. Wie wär's mit dem Frühstück morgen?«

Als Karlotta sich verabschiedet hatte, räumte Isabella das Geschirr in die Spülmaschine und saugte die Gästezimmer durch. Bevor sie sich ums Abendessen kümmerte, wollte sie Angies Wohnung entrümpeln. Die Gäste waren alle außer Haus, und so hatte sie freie Bahn.

Mit Elan schob sie die biederen Sessel und den zerkratzten Nachttisch in eine Abstellkammer. Angies Liebesromane stapelte sie in einem Wäschekorb, legte die geblümten Vorhänge obenauf und ließ die Sachen ebenfalls in der Kammer verschwinden.

Unten schnappte die Haustür auf. Eine Frau kicherte, Stufen knarrten. Koseworte wurden geflüstert. Ein klarer Fall von Knutschen im Treppenhaus. Max und Jule kamen die Stufen herauf und verschwanden in ihrem Zimmer. Wenig später drang das gleichmäßige Quietschen des Bettrosts auf den Flur.

Bald spürte Isabella die ungewohnte körperliche Arbeit in allen Knochen. Erschöpft ging sie nach unten, um sich einen Kaffee zu kochen. Als sie an der Haustür vorbeilief, klopfte jemand. Sie öffnete die Tür. Vor ihr stand Leon.

»Ich suche Karma. Ist sie da?«

»Wer?«

»Meine Katze.«

»Die ist vorhin in den Garten gelaufen.«

»Dort habe ich nachgesehen.« Leon strich sich über die stoppelige Wange. »Kann sein, dass sie im Haus ist.«

»Du meinst, hier in der Pension?«

»Die Gäste stecken ihr gern was zu.«

Eine Hausdurchsuchung nach einer Katze, dachte Isabella. Das fehlte ihr gerade noch. Aber sie konnte ihm das ja kaum verweigern.

Leon trat herein und warf einen Blick in den Wintergarten. Eine heiße Spur, seit dem Gürkchenraub auf dem Frühstückstisch allerdings erkaltet.

»Vielleicht ist sie im Keller.« Er ging auf die Kellertür zu, blieb dann aber abrupt stehen, wandte sich zur Kommode und fixierte das Gemälde darauf.

»Du wolltest im Keller nachschauen«, erinnerte ihn Isabella verwundert. Hatte er noch nie ein abstraktes Bild gesehen?

Leon reagierte nicht. Wie festbetoniert stand er vor dem Bild, während sein Blick über die geometrischen Formen glitt.

»Willi Baumeister«, sagte er schließlich. Das war keine Frage, sondern eine Feststellung.

Isabella traute ihren Ohren nicht. Das Landei kannte den Stuttgarter Maler! Sie beobachtete, wie er zur Kommode trat und die Hände aus den Hosentaschen nahm. Hastig positionierte sie sich vor dem Kunstwerk. Fehlte noch, dass der Typ darauf herumtatschte. »Ja, das ist von Willi Baumeister.« Und du lässt schön die Pfoten davon, ergänzte sie in Gedanken.

Leon trat zur Seite, um an Isabella vorbeisehen zu können. Aus der Nähe fiel ihr ein eigenartiger Geruch auf, der von ihm ausging. Stechend und scharf, wie von einer Chemikalie. Vielleicht hatte er an seinem Pick-up herumgeschraubt.

»Ist das neu? Wäre mir schon aufgefallen.«

»Gewissermaßen. Es gehört mir. Ich habe es mitgebracht.«

Endlich riss sich Leon von dem Bild los und sah sie mit schmalen Augen an. »Mitgebracht?«

»Ja. Aus Stuttgart. Du wolltest nach deiner Katze sehen.«

Zögernd richtete sich Leon auf, ging den Flur entlang zur Kellertür und polterte die Treppe hinunter. Die Tritte seiner schweren Schuhe ließen den Boden vibrieren.

»Karma?«, hörte Isabella ihn rufen. »Komm raus!«

Isabella wartete, bis sich Leon davon überzeugt hatte, dass die Katze woanders steckte. Ehe er ging, warf er erneut einen irritierten Blick auf das Gemälde.

Nachdem Isabella ein kaltes Vesper für die Gäste vorbereitet hatte, zog sie sich ins Büro zurück und recherchierte an Angies Rechner Informationen für morgen. Den Tag, an dem sie ins Auktionshaus zurückkehren würde. Sie musste die falschen Verdächtigungen gegen sie aufklären.

Donnerstag

Seit ihrer Ankunft auf der Alb hatte Isabella ihr Äußeres vernachlässigt, daher gab es einigen Renovierungsbedarf. Sie wusch sich die Haare und bearbeitete die Locken nach dem Trocknen mit dem Glätteisen, bis sie sich in die seidig schimmernde Mähne verwandelten, die sie normalerweise in der Stadt trug.

Sorgfältig geschminkt setzte sie sich in den Agila und strich den Rock ihres anthrazitfarbenen Leinenkostüms unter den Oberschenkeln glatt, um Knitterfalten zu vermeiden.

Trotz ihres Tatendrangs fuhr sie im Schritttempo los. Einige von Karlottas Hühnern liefen frei herum, und sie wollte keines überfahren.

Ein dröhnendes Geräusch ließ sie aufblicken. Ein Sportwagen schoss den schmalen Weg zur Pension herauf. Da hatte sich jemand gehörig verfahren.

Mit der Lichthupe warnte sie den Fahrer vor den Hühnern. Dabei registrierte sie, dass es sich um einen schwarzen Porsche 911 Targa handelte. Sofort trat sie auf die Bremse. Ihr Herz pochte heftig. War es möglich, dass sie diesen Porsche nur zu gut kannte?

Der Sportwagen fuhr ungeachtet der Hühner und der Schlaglöcher auf sie zu. Der Sound des Sechszylinders wirkte wie aus einer anderen Welt. Erst in letzter Sekunde wich er dem Agila aus und legte wenige Meter hinter Isabella eine Vollbremsung hin. Ein attraktiver Mann mit sandfarbenem Haar sprang heraus. Zur rehbraunen Anzughose trug er farblich passende Schnürschuhe aus Kalbsleder und ein weißes Hemd. Lässig schob er sich die Sonnenbrille ins Haar und wirkte dabei so selbstsicher, als befände er sich in Monaco und nicht in einem Albdorf.

Isabellas erster Gedanke war: Zum Glück bin ich anständig

gestylt. Erst ihr zweiter Gedanke galt der Frage, was Alex hier zu suchen hatte. Er kam direkt auf sie zu.

Isabellas Herz raste. Ihre Achselhöhlen wurden feucht. Das lag am Schock, zweifellos, trotzdem reagierte ihr Körper auch auf Alex' Sex-Appeal.

Für einen Augenblick keimte die Hoffnung in ihr auf, Alex wollte sie um Verzeihung bitten. Seine mürrische Miene sandte eine andere Botschaft. Die blaugrauen Augen beobachteten, wie sie ausstieg.

Nur zu gern hätte Isabella kühle Contenance bewahrt. Doch bevor sie nachdenken konnte, rief sie: »Alex! Wie kommst du hierher? Was willst du?« Unauffällig wischte sie Schweißtropfen von der Oberlippe.

Alex fuhr sich durch die Haare. »Immer langsam mit den jungen Pferden.«

Er sah zur Pension. Beim Anblick des fehlerhaften Schriftzugs erschien eine Falte zwischen seinen Augenbrauen. Er wandte sich wieder Isabella zu. »Ich bin gekommen, um mein Bild zu holen.«

»Dein Bild? Falls du den Baumeister meinst, das ist nicht *dein* Bild. Es gehört mir. Du hast es mir geschenkt. Dafür gibt es gut hundert Zeugen, darunter unsere engsten Freunde.« Ungefähr so viele Gäste waren bei der Verlobungsfeier im Marmorsaal des Auktionshauses dabei gewesen. An diesem Abend hatte Alex sie mit dem Gemälde überrascht. Sie erinnerte sich noch gut an ihren Gefühlsüberschwang angesichts der verheißungsvollen Zukunft, die sie als zukünftige Ehefrau des Erben eines der bedeutendsten Auktionshäuser in der Region erwartete.

»Nun, Isabella, eines ist dir hoffentlich klar«, erwiderte Alex in einem ähnlich gönnerhaften Ton, wie ihn sein Vater ihr gegenüber oft angeschlagen hatte. »Das Bild war ein Geschenk. Zu unserer Verlobung. Seitdem hat sich einiges geändert. Du bist abgehauen und hast mich verlassen. Damit ist unsere Vereinbarung nichtig geworden.«

»Vereinbarung? Meinst du unsere Verlobung?« Sie verschränkte die Arme vor der Brust. »Wenn einer im Stich gelassen worden ist, dann bin das ich. Immerhin hast du mich mit Sofie betrogen. Und das in unserem Schlafzimmer.«

Alex' Mundwinkel zuckten kurz. Sofort hatte er seine Mimik wieder im Griff. »Es war *mein* Schlafzimmer. Und was Sofie angeht, das hat nichts zu bedeuten.«

»Sieht sie das auch so?«

»Das tut nichts zur Sache.« Alex machte einen Schritt auf sie zu. Automatisch wich Isabella zurück.

»Isa, die Fakten sind eindeutig, das wird dir jeder Jurist bestätigen. Du bist diejenige, die einfach untergetaucht und damit von der Verlobung zurückgetreten ist. Und jetzt gib mir das Bild zurück.«

»Ich denke überhaupt nicht daran.« Beinahe hätte sie mit dem Absatz aufgestampft. »Geschenkt ist geschenkt.«

»Das sehe ich anders.« Sein Blick glitt zu ihrer linken Hand. Er nickte, als hätte sich ein Verdacht bestätigt. »Du trägst meinen Ring nicht mehr. Deshalb gehe ich davon aus, dass du die Verlobung gelöst hast.«

Isabella tastete nach ihrem nackten Finger. Den Ring hatte sie in ihrem Badebeutel versenkt, bis sie entschieden hatte, was sie damit tun wollte. Eigentlich hatte sie ihn zusammen mit ihrem Smartphone und dem Mitarbeiterausweis des Auktionshauses in den Feuersee werfen wollen. Eine sentimentale Anwandlung hatte sie davon abgehalten.

»Den Ring kannst du behalten.« Alex machte eine abfällige Geste. »War sowieso nicht mein Geschmack. Ich will nur das Bild zurück. Dazu habe ich alles Recht der Welt, da kannst du jeden Anwalt fragen.«

»Den Teufel werde ich tun«, rief Isabella und riss die Fahrertür des Agilas auf. »Du bist der Betrüger, nicht ich!« Sie sprang in den Wagen, ließ den Motor an und gab Gas. Alex schaffte es gerade noch, zur Seite zu springen.

Fast genauso schnell, wie Alex' Porsche eben heraufgeschossen war, raste sie hinunter. Das verblüffte Gesicht ihres Ex-Verlobten im Rückspiegel zu sehen tat gut.

Der Käufer der heiligen Barbara lebte in Aichelberg, das hatte sie bei ihren Recherchen herausgefunden. Den kleinen Ort am Albaufstieg kannte sie bisher nur aus den Verkehrsnachrichten und von Hinweisschildern entlang der A 8.

In Aichelberg angekommen, folgte sie der steilen Ortsdurchfahrt bergaufwärts, bis der Waldrand in Sicht kam. Auf dem Parkplatz eines Ausflugslokals stellte sie den Agila ab. Die Premiumwohnlage mit weitem Blick über die tiefer liegende Ebene war phantastisch und erinnerte sie an den Stuttgarter Killesberg, auch wenn sich hier statt Villen meist Ein- oder Mehrfamilienhäuser an den Berg schmiegten. Aber was hatte es mit dem unüberhörbaren Rauschen auf sich? Das musste die Autobahn sein. Die verkehrstechnisch ideale Anbindung hatte ihren akustischen Preis.

Hans Wenzlingers Haus lag auf der Panoramaseite, ein beige gestrichener Bungalow aus den Sechzigern. Isabella klingelte am Gartentor. Heute früh hatte sie ihren Besuch telefonisch angekündigt und sich als Mitarbeiterin des Auktionshauses vorgestellt. Ihre wahren Beweggründe hatte sie für sich behalten.

Eine ältere Frau in Gesundheitsschuhen führte sie durch den Flur und ein paar Stufen hinunter in das Reich ihres Ehemannes.

»Schön, dass Sie spontan Zeit für mich haben«, sagte Isabella und schüttelte einem Mann mit trüben Augen, den sie auf Mitte siebzig schätzte, die Hand.

Der Sammler bat sie in einen Raum mit Ledersitzgruppe und einem antiken Tisch, den er den aufgestapelten Bildbänden nach zum Lesen nutzte. Die Fensterfront zur Talseite war durch Vorhänge aus schweren Stoffbahnen verdeckt.

Hans Wenzlinger wirkte reserviert. »Herr Lichtenstein hat mich stets persönlich betreut. Ich bin verwundert, dass er diese delikate Angelegenheit an Sie delegiert hat.«

»Herr Lichtenstein wäre gern selbst gekommen. Leider hat er einen unaufschiebbaren Notartermin«, improvisierte Isabella. Aus nachvollziehbaren Gründen hatte der Seniorchef keine Ahnung von diesem Treffen. »Er hat mich gebeten, mir persönlich einen Eindruck von den unerfreulichen Geschehnissen zu machen. Wir hoffen sehr, dass unsere bislang so gute Geschäftsbeziehung nicht durch diesen Zwischenfall beeinträchtigt wird.«

»Einen Zwischenfall nennen Sie das?« Hans Wenzlinger strich sich ein paar verbliebene Strähnen über die Glatze. Seine Hand zitterte. »Ich habe im guten Glauben eine Heiligenfigur ersteigert, die sich als Fälschung herausstellte. Das ist kein Zwischenfall, Frau Walser. Das ist Betrug. Deshalb habe ich die Polizei informiert und Anzeige erstattet.«

Er führte sie zu einem Regal mit verschieden großen Fächern, die mit dunkelrotem Samt bezogen waren. Darin standen geschnitzte Heiligenfiguren. Die kleinsten waren kaum zwanzig Zentimeter, die größten fast einen Meter hoch. Holz, oft farbig gefasst, spätes Mittelalter bis Barockzeit, gut erhalten, stellte Isabella mit geübtem Auge fest.

»Eine bemerkenswerte Sammlung, Herr Wenzlinger. Ich bin beeindruckt von Ihrer professionellen Auswahl.« Der Satz gehörte zu ihrem Standardrepertoire, wenn es galt, einen Sammler bei Laune zu halten.

Auch bei Hans Wenzlinger ging die Taktik auf. »Wie Sie sehen, habe ich eine Vorliebe für die christlichen Märtyrer. Ich bin in einem Pfarrershaushalt aufgewachsen und war Religionslehrer. Mein Vater hat Heiligenfiguren gesammelt. Dieses einmalige Stück war die Krönung seiner Sammlung.« Er zeigte auf eine männliche Heiligenfigur mit Buch und Schlüssel in den Händen.

»Der heilige Petrus mit seinen Symbolen.« Isabella bückte sich, um den Apostel gebührend bewundern zu können. »Sehr gut erhalten und an der einen oder anderen Stelle fachgerecht restauriert.«

Erneut wirkte Hans Wenzlinger geschmeichelt. »Mein Schwiegersohn ist Restaurator. Er kümmert sich in seiner Freizeit um meine Sammlung. Holger war es auch, der mich auf den Schaden aufmerksam gemacht hat.« Sein Blick verdunkelte sich. Er wandte sich einer weiblichen, etwa dreißig Zentimeter großen Figur im Fach oberhalb zu, die einen Kelch hielt.

Isabella versuchte, sich ihre Aufregung nicht anmerken zu lassen. Da war sie, die heilige Barbara, die sie im Katalog gesehen hatte. »Darf ich?« Vorsichtig zog sie die Figur an deren Podest vor, um sie genauer betrachten zu können. »Sehr guter Zustand.« Sie drehte die Figur, bis sie die Rückseite mit der Aushöhlung sehen konnte. Dabei handelte es sich um keine Beschädigung, sondern um eine im Mittelalter übliche Vorgehensweise, um Risse zu verhindern. »Was für ein ausdrucksstarkes Gesicht. Die gebogene Körperhaltung ist einzigartig. Schätzpreis waren achttausend Euro, wenn ich mich richtig erinnere. Wie viel ...«

»Doppelt so viel.« Wenzlingers Ruhe war dahin. »Ein angemessener Preis, wäre die Figur tatsächlich aus der Zeit um 1500, wie es im Katalog angegeben ist. Leider ist ein Teil der Heiligen viel jünger. Mein Schwiegersohn schätzt gute zweihundert Jahre. Sehen Sie, überall Wurmfraß. Im unteren Drittel gibt es eine Stoßkante.« Er wies auf eine horizontale Linie im Holz. »Der untere Bereich zeigt auch Wurmlöcher, ist aber deutlich jünger.«

Isabella studierte die Löcher. Sie wirkten zu glatt, um jahrhundertealt zu sein. »Dieser Teil wurde erneuert. Um ihn alt wirken zu lassen, hat man künstliche Hohlräume hineingebohrt.«

»Die Figur ist somit beschädigt. Die Farbgebung auf der Vorderseite läuft aber durch und ist gut erhalten. Holger vermutet, man hat sie erst kürzlich aufgebracht, um die ersetzte Stelle zu verschleiern.«

Sofort verstand Isabella, worauf er hinauswollte. »Nur die oberen zwei Drittel sind original erhalten. Das mindert den

Wert. Ehrlich gesagt, weiß ich nicht, wie meine Kollegen das übersehen konnten. Haben Sie das Gutachten vorliegen?«

»Leider nein. Ich habe die Figur im Vertrauen auf die Expertise des Auktionshauses gekauft. Umso verärgerter bin ich.«

»Verständlich«, sagte Isabella und war erleichtert, weil Wenzlinger das Wort Betrug nicht erneut verwendete. »Ich verspreche Ihnen, das für Sie aufzuklären.«

Obwohl sie sich für Heiligenfiguren aus dem Mittelalter wenig begeistern konnte, war sie schockiert über die augenscheinliche Täuschung und konnte Hans Wenzlingers Empörung und die Anzeige nachvollziehen. Wenn sich diese Blamage herumsprach, konnte das Getuschel das bisher lupenreine Image der Lichtensteins zerstören. Jetzt musste sie beweisen, dass sie damit nichts zu tun hatte.

Sie verabschiedete sich von Hans Wenzlinger und machte sich auf den Weg nach Stuttgart.

Während der Fahrt auf der Autobahn wurde ihr mit jedem Kilometer mulmiger zumute. Im Auktionshaus standen ihr unerfreuliche Begegnungen und Konfrontationen bevor, die sie liebend gern vermieden hätte. Aber sie hatte keine andere Wahl, als an ihren Arbeitsplatz zurückzukehren. Nur dort konnte sie das Rätsel um die heilige Barbara und ihre Rolle bei diesem offenkundigen Betrug lösen.

Mit Karlotta hatte sie sich eine Strategie ausgedacht, wie sie die Rückkehr erklären konnte. An jenem Tag vor zwei Wochen, an dem sie Alex und Sofie im Schlafzimmer beobachtet hatte, war sie nicht wie geplant in das Auktionshaus gefahren, sondern ziellos durch die Straßen geirrt. Am Nachmittag hatte sie eine Entscheidung getroffen, im Penthouse eilig ein paar Sachen gepackt und war in ihre alte WG geflüchtet. Erst zwei Tage später hatte sie sich mit einem Anruf in der Personalabteilung krankgemeldet. Als freie Mitarbeiterin brauchte sie keine ärztliche Krankschreibung. Im Gegenzug bekam sie kein Honorar für die Fehltage.

Sie verließ die Autobahn und fuhr durch die Stuttgarter

Innenstadt in Richtung Westen. Für die restaurierten Gründerzeithäuser, die charmanten Cafés und die Restaurants mit Speisen aus aller Herren Länder hatte sie heute keinen Blick übrig.

Erst die Postkartenidylle der neugotischen Johanneskirche zog ihre Aufmerksamkeit während der Wartezeit an einer Ampel in der Rotebühlstraße auf sich. Der Chor lag malerisch auf der begrünten Halbinsel am Feuersee. Umrahmt von alten Bäumen wirkte die Kirche wie eine schwäbische Version von Notre-Dame. Am Ufer flanierten Spaziergänger. Jugendliche und Eltern mit Kinderwagen machten es sich auf den Stufen der Promenade gegenüber der Kirche gemütlich. Entenfamilien und ein paar Schwäne drehten ihre Runden auf dem Feuerlöschteich.

Während des Studiums hatte Isabella viel Zeit an diesem wundervollen Ort verbracht, der gut und gern auch in Paris hätte liegen können. Um die Ecke war ihre alte Wohngemeinschaft, in der sie für ein paar Tage untergekommen war, bis Angie ihr mit dem Vertretungsangebot für die Pension eine neue Perspektive eröffnet hatte.

Die Ampel sprang auf Grün. Isabella beschleunigte und bog wenig später auf den Parkplatz des Auktionshauses ein. Unter den Laubkronen einiger Platanen stellte sie den Agila in der entlegensten Lücke ab, da sie keinen gesteigerten Wert darauf legte, mit dem verbeulten Oldtimer in Verbindung gebracht zu werden.

Sie stieg aus und ließ den Blick über den Parkplatz schweifen. Wie üblich stand der dunkelgrüne Jaguar des Seniorchefs bereits auf seinem reservierten Stammplatz neben dem Eingang. Alex' Porsche war nicht da. Gut so. Nach dem heftigen Streit heute Morgen ging sie ihm lieber aus dem Weg.

Als sie Moritz' dunkelgrauen Volvo sah, wurde ihr leichter zumute. In ihm hoffte sie einen Verbündeten zu finden. Die Frage war nur, wie weit seine Solidarität reichen würde.

Die Ledertasche unter den Arm geklemmt, nahm sie die

Stufen zum Portal des Firmengebäudes. Mit seinen Erkern, Pfeilern und den klassizistischen Ornamenten war das Auktionshaus eines der seltenen Bauwerke aus dem Historismus, die von den großflächigen Zerstörungen des Zweiten Weltkriegs und den Bausünden der folgenden Jahrzehnte verschont geblieben waren.

Isabella drückte auf die Klingel neben der schmiedeeisernen Tür.

»Auktionshaus Lichtenstein, guten Morgen.« Blechern schallte die Stimme des Pförtners aus der Sprechanlage.

»Guten Morgen, Herr Lichter. Hier ist Isabella Walser. Ich habe meinen Ausweis verloren. Wären Sie so nett?«

Ein Summton ertönte. Isabella schob die Eingangstür auf und trat in das Foyer mit den Marmorsäulen und altehrwürdigen Bildnissen der Lichtenstein'schen Ahnenreihe. Weiße Königslilien in einer Porzellanvase auf einem Intarsientisch im Stil Ludwigs des Fünfzehnten verströmten einen schweren Duft. Isabella nahm dies als gutes Omen, Lilien galten als Boten der Hoffnung.

Mit einem Winken begrüßte sie Konrad Lichter hinter dem Empfangstresen und eilte zur Treppe. Der Pförtner, ein älterer Herr mit der Ausstrahlung eines englischen Butlers, grüßte zurück und machte keine Anstalten, sich nach dem angeblich verlorenen Mitarbeiterausweis zu erkundigen. Seine Zurückhaltung kam Isabella gelegen, denn verloren hatte sie ihn nicht gerade. Eher absichtlich mit ihrem alten Handy im Feuersee versenkt.

Ihr Plan sah vor, sich zunächst an Moritz zu wenden. Sein Büro war gegenüber dem Treppenaufgang.

Trotz mehrfachem Klopfen kam keine Reaktion. Entweder war der Pressereferent im Haus unterwegs oder bei einem Sammler, um ein Interview für die Öffentlichkeitsarbeit zu führen. Sie würde es später erneut versuchen.

Am Ende des Flurs lag das Zimmer, das sie sich mit Sofie und Petra teilte. Isabella sammelte sich, bevor sie eintrat.

Durch die Fenster sah man über die Ziegeldächer, begrünten Dachterrassen und Kirchtürme im Talkessel. Mit der cremefarbenen Stuckdecke und dem Eichenparkett aus den dreißiger Jahren hätte sich der Raum gut und gern im Neuen Schloss oder einem ähnlich herrschaftlichen Bauwerk befinden können.

In der Luft hing der Geruch nach Holz und Bohnerwachs, noch ungetrübt von den aufdringlich blumigen Duftnoten des Parfüms, das Sofie mit Vorliebe trug. Auch der Platz ihrer anderen Zimmergenossin Petra Kern war leer. Die Gelegenheit war günstig, sich unbeobachtet ein paar Informationen zu sichern.

Isabella schaltete den Computer an und gab das Passwort ein, das alle Mitarbeiter im Haus verwendeten. Das Lichtenstein'sche Logo erschien auf dem Bildschirm. Nun hatte sie Zugang zu internen Daten. Rasch druckte sie alle Aufträge aus, die sie in den zurückliegenden Monaten an externe Gutachter verschickt hatte. Es handelte sich um zwölf E-Mails.

Sie schob die Ausdrucke in eine Mappe und ließ sie in ihrer Handtasche verschwinden. Keine Sekunde zu früh. Hinter ihr wurde die Tür geöffnet.

»Isabella! Sehe ich Gespenster, oder bist du es wirklich?«

Ihre Kollegin Petra kam herein. Trotz des Altersunterschieds von fast zwanzig Jahren verstand sich Isabella gut mit der Grafikerin. Deren Aufgabe war es, die Ausstellungskataloge und andere Drucksachen wie Flyer, Inventarlisten oder Einladungen an Stammkunden zu erstellen. Petra war Anfang fünfzig, trug ihr schwarzes Haar zu einem klassischen Knoten gedreht am Hinterkopf und war selbstbewusst genug, die graue Strähne an ihrer Schläfe nicht zu färben.

»Ich dachte, du hättest privatisiert, um in aller Ruhe eure Hochzeit vorzubereiten. Oder aus Frust alles hingeworfen, weil der Chef dich wie eine Praktikantin behandelt.«

»Hingeworfen? Ich? Nein.« Isabella winkte betont lässig ab, als wäre dies nach wie vor ihr Traumarbeitsplatz. »Ich war krank. Eine hässliche Grippe mit Fieber und Gliederschmerzen. Und, was hat sich bei euch so getan? Läuft alles gut?«

Petra deponierte ihren Shopper im Einbauschrank und hängte den Blazer auf einen Holzbügel. »Getan hat sich eine Menge. Vor allem Unerfreuliches.« Ihre zu Bögen gezupften schwarzen Augenbrauen rutschten in die Stirn. »Wir haben Ärger mit einem Sammler. Er behauptet, eine Skulptur, die er bei uns ersteigert hat, sei eine Fälschung. Der Senior war kurz vor einem Schlaganfall.«

Das Schicksal schien auf ihrer Seite zu sein, weil Petra von sich aus auf die Angelegenheit zu sprechen kam, die ihr am Herzen lag. »Das glaube ich sofort. Herr Lichtenstein legt überaus großen Wert auf das tadellose Image seines Hauses.«

Obwohl sie ihren Schwiegervater, oder besser Ex-Schwiegervater in spe, privat duzte, achtete sie im beruflichen Umgang auf genügend Abstand. Sie hatte nie den Eindruck erwecken wollen, etwas geschenkt zu bekommen, nur weil sie mit dem Juniorchef verlobt war.

Das Gegenteil war der Fall. Vom ersten Tag an war Walter Lichtenstein ihr gegenüber sehr kritisch gewesen, selbst nachdem sie bewiesen hatte, was in ihr steckte und wie viel sie von Kunst verstand. Die Verlobung mit Alex hatte an seinem Verhalten keinen Deut geändert.

Isabella nahm die oberste Mappe aus dem Ablagefach und blätterte darin, ohne auf den Inhalt zu achten. »Was war das für eine Skulptur?«, fragte sie wie nebenbei. Logischerweise hatte sie nicht vor, Petra von dem Besuch des LKA-Beamten zu erzählen und dass sie im Verdacht stand, ein falsches Gutachten beauftragt zu haben.

»Die angeblich gefälschte, meinst du? Die heilige Barbara. Du erinnerst dich vielleicht. Sie zeigt Barbara mit einem Abendmahlskelch statt mit dem üblicheren Turmsymbol.«

»Goldfarbener Mantel, den Körper ungewöhnlich stark nach links gebogen?« Isabella neigte ihren Oberkörper auf dem Bürostuhl zur Seite.

Petra lachte. »Genau. Du hast ein hervorragendes Gedächtnis.«

»Zum Glück funktionieren meine Gehirnzellen noch. Nach dem hohen Fieber, meine ich. Fast vierzig Grad. Habe ich sonst noch was verpasst?«

»Außer dem üblichen Chaos?« Petra kicherte wie ein Teenager. »Letzte Woche haben wir ein paar bemerkenswerte Stücke versteigert. Darunter war auch eine Zeichnung von Degas. Der Hammer fiel erst bei sage und schreibe achtzehntausend Euro.«

»Edgar Degas? Vermutlich eine Szene aus einem Ballettsaal, oder?« Isabella war beeindruckt. »Ich wette, Moritz hat Dutzende Pressemeldungen verschickt und ordentlich Namedropping betrieben. Einen Degas versteigern wir nicht alle Tage.« Das gute Image des Hauses Lichtenstein war das wichtigste Kapital, wie der Seniorchef nicht müde wurde zu betonen. Jeder Erfolg wurde zur Imageförderung genutzt. »Weißt du, ob Moritz heute im Haus ist?«

Petra hatte sich zwischen Papierstapeln und Fotomappen für den nächsten Katalog vergraben. »Gestern war er den ganzen Tag mit Alex unterwegs, um einen Nachlass zu sichten. Das hat Alex dir sicherlich erzählt.«

Isabella verzog keine Miene. Nun wusste sie, dass Petra noch nicht von ihrer Trennung erfahren hatte.

»Heute bereitet Moritz die Vorbesichtigung vor, die morgen Abend startet.«

Vor jeder Auktion hatten Interessenten und Kunstsammler ein paar Tage lang die Gelegenheit, die zur Versteigerung kommenden Kunstwerke oder Lose, wie man die angebotenen Gegenstände im Fachjargon nannte, im Auktionshaus zu besichtigen und sich einen Eindruck davon zu verschaffen.

»Du bist zum richtigen Zeitpunkt wieder gesund geworden, Isabella.« Petras Kopf tauchte zwischen den Stapeln auf. »Ich brauche Unterstützung bei den Texten für den nächsten Katalog. Die Zeit drängt, weil sie für die englische Ausgabe noch übersetzt werden müssen. Kannst du die Klassische Moderne und deutsche Abstraktion der Nachkriegszeit übernehmen? Damit kennst du dich aus. Ein paar Stücke aus früheren Epochen warten ebenfalls auf Beschreibungen.«

»Gern. Zuerst muss ich mit Moritz die News für die Website und die sozialen Medien durchgehen.« Sie griff nach der Ledermappe, in der sie die Ausdrucke mit den Aufträgen an die Gutachter hatte verschwinden lassen. Die wollte sie in der nächsten verborgenen Ecke sichten.

»Ach ja, die Socials.« Petra strich ihren tadellos sitzenden Haarknoten glatt und räusperte sich. »Das macht jetzt Sofie. Du weißt ja, die jungen Leute gehen viel selbstverständlicher mit Facebook und Instagram um als wir.« Sie war nicht gerade social-media-affin und kokettierte oft damit.

Isabella war enttäuscht und verärgert zugleich. Sofie hatte in ihrer Abwesenheit also einen Teil ihres Aufgabenbereichs übernommen. Oder eher an sich gerissen, wie sie die ehrgeizige Kunsthistorikerin einschätzte. Das Studium hatte Sofie in Rekordzeit erfolgreich abgeschlossen, während Isabella es abgebrochen hatte, um auf Alex' Empfehlung ein Praktikum im Auktionshaus zu beginnen. Sofie kam aus einer der besten Familien der Stadt und war den Lichtensteins mindestens ebenbürtig. Einer der vielen Gründe, aus denen der Senior die bildhübsche Sechsundzwanzigjährige schätzte und lieber als zukünftige Schwiegertochter gesehen hätte. Ihre gesellschaftliche Stellung ließ Sofie andere Kolleginnen und Kollegen, die nicht wie sie aus den oberen Zehntausend stammten, oft spüren.

»Wenn jemand nach mir fragt, ich bin in der PR-Abteilung«, sagte Isabella und verließ das gemeinsame Büro.

Auf dem Flur steuerte sie geradewegs die Damentoilette an und schloss sich in der letzten Kabine ein. Sie setzte sich auf den Toilettendeckel, schlug die Ledermappe auf und blätterte die Aufträge an externe Gutachter durch, bis sie auf das Schreiben zur heiligen Barbara stieß.

Vertieft in die E-Mail, nahm sie das Stimmengewirr im Vorraum zunächst nur am Rande wahr. Erst als sie die selbstbewusste Stimme von Sofie erkannte, horchte sie auf und kontrollierte, ob sie das Türschloss verriegelt hatte.

»Hast du Petras altmodisches Kostüm mit dem breiten Revers gesehen?«, sagte eine andere Frau mit einem Laut des Entsetzens. »Das könnte gut zwanzig Jahre alt sein.«

»Min-des-tens«, warf eine dritte Frau ein und dehnte die Silben extralang. »Mir ist es ein Rätsel, wieso sie diese graue Strähne nicht endlich färbt. Ich meine, muss man sich als Omi noch älter machen?«

»Omi! Wie treffend, Lena«, kommentierte Sofie. »Es können eben nicht alle so knackig sein wie wir.«

»Apropos knackig«, warf die Erste ein, die Isabella nun als Jasmin aus der Rechtsabteilung identifizierte. »Findet ihr auch, man sieht mehr Muskeln an meinem Po?« Isabella hörte ein Rascheln, als würde Jasmin ihren Blazer hochziehen. »Seit zwei Monaten quäle ich mich jeden Tag auf dem Stepper. Heute Morgen fühlte sich mein Rock enger an als sonst. Zugenommen habe ich aber nicht, weil ich Dinner Canceling betreibe.«

Isabella hörte einen Klaps. Jemand hatte wohl mit der Hand auf besagten Po geschlagen.

»Oh, là, là!«, sagte Sofie. »Rassig wie eine Araberstute, Jasmin. Pass auf, dass du nicht zu viel trainierst. Sonst sieht dein Hintern bald aus wie der von Isabella.« Das schrille Lachen brach sich an den gefliesten Wänden.

»Man erkennt eben sofort, dass die aus einem völlig anderen Stall kommt als wir«, erwiderte Lena. »Wir sind die Araberstuten in diesem Unternehmen. Isabella ist eher ein Shetlandpony mit ihrer wirren Mähne. Es ist nicht zu übersehen, dass sie ihre Haare mit dem Glätteisen bearbeitet.«

»Ich finde, du tust den süßen Ponys unrecht«, erwiderte Sofie in gespielt empörtem Tonfall und versuchte sich an einem Wiehern. »Bei Isabella kommt mir eher ein Brauereigaul in den Sinn.«

Bestimmt schüttelte sie jetzt ihre blonde Mähne. Das tat sie oft. Vor allem in Gesprächen mit Männern. Eine Strategie, die ihr meist das einbrachte, was sie wollte.

»Brauereigaul! Guter Vergleich, Sofie«, stimmte Jasmin zu. »Wobei so viel Sitzfleisch eigentlich gut zu diesem Arbeitstier passt. Isabella verlässt oft als Letzte das Haus. Die will nur den Alten beeindrucken. Bin gespannt, wann sie wieder auftaucht.«

»Sofie, hat Alex dir verraten, warum seine Braut von einem Tag auf den anderen verschwunden ist?«, fragte Lena. »Ihr seid in letzter Zeit ja ein Herz und eine Seele.«

»Sind wir. Aber Alex und ich haben anderes zu tun, als über Isabella zu reden, das kannst du mir glauben«, erwiderte Sofie.

Isabella hatte genug Bosheiten und Klatsch gehört. Einem Impuls folgend, schloss sie die Tür ihrer Kabine lautstark auf und trat erhobenen Hauptes neben die Kolleginnen ans Waschbecken.

Den lästernden Damen stand das Erstaunen ins Gesicht geschrieben. Jasmin schlug die Hände vor den Mund.

Lena war die Erste, die sich regte. »Hallo, Isabella. Wir haben uns schon gefragt, wann du zurückkommst.«

Mit einer Seelenruhe, die sie selbst überraschte, klemmte Isabella die Mappe unter den Arm und wusch sich die Hände. »Darf ich?«, fragte sie Sofie, die unter dem makellosen Make-up blass geworden war.

Sofie rückte zur Seite, damit Isabella ein Papierhandtuch aus dem Spender ziehen konnte.

»Ich war eine Zeit lang krank. Jetzt bin ich wieder gesund. Und ich kann es kaum erwarten, meinen Brauereigaul-Arsch auf dem Bürostuhl platt zu sitzen.« Sie knüllte das Handtuch zusammen und zielte auf den Papierkorb neben Sofie. Souverän widerstand sie der Versuchung, die arrogante Kollegin zu bewerfen, und versenkte das Knäuel. Während sie den Waschraum verließ, waren die drei Klatschtanten ausnahmsweise sprachlos.

Ein kleiner Sieg für die Menschheit, ein großer Sieg für mich, dachte Isabella. Allmählich fand sie zu ihrer alten Form zurück.

Als sie in ihr Büro kam, war Petras Platz leer. Isabella nahm den Textausdruck zur Hand, den sie im Waschraum zu lesen begonnen hatte. Die E-Mail war an einen Gutachter namens Dr. Gustav Gruber gerichtet, einen Privatdozenten der Universität, den sie nur aus Schriftwechseln kannte. Sie vertiefte sich in das Anschreiben, konnte sich aber nicht an den Vorgang erinnern.

Resigniert schob sie den Ausdruck in die Mappe zurück und rief im Computer das umfangreiche Verzeichnis aller Objekte auf, die im Auktionshaus versteigert worden waren. Mit ein paar Klicks holte sie die Holzfigur der heiligen Barbara auf den Bildschirm. Alle Angaben waren vorhanden: Katalogtext, mehrere großformatige Fotos, Aufnahmen von Details wie dem Gesicht der Heiligen und dem Abendmahlskelch sowie die Maße. Nur eines fehlte: das Gutachten.

Merkwürdig. War es aufgrund der Anzeige zu einer Art Verschlusssache geworden, zu der nur das Führungspersonal Zugang hatte? Wie auch immer, hier kam sie nicht weiter.

Sie schaltete den Computer aus und ging zur Pressestelle.

Als sie Moritz' Büro betrat, blätterte er gerade einen Stapel Fotos durch.

»Hallo, Moritz«, begrüßte sie den ehemaligen Journalisten und Liebhaber abstrakter Kunst. Während des Praktikums hatte sie einige Wochen in der Pressestelle hospitiert und sich sofort gut mit ihm verstanden.

Er sah auf. »Isa! Das glaub ich nicht. Die Walser gibt uns die Ehre ihrer Anwesenheit. Ich dachte, du hättest dich auf Nimmerwiedersehen verabschiedet.«

Mit einem breiten Grinsen im Gesicht kam er auf sie zu und umarmte sie so stürmisch, dass sie beinahe das Gleichgewicht verloren hätte. »Wo hast du nur gesteckt?«

Nach der kränkenden Szene im Waschraum genoss Isabella die herzliche Begrüßung und tauchte in die nach Sandelholz duftende Rasierwasserwolke ein. »Tut mir leid, dass ich nicht angerufen habe. Ich war krank und hatte … viel Ärger.« Sie wuschelte durch seine dunklen Locken.

»Du hast mir gefehlt, Isabella. Ich hab tausendmal versucht, dich auf dem Handy zu erreichen, konnte aber keine Nachricht hinterlassen.«

Wenig verwunderlich. Ihr altes Handy hatte sein Leben inmitten von Entendreck ausgehaucht. »Ich brauchte ein neues und konnte die Nummer nicht mitnehmen«, sagte sie ausweichend.

»Der Senior hat angedeutet, du hättest ernsthafte private Probleme, als ich mich nach dir erkundigt habe.« Moritz entließ sie aus seinen Armen. »Lass mich raten: Stress mit Alex?«

Zielsicher legte er den Finger in ihre größte Wunde. »Woher weißt du das?«

Neben Moritz' Mundwinkeln erschienen Grübchen, wie immer, wenn er lächelte. »Erstens: Aus Alex ist kein Wort über dich herauszubekommen. Zweitens: Der Senior hat laut Flurfunk verkündet, du hättest eine Auszeit genommen. Und drittens: Du hast dich nicht gemeldet. Ich schätze, du hast das Weite gesucht.«

»*Touché*, Monsieur Poirot. Ich wohne inzwischen auf dem Land. Auf der Alb.«

In nur halb gespieltem Entsetzen schlug Moritz die Hände zusammen. »Auf der Alb? Zwischen Bauern und Schafherden? Ich hätte gewettet, du hast dich in deine alte WG geflüchtet.«

»Da war ich auch. Leider hatten die nur für ein paar Tage ein Zimmer frei.« Sie zögerte kurz. »Alex und ich … wir haben … Ich habe Alex verlassen.«

Moritz' Kinn folgte der Schwerkraft, und die Grübchen verschwanden.

»Mach nicht so ein Gesicht«, sagte Isabella. »Alex ist auch nur ein Mann, wenn du verstehst.«

»Tu ich nicht, Isa. Aber wenn ich eins und eins zusammenzähle«, er zwirbelte an seinem nicht vorhandenen Bart wie der belgische Meisterdetektiv Hercule Poirot, »dann tippe ich auf eine Nebenbuhlerin.«

»So ähnlich.« Sie räusperte sich. »Und wie geht es dir? Alles im grünen Bereich in der Presseabteilung?«

»Das wäre die Untertreibung des Jahrhunderts, das kannst du mir glauben.« Moritz schnaubte und strich seine Haare zurück. »Vor zwei Wochen, kurz nachdem du untergetaucht bist, wurden neben mehreren Gemälden und antiken Schmuckstücken auch einige Kleinplastiken versteigert. Und jetzt behauptet der Käufer einer Holzfigur, er sei einem Betrug aufgesessen. Ist das nicht unglaublich? Ich versuche, die Wogen zu glätten, so gut es geht. Schlechte Publicity ist ein rotes Tuch für den alten Lichtenstein.«

»Von der heiligen Barbara habe ich gehört«, erwiderte Isabella, ohne ins Detail zu gehen.

Moritz' Telefon klingelte. Er sah auf das Display und verdrehte die Augen. »Seine Hoheit verlangt nach mir. Tut mir leid, dass wir nicht weiterquatschen können. Das holen wir nach, nun, wo du wieder an Bord bist.«

Isabella nickte und verließ das Büro.

Sie holte sich einen Salat und eine Flasche Wasser aus der Kantine. Nach einer kurzen Mittagspause begann sie mit den Texten für den Katalog, um die Petra sie gebeten hatte. Kurz nach fünf mailte sie der Grafikerin die ersten Beschreibungen.

Wenn sie rechtzeitig zum Abendessen in der Pension sein wollte, musste sie bald los. Um selbst zu kochen, war sie zu spät dran. Darauf hatte sie ohnehin keine Lust, nachdem sie beim letzten Versuch fast die Küche abgebrannt hatte.

Sie öffnete den Browser und suchte nach einem gehobenen Restaurant in der Nähe von Ochsenwang. Es dauerte nicht lang, bis sie ein Lokal in Kirchheim unter Teck gefunden hatte, das mediterrane Küche anbot. Sie rief dort an und orderte Abendessen für fünf Personen sowie zwei Flaschen Barolo zum Abholen. Eine Portion war für sie selbst gedacht, mit den restlichen vier wollte sie die Pensionsgäste nach der bisher nur kalten Küche versöhnlich stimmen.

Als sie die Treppe ins Erdgeschoss hinunterging, fiel eine große Last von ihr ab, weil ihr am Nachmittag eine erneute Begegnung mit Sofie erspart geblieben war. Der erste Tag ihrer Mission war geschafft.

Im Foyer eilte sie auf den Ausgang zu, als jemand ihren Namen rief.

»Ihr Ausweis.« Der Pförtner hob ein Plastikkärtchen hoch. »Ich habe einen neuen für Sie anfertigen lassen, damit Sie nicht jedes Mal klingeln müssen.«

Isabella bedankte sich und schob den Mitarbeiterausweis in ihre Jackentasche. Im nächsten Moment erstarrte sie in der Bewegung wie ein Beutetier, das von seinem Räuber gestellt worden war. Walter Lichtenstein war aus dem großen Auktionssaal getreten. Seine hochgewachsene Gestalt strahlte eine Selbstgewissheit und Würde aus, wie es nur Menschen vermochten, die vollkommen in sich ruhten. Die hausintern übliche Bezeichnung Seniorchef war irreführend. Der Endsechziger hatte zwar graues Haar, seine Bewegungen jedoch waren dynamisch, und er hielt sich so aufrecht, als gäbe es nichts, was ihn beugen könnte.

Er kam direkt auf Isabella zu. »Sieh an, mir ist bereits zu Ohren gekommen, dass du heute im Haus bist.« Seine Stimme war genauso herablassend wie sein Gesichtsausdruck. »Du hast es anscheinend nicht für nötig befunden, mich über deine Anwesenheit in Kenntnis zu setzen. Und warum du tagelang deine Arbeit vernachlässigt hast.«

Wie immer saß das silbergraue Haar perfekt und bildete einen interessanten Kontrast zu Lichtensteins gebräunter Gesichtshaut. Das Einstecktuch passte farblich zur Krawatte. Die grauen Augen fixierten Isabella durch eine Designerbrille, deren schmaler Rand auf die Haarfarbe abgestimmt war.

»Hat Alex dir nichts erzählt?«, fragte Isabella, um herauszufinden, wie viel der Senior über den Zustand ihrer Beziehung wusste.

Walter Lichtenstein hob eine Braue und gab ihr damit zu verstehen, was er von ihrer Frage hielt. »Nun, wie du weißt, hat mein Sohn seinen eigenen Kopf. Er bindet mir nicht alles, was in seinem Leben vorgeht, auf die Nase.«

»Ich war krank.« Isabella verlagerte ihr Gewicht auf das hintere Bein, das weiter von Lichtenstein entfernt stand. »Ich hatte eine Grippe. Eine echte Grippe, meine ich, nicht nur eine Erkältung.« Kaum waren die Worte heraus, ärgerte sie sich über ihre Unterwürfigkeit. »Petra hat mich um einige Texte für den nächsten Katalog gebeten. Ich bin also auf dem Laufenden über die Objekte für die kommende Versteigerung und kann den Interessenten morgen Abend während der Vorbesichtigung Auskunft geben.«

Lichtenstein wirkte souverän wie ein Fels in der Brandung. »Für die Vorbesichtigung habe ich Sofie eingeplant. Sie hat zwar noch wenig Erfahrung im Umgang mit Kunden, ist aber eine sehr zuverlässige Mitarbeiterin.«

Die Botschaft kam überdeutlich bei Isabella an. Er hielt sie für unzuverlässig. Trotz seiner respekteinflößenden Aura sträubte sich alles in ihr. Bis vor zwei Wochen hatte sie ihre Pflichten äußerst gewissenhaft erfüllt. Doch was hätte sie ihm entgegnen können, nachdem sie unentschuldigt gefehlt hatte?

Sie rief sich einen Tipp von Karlotta ins Gedächtnis: Frechheit siegt.

»Walter, du weißt, wie loyal ich gegenüber deinem Unternehmen bin. Zurzeit habe ich gesundheitliche Probleme und werde nur tageweise im Haus sein können. Die Kollegen wissen Bescheid.« Eine Behauptung aufs Geratewohl. Doch wer würde es wagen, die Verlobte des Juniors bei der Geschäftsführung anzuschwärzen? Auch wenn sie genau genommen gar nicht mehr mit Alex verlobt war.

»So, gesundheitliche Probleme.« Walter Lichtensteins Tonfall machte deutlich, was er von Mitarbeitern hielt, die nicht alles für sein Auktionshaus gaben. »Nun, dann warte ich auf das Attest deines Arztes.«

»Als freie Mitarbeiterin brauche ich eigentlich keine Krankschreibung.«

»In meinem Unternehmen schon. Ich bestehe darauf.«

Trotz des Überraschungsangriffs schaffte es Isabella, ihr Pokerface beizubehalten. »Bekommst du«, entgegnete sie kühl und verließ das Auktionshaus.

Auf dem Heimweg machte sie einen Abstecher nach Kirchheim unter Teck. Sie umkreiste das Zentrum auf dem Alleenring zweimal komplett, ohne eine Zufahrt zum Marktplatz zu finden, wo das Lokal lag. An einer Bushaltestelle stoppte sie und nahm den Stadtplan zur Hand. Anscheinend war die gesamte historische Innenstadt für den Autoverkehr gesperrt. So etwas würde man im autogläubigen Stuttgart niemals zulassen, vorher würde die Hölle einfrieren.

Kurzerhand wendete sie den Agila und bog in die erstbeste verkehrsberuhigte Gasse ein. Im Schneckentempo näherte sie sich dem Marktplatz, flaniert von kopfschüttelnden Passanten. Sie fuhr direkt vor das Lokal, schaltete den Warnblinker ein und stieg aus.

Malerische Fachwerkbauten reihten sich um einen Platz mit Brunnen und Bäumen. Zu den architektonischen Ausreißern gehörte wie so oft das charakterlose Gebäude eines Geldinstituts. Auch das Restaurant war ein Neubau mit den Proportionen eines alten Fachwerkhauses, geradlinig und modern in der Gestaltung.

Im Inneren des Lokals empfing sie der Duft von Holzofenpizza und Oregano. Da sie sich verspätet hatte, standen die Styroporkisten mit ihren Bestellungen bereits auf dem Tresen. Die Rechnung fiel höher aus als erwartet.

Isabella packte das Essen in den Kofferraum und rangierte zurück auf die Ringstraße. Nach einer guten Viertelstunde näherte sie sich der Pension. Sie warf einen prüfenden Blick in alle Richtungen. Allmählich müssten die Gäste von ihren Tagesausflügen zurückkehren. Glücklicherweise war niemand in Sichtweite, der ihr Geheimnis auffliegen lassen konnte.

Durch die Glastür der Veranda gelangte sie diskret in die Küche. Sie öffnete die Kartons und inhalierte die aufsteigenden Düfte. Wenn das Essen so wunderbar schmeckte, wie es roch, hatte sich die unvorhergesehene Ausgabe gelohnt. Auch wenn ihr Kontostand durch das ausgefallene Honorar für die Fehlzeit im Auktionshaus bedauerlicherweise empfindlich geschrumpft war.

Während sie Parmaschinken, Büffelmozzarella und Sardellen auf einer Porzellanplatte anrichtete, hörte sie Gesprächsfetzen und das Knarren der Holztreppe. Die Gäste kehrten zurück und machten sich frisch.

Isabella deckte den Tisch im Wintergarten und aß ihre Portion in der Küche, bis sie die vier herunterkommen hörte. Sie servierte die Vorspeisen und goss den Barolo in zwei Glaskaraffen. Danach zog sie sich wieder zurück, um den Hauptgang zu erhitzen.

Auf vorgewärmte Teller und Schalen verteilte sie Pasta, Pizza mit original Mailänder Salami und Risotto. Als sie das Essen auftrug, schnupperten alle begeistert.

»Das duftet nach Italien«, sagte Hermann Hornschuh. »Die Vorspeisen waren köstlich.«

»Nicht der Rede wert«, erwiderte Isabella. »Ich brauchte nur einen Eingewöhnungstag, um mich in der Küche zurechtzufinden.«

Auch der lauwarme Schokokuchen zum Nachtisch bekam viel Lob. Isabella zerriss die verräterischen Verpackungen aus dem Restaurant und ließ sie in einer blickdichten Mülltüte verschwinden.

Als sie sich auf der Sitzbank vor der Küche mit einem Glas Wodka entspannte, kam Karlotta herüber.

»Ich will dich nicht stören oder von der Arbeit abhalten. Wollte mich nur vergewissern, ob du klarkommst oder ob die

Hütte wieder in Flammen steht.« Ein Lächeln entschärfte ihre Worte.

»Aktuell ist kein Feuerwehreinsatz nötig.« Isabella holte Karlotta einen Wodka aus der Küche und reichte ihn ihr.

»Gestern habe ich Angies Wohnung ... sagen wir, etwas luftiger gestaltet.«

»Luftiger?« Karlotta ließ den Alkohol im Glas kreisen.

»Ich habe aussortiert. Die hässlichsten Möbelstücke sind nun in der Abstellkammer, ebenso alles Geblümte und die Liebesromane. Danach ist mir im Moment nicht.«

»Nach Geblümtem oder nach Liebe?«

Bevor sie antwortete, nahm Isabella einen großen Schluck. »Letzterem.«

»Ich dachte mir, dass ein Mann dahintersteckt.«

Isabella wich Karlottas Blick aus. Sie hatte nicht vor, das unrühmliche Ende ihrer Beziehung vor einer Fremden auszubreiten. Auch wenn sie jeden Trost der Welt hätte gebrauchen können, wollte sie sich keine Blöße geben. Besonders nicht nach ihrer schlechten Performance als Pensionswirtin.

Karlotta beruhigte sie. »Du musst mir nichts erzählen, wenn du nicht möchtest. Ehrlich gesagt habe ich nicht den Eindruck, als wäre es dein Lebenstraum, eine verschlafene Pension auf der Alb zu führen.«

Wider Willen musste Isabella lächeln. Karlottas erfrischend direkte Art gefiel ihr. »Das stimmt. Und falls das jemals der Fall gewesen wäre, hätten die letzten achtundvierzig Stunden gereicht, um mich davon zu verabschieden.«

Ein süßlicher Duft wehte über die Veranda. Isabellas Blick glitt zu dem lilafarbenen Fliederbusch an der Hausecke. Dabei fiel ihr die grau gemusterte Katze auf, die unter der zwischen zwei Bäumen gespannten Wäscheleine saß und sich das Maul schleckte.

»Diese Katze habe ich gestern auf dem Frühstückstisch erwischt.« Isabella war froh, ein unverfängliches Thema gefunden zu haben. »Sie hat die Reste von den Tellern gefressen.«

Karlotta nickte. »Glaube ich gern. Karma ist alles andere als gut erzogen. Das hat sie mit ihrem Herrchen gemeinsam.«

»Du meinst Leon?«

»Ja. Sie wohnt in seiner Scheune, wenn er nicht gerade dort malt. Die laute Musik, die er dabei hört, kann das Vieh nicht ertragen. Das gilt auch für uns Nachbarn.« Karlotta streckte die Hand aus und machte Lockrufe. »Miez, miez. Karma, komm zu mir.« Demonstrativ drehte ihr die Katze den Rücken zu. Karlotta prustete. »Genauso eigensinnig wie Leon. Und auch ein Einzelgänger.«

»Immerhin hast du ihn gestern dazu gebracht, uns mit dem Agila zu helfen.«

Karlotta zuckte mit den Achseln. »Manchmal ist er auch ganz nett.«

Da war ein Unterton in ihrer Stimme, der Isabella hellhörig machte. »Noch ein Glas?«, fragte sie.

Karlotta nickte.

Als Isabella mit der Wodkaflasche auf die Veranda zurückkehrte, war Karlotta nicht mehr allein. In ihrem Schoß lag Karma und genoss die Streicheleinheiten. Das Schnurren war nicht zu überhören.

»Also doch kein Einzelgänger.« Isabella setzte sich auf die Bank. Zum ersten Mal an diesem Tag zeigte sich ein echtes Lächeln in ihrem Gesicht.

»Ich habe ein Problem. Vielleicht kannst du mir helfen. Kennst du einen Arzt, der mir ein Attest ausstellt?«

Karlotta fragte nicht nach Details, als sie Isabellas verschlossenen Gesichtsausdruck sah. »Mein Bruder ist Allgemeinarzt in Bissingen. Wenn ich ihn bitte, schreibt er dir ein Attest. Ich rufe ihn an und vereinbare für morgen früh einen Termin für dich.«

»Das wäre großartig, danke.«

»Wenn du in Bissingen bist, musst du dir unbedingt den Feuersee in der Nähe der Praxis ansehen«, fuhr Karlotta fort. »In diesem See hat eine berühmte Bürgerin vor über hundert Jahren als Mädchen das Schwimmen gelernt. Später hat sie als erste Frau den Ärmelkanal durchquert und sogar eine Goldmedaille bei den Olympischen Spielen gewonnen. Ich bewundere den Mut, mit dem sie damals aus ihrem kleinen Dorf in die weite Welt gezogen ist.«

»Beeindruckende Biografie«, erwiderte Isabella. »Ich würde es nicht einmal durch den Neckar schaffen.«

Nach einem weiteren Glas verabschiedete sich Karlotta.

Isabella wartete, bis es dunkel war und ihre Gäste zu Bett gegangen waren. So leise wie möglich stopfte sie die Tüte mit dem Verpackungsmüll in die Mülltonne neben der Gartenhecke, räumte die Küche auf und ging hinauf in Angies Wohnung.

Freitag

Am nächsten Morgen nahm sich Isabella Zeit, um ihren Gästen ein perfektes Frühstück zu servieren. Dazu gehörten frische Brötchen, die sie vom Bäcker geholt hatte, eine Käseplatte mit Gürkchen und Radieschen sowie eine Extraportion gekochter frischer Eier, die Karlotta auf die Sitzbank vor der Küche gelegt hatte.

»Sie sehen todschick aus, Frau Walser«, bekundete Hermann Hornschuh und erntete einen zustimmenden Blick von Estelle Gandolfini. »Bekommen wir heute hohen Besuch?«

»Hohen Besuch?« Isabella stellte eine Schüssel mit geschnittenem Schnittlauch aus Karlottas Garten auf den Tisch und lächelte in die Runde. »Den habe ich bereits.«

Zuvorkommend reichte Hermann Hornschuh dem Objekt seiner Begierde eine Platte mit Caprese di Bufala, die Isabella selbst angerichtet hatte.

Eine halbe Stunde später brachen Jule und Max zu einer Wanderung auf, die sie zur Burg Teck führen sollte.

Nach dem Aufräumen vergewisserte sich Isabella, ob sie den Notizzettel mit der Adresse des Arztes eingesteckt hatte, und setzte sich in ihr Auto.

Sie folgte der Albsteige hinunter ins Vorland. Linker Hand führte eine schmale Straße nach Bissingen, zu dem auch der Ortsteil Ochsenwang gehörte. Bissingen lag am Ende eines Taleinschnitts zwischen zwei Ausläufern des Traufs inmitten Hunderter Obstbäume. Bei den meisten waren die Blütenblätter vertrocknet und abgefallen, einzelne Apfelbäume leuchteten noch im rosaweißen Schmuck und wurden von Hummeln und Bienen umschwärmt.

Auf dem Gipfel des Teckbergs gegenüber machte Isabella etwa dreihundert Meter höher die Rückseite der gleichnamigen Burg mit dem markanten runden Turm aus. Dank Karlottas

Beschreibung gelangte sie durch eng bebaute Sträßchen zu dem See, in dessen Nähe die Arztpraxis lag.

Nachdem sie einen Parkplatz gefunden hatte, fiel ihr Blick auf die mächtige Felswand des Breitensteins am Trauf über ihr. Auch für Naturverweigerer wie sie war dieser Anblick respekteinflößend. Vielleicht würde sie den bekannten Aussichtspunkt bald besuchen.

Sie hatte noch eine Viertelstunde Zeit bis zu ihrem Termin und vertrat sich die Füße am See. Zwischen schnatternden Enten tauchten die Köpfe einiger Schwimmer auf. Isabella musste an Karlottas Anekdote über die mutige Bissingerin denken. Wie war sie nur auf die Idee gekommen, durch den Ärmelkanal zu schwimmen?

In der Praxis wurde Isabella nach einer kurzen Wartezeit aufgerufen. Der Hausarzt reichte ihr die Hand. Isabella musste lächeln. Karlottas Bruder Kai war seiner jüngeren Schwester wie aus dem Gesicht geschnitten. Auch seine Augen leuchteten in einem intensiven Grünton und waren von langen Wimpern umgeben. Sommersprossen hatte er kaum, dafür die gleiche hellrote Haarfarbe.

»Meine Schwester hat am Telefon lediglich angedeutet, dass du dringend ein Attest brauchst.« Kai tippte sich an die Nase. »Mehr will ich darüber gar nicht wissen. Schildere mir bitte die wichtigsten Beschwerden, damit ich mir ein Bild von deiner, ähm, Grippe machen kann.«

Eine Stunde später versuchte sich Isabella vor dem Bildschirm im Auktionshaus auf die kunsthistorischen Beschreibungen zu konzentrieren, die sie Petra versprochen hatte.

Weil ihre Gedanken ständig abschweiften, brauchte sie viel länger als sonst für einige wohlwollende Sätze über ein Ölgemälde vom Ende des 19. Jahrhunderts, das bestenfalls als Liebhaberstück eingestuft werden konnte. Das Motiv »Christus predigt den Kindern« war damals sehr beliebt und in Klassenräumen, Wohnzimmern und Gemeindehäusern zu finden gewesen. Die Verwandtschaft des Einlieferers hatte es auf dem Dachboden gefunden, als sie das elterliche Haus ausgeräumt hatte, und wollte eine möglichst hohe Summe dafür herausschlagen.

Isabella hatte nicht bemerkt, dass jemand hereingekommen war. Dafür registrierte ihre empfindliche Nase sofort den aufdringlichen Blütengeruch des Parfüms, das sich im Zimmer ausbreitete.

»Hallo, Sofie«, sagte sie, ohne sich umzusehen.

Die Duftwolke kreiste sie ein, als Sofie neben sie trat.

»Du meine Güte«, sagte die junge Frau in herablassendem Ton und schüttelte ihre langen Haare. »Was ist das für ein geschmackloser Schinken? Zum Glück muss ich mich mit so drittklassigen Objekten nicht herumschlagen.« Sie seufzte mädchenhaft und reckte die Wirbelsäule, was ihre makellosen Brüste unter der weißen Bluse zur Geltung brachte. »Ich bereite mich auf die Vorbesichtigung heute Abend vor. Das wird ein erstklassiges Event, wir erwarten zahlungskräftige Stammkunden. Alex hat mich für die Expressionisten und die Abstrakten eingeteilt.«

»Expressionisten und Abstrakte«, wiederholte Isabella und ließ Sofie mit einem Seitenblick wissen, dass ihr die beabsichtigte Kränkung nicht entgangen war. Normalerweise waren diese kunstgeschichtlichen Epochen ihr Spezialgebiet. Aber da Lichtenstein senior eine Art Bann über sie verhängt hatte, spielte sie zurzeit bestenfalls die zweite oder dritte Geige. Das bedeutete Hilfsdienste wie Katalogtexte, Inventarisierung oder Pressemeldungen.

»Alex hat für uns eine Kohlezeichnung von Degas aus einem Nachlass gesichert. Eine Pferdestudie von 1919. Schätzpreis sind laut Gutachter fünfundzwanzigtausend Euro, ist das nicht phantastisch?« Sofies große blaue Augen glänzten.

Wie ein Reh vor einem Haufen Eicheln, dachte Isabella belustigt. Oder eine Nachwuchs-Kunsthistorikerin, die eine Abkürzung auf der Karriereleiter wittert. »Ein Degas? Ist nicht erst neulich eine Zeichnung dieses Künstlers versteigert worden?«

»Ja, genau. Zwei Tänzerinnen im Ballettsaal.« Sofie rieb sich geschäftstüchtig die Hände. An ihren Fingern funkelten goldene Ringe, die mit Rubinen, Brillanten und einem großen blauen Saphir besetzt waren. »Die hat uns fast den doppelten Schätzpreis eingebracht. Schade, dass du diesen Triumph verpasst hast. Die Auktion war in der Zeit, in der du gefehlt hast. Ups, als du krank warst, meine ich.«

In Isabellas Nacken verkrampften sich die Muskelstränge. »Dann wünsche ich dir viel Glück beim Beantworten der Fragen. Manche Stammkunden sind sehr interessiert an Details und wollen alles über die Lebensumstände der Künstler wissen.«

»Lebensumstände der Künstler?«

»Ach, das Übliche«, fügte Isabella salopp hinzu. »In welchem Viertel sie gelebt und welche Zeitgenossen zu ihrem Freundeskreis gehört haben. Das hast du bestimmt alles parat.«

Von da an hatte sie ihre Ruhe. Sofie war eifrig mit Blättern und Klicken beschäftigt.

Als Petra aus dem Fotostudio kam und ihr wie gewünscht einen Heidelbeerjoghurt aus der Kantine mitbrachte, verzog sich Isabella in die Teeküche. Während sie den Joghurt löffelte, durchdachte sie ihren Plan für heute Abend. Ab achtzehn Uhr würden sich die meisten ihrer Kolleginnen und Kollegen in den Sälen im Erdgeschoss aufhalten. Dort wurden die Objekte für die nächste Auktion an Stellwänden und in Vitrinen präsentiert. Für die Vorbesichtigung hatten sich zahlreiche Interessenten angekündigt, die beraten werden wollten. Das ganze Team des Auktionshauses würde reichlich zu tun haben. Diese Ablenkung wollte sie nutzen, um sich im Büro des Seniors nach dem verschwundenen Gutachten für die heilige Barbara umzusehen.

Sie wischte sich mit einer Serviette über die Lippen und warf den leeren Joghurtbecher in den Abfallbehälter hinter der Tür.

Als sie sich umwandte, kam ein Mann herein. Ausgerechnet der letzte Mensch auf der Liste ihrer heutigen Wunschbegegnungen.

Alex steuerte auf die Kaffeemaschine zu. Er trug seinen Lieblingsanzug aus grauem Leinen, dazu ein weißes Hemd mit Mao-Kragen, das sie ihm vergangenes Jahr zu Weihnachten geschenkt hatte. Der Stoff stammte aus einer der ältesten Webereien Italiens. Sie hatte Tage gebraucht, um es aufzutreiben. Alex schien keine Abneigung gegen Dinge zu haben, die er von ihr bekommen hatte. Oder hatte er es einfach vergessen?

Noch hatte Alex sie nicht bemerkt. Er war dabei, sich eine Tasse aus dem Schrank zu nehmen. Als er zur Kaffeemaschine ging, entdeckte er Isabella, die in gebückter Haltung in der Ecke bei den Abfallbehältern stand. Für eine Sekunde glaubte sie, einen Anflug von Verunsicherung in seinen blaugrauen Augen zu erkennen. Sofort hatte er seine Mimik wieder unter Kontrolle und musterte sie ungerührt.

Wie blöd, dass er mich ausgerechnet vor den Mülleimern erwischt, dachte sie. Womöglich meinte er, sie hätte sich vor ihm versteckt.

Sie richtete sich auf, strich ihre Bluse glatt und trat hinter der Tür hervor.

»Hast du deinen Ausflug auf die Alb beendet? Die Sache mit der Pension deiner Schwester, meine ich.« Alex' Stimme hatte einen sachlichen Ton, als wäre sie eine Kollegin wie jede andere und nicht seine Bis-vor-Kurzem-noch-Verlobte. »Dem äußeren Eindruck nach zu schließen scheint das ja nicht gerade ein Sterne-Haus zu sein.«

Isabella reckte das Kinn. »Ich habe gehört, ihr habt einen Degas im Angebot? Das ist toll. Schätze, er wird das Highlight des Abends.«

Alex wirkte überrascht von dem abrupten Themenwechsel. Was hatte er erwartet? Ein Hohelied auf ihren neuen Job als Wirtin einer heruntergekommenen Pension?

»Ja. Das wird ein erfolgreiches Get-together.« Er kehrte ihr den Rücken zu, schob die Espressotasse unter den Ausguss und wählte die Sorte. Dröhnend wurden die Bohnen zerkleinert. Ein sprudelndes Geräusch folgte. Der Espresso floss in die Tasse und verbreitete seinen verlockenden Duft im Raum.

Nach dem Krach wirkte die folgende Stille beinahe unheimlich.

»Ach, Isabella, was ich noch sagen wollte.« Alex nahm die Tasse von der Abstellfläche. »Meine Putzfrau hat deine restlichen Sachen in Kartons verpackt. Wohin soll ich sie schicken lassen?«

Bei dieser unvorhergesehenen Wendung verschlug es Isabella die Sprache, was selten der Fall war. Sie versuchte, sich zu fangen, und überlegte, welche Adresse sie angeben sollte. Bevor sie antworten konnte, kam Moritz in die Küche und hielt direkt auf Alex zu. Da Isabella von der Tür verdeckt wurde, bemerkte Moritz sie nicht.

»Alex, mein Held!«, rief er und klopfte seinem Freund auf die Schulter. »Eben habe ich die Kohleskizze von Degas im Kabinett gesehen. Gratulation. Wo hast du das Prachtstück aufgetrieben? Deinen Riecher sollten wir patentieren lassen.«

Irgendetwas an Alex' Miene schien ihn zu irritieren. Dann sah er Isabella. »Störe ich gerade? Habt ihr was Wichtiges zu besprechen? Unter vier Augen, meine ich?«

Inzwischen hatte sich Isabella wieder gefangen. »Nein, Moritz, du störst nicht. Ich habe Alex eben beglückwünscht wegen des Degas. Nun kannst du wieder gute Schlagzeilen für uns produzieren, wie schön.« Sie fabrizierte ein mechanisches Lächeln für Moritz, ignorierte Alex und machte sich aus dem Staub.

Um halb sechs verabschiedete sich Petra mit einem Gähnanfall in den Feierabend. Wenig später prüfte Sofie den Sitz ihrer Kleidung. Sie bürstete die langen Haare mehrmals durch, bis sie wie poliertes Gold glänzten, und frischte vor dem Spiegel ihrer Puderdose das Make-up auf. Äußerlich wirkte sie selbstbewusst. Eine Mischung aus Räuspern und Seufzen zeigte Isabella, wie nervös sie in Wirklichkeit war. Nach einem letzten Blick auf ihre Notizen der letzten Stunden verließ Sofie grußlos das Zimmer. Bald begann die Vorbesichtigung der Objekte in den Ausstellungsräumen im Erdgeschoss.

Um sich ganz auf ihr Vorhaben konzentrieren zu können, schob Isabella jeden Gedanken an Alex' verletzende Bemerkung über ihre verpackten Besitztümer beiseite. Für alle Fälle wartete sie bis zehn nach sechs, ehe sie einen Briefumschlag aus ihrer Umhängetasche nahm, ihn in eine der hausüblichen Mappen aus genarbtem schwarzem Leder legte und sich damit auf den Weg ins Allerheiligste machte.

Im Treppenhaus hallten Stimmengewirr und Gläserklingen aus dem Erdgeschoss herauf. Der Champagnerempfang als Auftakt der Vorbesichtigung war in vollem Gang. Wer jetzt noch im Haus war, gehörte zum Beratungsteam. Alle anderen waren bereits im Feierabend. Dies war ihre Chance, herauszufinden, ob sie zu Recht beschuldigt wurde.

Walter Lichtenstein residierte im obersten Stockwerk der Villa mit direktem Zugang zur Dachterrasse. Im Flur verschluckte der hochflorige Teppich das Geräusch von Isabellas Schritten. Vorsichtshalber klopfte sie an die Tür des Vorzimmers, in dem die beiden Assistentinnen der Geschäftsführung logierten. Es kam keine Antwort.

Isabella warf einen prüfenden Blick zum Aufzug und zum Treppenhaus, von wo leise Gesprächsfetzen zu hören waren. Niemand zu sehen. Sie drückte die Klinke herunter und schlüpfte hinein.

Der Raum war modern eingerichtet. Vor den wandhohen Fenstern standen exotische Pflanzen mit trompetenförmigen Blüten. Dem Kaffeegeruch nach zu schließen hatten die Mitarbeiterinnen ihren Arbeitsplatz erst vor Kurzem verlassen. Zu den Frauen hatte sie ein gespanntes Verhältnis. Bevor sie mit Alex zusammengekommen war, hatten die beiden sie nur selten begrüßt und ihr auch während ihrer Zeit als Trainee kaum Beachtung geschenkt. Seit ihre Beziehung zum Juniorchef im Haus die Runde gemacht hatte, waren sie dafür fast übertrieben freundlich, besonders wenn jemand in Hör- oder Sichtweite war. Verständlich. Niemand wollte es sich mit der zukünftigen Schwiegertochter des Seniorchefs verderben.

Wenn sich ihr Beziehungsende herumsprach, würden die Assistentinnen ihre herablassende Haltung vermutlich wieder einnehmen oder sie sogar komplett ignorieren.

Egal, dachte Isabella. Jetzt kam es darauf an, schnell vorzugehen.

Sie drang in das Revier des Seniorchefs ein, das er in seiner geschraubten Ausdrucksweise als Kontor bezeichnete. Ein Begriff, den Isabella nur im Zusammenhang mit hanseatischen Kaufleuten kannte. Vielleicht steckte eine Lichtenstein'sche Familientradition dahinter, die ihr unbekannt war und die sie nun auch nicht mehr kennenlernen würde.

Zu seinem Rückzugsort hatten nur ausgewählte Personen Zugang. Seit ihrer Verlobung hatte auch Isabella dieses Privileg genossen. Davon hatte sie lediglich Gebrauch gemacht, wenn es unbedingt sein musste, weil Walter ihr deutlich zu verstehen gab, wie wenig er mit der Wahl seines Sohns einverstanden war.

Der großzügige Raum mit Stuckdecke war mit erlesenen Antiquitäten ausgestattet, die seit Generationen im Familienbesitz waren. Es roch nach Macht, nach Walters Rasierwasser und nach Staub. Da etwas derart Banales wie Staub hier kein Aufenthaltsrecht hatte, musste der Geruch vom Bücherregal mit wertvollen Erstausgaben und alten Folianten stammen.

Vor der Glasfront zum Stadtkessel lag die Dachterrasse, die gut doppelt so groß war wie Isabellas früheres WG-Zimmer. Auf Tropenholzboden verteilten sich Sessel und eine Ecklounge aus Teakholz um einen ausladenden Tisch. Zur Stadt hin schützten Bambussträucher und Palmen in Steinkübeln vor Blicken. Zwischen den Blättern sah man in den

Stuttgarter Talkessel mit seinen Ziegel- und Flachdächern, engen Straßenzügen, Parks und Gärten, die ein überdimensionales Mosaik bildeten und über die steilen Hänge wucherten.

Wo sollte sie mit der Suche beginnen? Sie entschied sich für den Biedermeier-Bücherschrank aus Kirschholz. Hinter den Glasscheiben bewahrte Walter Aktenordner und reihenweise Ledermappen auf, ähnlich derjenigen, die sie dabeihatte.

Um die Hände freizuhaben, legte sie die Mappe auf dem Schreibtisch ab. Zielstrebig öffnete sie die Glastüren und begann, die Ordner zu sichten. Sie enthielten Briefwechsel, Rechnungen, Sitzungsprotokolle und handschriftliche Notizen, die wie Teile einer geplanten Autobiografie oder einer Geschichte des Auktionshauses wirkten.

Zuerst durchsuchte sie den Schriftverkehr und die Briefwechsel mit Antiquitätenhändlern, Galeristen und Kunstsammlern. Sämtliche Unterlagen stammten aus dem Vorjahr. Enttäuscht sortierte sie die Ordner zurück und verschaffte sich einen Überblick über die Rechnungen. Auch diese Unterlagen stammten aus zurückliegenden Jahren.

Weil es sie in den Fingern juckte, zog Isabella den Ordner mit Walters persönlichen Aufzeichnungen heraus und blätterte darin. Seine eigenwillige Handschrift war schwer zu entziffern, und die Notizen schienen keiner thematischen Ordnung zu folgen. Als sie auf Einträge aus den ersten Monaten dieses Jahres stieß, vertiefte sie sich darin, bis ein Geräusch auf dem Flur sie innehalten ließ. Ihr Puls beschleunigte sich. Waren das Schritte? Hatte Walter etwas vergessen und kam zurück? Oder ging jemand über den Flur zu einem der Räume, in denen die übrig gebliebenen Objekte vergangener Auktionen gelagert wurden?

Ein paar Minuten lauschte Isabella reglos. Nun war es so still, dass es in ihren Ohren zu rauschen begann, was sie als Warnung interpretierte.

Sie riss sich von Walters Aufzeichnungen los und sortierte

sie ins Regal zurück. Dann durchforstete sie die Schubladen des ausladenden Schreibtischs, einer scheußlichen englischen Antiquität aus dem 19. Jahrhundert. Die lederbezogene Arbeitsplatte war bis auf eine Bauhaus-Lampe, einen Laptop und einige Stifte leer. In den Schubladen der Seitenteile lagen Füllfederhalter, Notizblöcke, mehrere Lesebrillen und Taschenrechner penibel sortiert. Die anderen Fächer enthielten Briefpapier, Umschläge und Büromaterialien.

Das oberste Schubfach weckte Isabellas Neugier. Aus dem einfachen Grund, weil es abgeschlossen war.

Sie nahm eine Büroklammer aus einem Fach, bog das lange Ende zu einer Geraden auf und führte es in das Schloss ein. Eine zweite Büroklammer formte sie im Neunzig-Grad-Winkel, steckte sie ebenfalls ins Schloss und drehte sie im Uhrzeigersinn.

Es klappte, die Verriegelung sprang auf.

Plötzlich schrillte ein Alarmton durch den Raum. Isabella erschrak bis ins Mark. Sie ließ die verbogenen Büroklammern fallen und zuckte zurück. Hatte Walter seinen Schreibtisch mit einer Alarmanlage gesichert? Zuzutrauen wäre ihm das.

Sie wollte bereits den Rückzug antreten, bevor der Alarm unliebsame Zeugen anlockte, da machte sie die Geräuschquelle aus. Ihr neues Handy, das sie für Beweisfotos eingesteckt hatte. Da nur eine Handvoll Menschen die Nummer kannten, war sie erst zwei- oder dreimal angerufen worden, und der Klingelton war daher ungewohnt.

»Unbekannter Anrufer« zeigte das Display. »Hallo?«, flüsterte sie.

»Wo steckst du?«, fragte eine Frauenstimme. »Deine Gäste haben Hunger und sind kurz davor, Leons Katze zu grillen.«

Das Abendessen! Isabella fasste sich an die Stirn. Ihre Pflichten in der Pension hatte sie vor Aufregung völlig vergessen. »Karlotta, ich kann gerade schlecht sprechen«, erklärte sie mit gedämpfter Stimme. »Kannst du ausnahmsweise improvisieren?«

»Ich höre dich kaum. Flüsterst du, weil du im feindlichen Gebiet bist?«

»Genau.«

»Verstehe. Na gut, dann sehe ich nach, was die Kühltruhe hergibt. Dafür habe ich was gut bei dir. Was Großes.«

Isabella beendete die Verbindung und steckte das Handy ein.

Mit zittrigen Fingern zog sie die Lade auf. Darin lag ein Stapel schwarzer Ledermappen. Sie nahm die oberste heraus und schlug sie auf. Sie enthielt Briefe und ausgedruckte E-Mails eines Kunstexperten namens Dr. Heinrich Meichsner. Auch wenn sie noch nie persönlich mit ihm zu tun gehabt hatte, wusste sie, dass er eine Kunsthandlung in der Innenstadt besaß und seit Jahren für Lichtenstein tätig war. Unter den Ausdrucken befanden sich zahlreiche Expertisen für Objekte, die im Auktionshaus versteigert worden waren oder werden sollten.

Hastig blätterte Isabella die Gutachten durch. Sie betrafen Landschaftsdarstellungen württembergischer Künstler aus dem 19. Jahrhundert, ein Smaragd-Collier aus der Epoche des Jugendstils, ein Paar barocker Leuchterengel, eine abstrakte Zeichnung aus Pastellkreide von Adolf Hölzel aus dem Jahr 1930. Der bekannte Expressionist hatte an der Stuttgarter Kunstakademie gelehrt und war daher ein begehrter Fang für ein hiesiges Auktionshaus.

Das hörte sich alles spannend an, aber was sie suchte, waren Unterlagen zur heiligen Barbara. Ungeduldig blätterte sie weiter, bis ihr der Name Baumeister begegnete. Sie stieß einen überraschten Laut aus. War das womöglich ein Gutachten für das Gemälde, das Alex ihr geschenkt hatte? Bisher hatte sie sich keine Gedanken darüber gemacht, wo er das Bild gekauft hatte. Es war naheliegend, dass er es über das Auktionshaus erworben hatte.

Sie überflog die ersten Sätze und sackte enttäuscht in sich zusammen. Bei dem Objekt handelte es sich in der Tat um ein Werk von Willi Baumeister, allerdings war es kein Ölgemälde, sondern eine Kohlezeichnung ohne Titel. Das beiliegende Foto zeigte ein querrechteckiges Format mit abstrakten Formen vor dunkler Schraffur. Da gab es keinerlei Zusammenhang mit ihrem Bild aus der Montaru-Serie.

Isabella legte die Mappe auf dem Tisch ab und sichtete die übrigen in der Schublade. Sie enthielten Expertisen zu Kerzenleuchtern, alten Teppichen und Schmuckstücken. Nichts zur heiligen Barbara.

Resigniert nahm sie sich die letzte Mappe vor und blätterte, bis das Wort Degas sie ansprang. Sie hielt inne und überflog den mehrseitigen Text. Dabei handelte es sich um die Expertise für eine Kohlezeichnung, die Tänzerinnen bei Übungen im Ballettsaal darstellte. Das musste der Degas sein, der während ihrer Abwesenheit versteigert worden war. Laut Gutachter lag der Schätzpreis bei circa zehntausend Euro. Wie Isabella von Petra wusste, hatte der Degas achtzehntausend eingebracht.

Als sie das Dokument in die Mappe zurücklegen wollte, fiel ihr auf der ersten Seite ein Name auf, der ihr den Atem stocken ließ. Es war ihr eigener. Das Gutachten war an sie adressiert. »Isabella Walser, Auktionshaus Lichtenstein« stand in der Adresszeile des Anschreibens. Sie konnte sich nicht daran erinnern, eine Expertise für einen Degas beauftragt zu haben. Litt sie unter Gedächtnisverlust, oder war das Gutachten aus Versehen falsch adressiert worden? Das musste sie unbedingt klären, aber nicht hier. Sie nahm ihr Handy heraus und fotografierte das Schreiben des Gutachters.

Ihre Armbanduhr zeigte kurz nach neunzehn Uhr. Seit einer Dreiviertelstunde hielt sie sich bereits in Lichtensteins Büro auf, ohne einen Hinweis aufgespürt zu haben. Überstrapazieren durfte sie ihr Glück nicht.

Sie legte die Ledermappen an ihren Platz zurück, schloss die Schublade und ließ die verbogenen Büroklammern in ihrer Hosentasche verschwinden. Sollte sie sofort das Feld räumen? Oder die Gelegenheit nutzen, um sich weiter umzusehen? Nur ein paar Minuten, nahm sie sich vor.

Ihr Blick fiel auf ein großformatiges Aquarell an der Wand hinter dem Schreibtisch. Es zeigte die berühmten Figurinen aus Oskar Schlemmers Triadischem Ballett und stammte vom Künstler selbst. Vor seiner berühmten Schaffensphase am Bauhaus hatte Schlemmer an der hiesigen Kunstakademie studiert und war in Stuttgart künstlerisch aktiv gewesen. Was Isabella faszinierte, war nicht das Aquarell, sondern das, was sich dahinter befand.

Nach kurzem Zögern nahm sie das Bild am Rahmen aus der Aufhängung. Ein triumphierendes Lächeln glitt beim Anblick der kleinen Stahltür über ihr Gesicht. Alex hatte ihr nach einer leidenschaftlichen Nacht verraten, wo sich der Tresor seines Vaters befand, sie aber später schwören lassen, nie ein Wort darüber zu verlieren.

Behutsam legte sie das Bild auf dem Schreibtisch ab – und hielt den Atem an. Was war das für ein Geräusch? Diesmal waren es eindeutig Schritte auf dem Flur. Sie waren derart energisch, dass sogar der hochflorige Teppich sie nicht dämmte.

Rasch versuchte sie, das Bild wieder an der Aufhängung anzubringen, doch ihre Finger bebten zu sehr.

Die Schritte vor Lichtensteins Büro näherten sich, stoppten, die Klinke bewegte sich, und die Tür ging auf. Im nächsten Augenblick nahm Isabella eine Gestalt wahr, die sie verblüfft anstarrte.

»Isabella! Was machst du in Walters Büro?« Himmelblaue Augen funkelten sie an. Die Frau auf der Schwelle stemmte die Hände in die Taille.

In letzter Sekunde war es Isabella gelungen, das Bild wieder vor den Tresor zu hängen. Ihr Herz raste, dennoch griff sie scheinbar seelenruhig nach der Ledermappe auf dem Tisch.

»Den ganzen Tag über habe ich vor lauter Stress das hier vergessen.« Sie zog den Briefumschlag aus der Mappe. »Mein Attest wegen der Grippe. Ich wollte Walter während der Veranstaltung nicht stören und dachte, ich lege es am besten in sein Büro.«

Sofie fixierte den Umschlag, als enthielte er womöglich Anthrax oder könnte jeden Moment explodieren.

»Wie läuft es unten? Viele Interessenten für die Pferdeskizze von Degas?« Isabella deponierte den Umschlag auf Walters Schreibtisch und klemmte sich die leere Ledermappe unter den Arm. »Ich meine, ein Edgar Degas wird in Stuttgart ja nicht alle Tage versteigert. Zumal es schon der zweite innerhalb kurzer Zeit ist.« Sie ging direkt auf Sofie zu, die ihr aus einem Reflex heraus Platz machte, schritt an ihr vorbei auf den Flur und hoffte, die Sache wäre damit erledigt.

Doch dann packte Sofie sie an der Schulter. »Für wie dumm hältst du mich, Isabella? Glaubst du, ich falle auf deine billige Ausrede herein?« Mit jedem Wort steigerte sich ihre Lautstärke, bis sie regelrecht schrie. »Ich verlange eine Erklärung. Warum dringst du in Walters Abwesenheit in sein Büro ein?«

Isabella schüttelte Sofies festen Griff mit einer energischen Armbewegung ab. »Ich bin nicht *eingedrungen*.« Nun wurde auch sie laut. Und sie betonte das letzte Wort so, als wäre das eine geradezu abwegige Anschuldigung. »Walters Assistentin hat mich hereingelassen.« Vielleicht beruhigte diese Notlüge Sofie.

»Ich glaube dir kein Wort«, rief die und holte ihr Handy aus der Tasche ihres Blazers. »Ich rufe Walter an.« In ihren Worten schwang eine Drohung mit, die Isabella als Kriegsansage deutete.

»Tu, was du nicht lassen kannst. Aber vorher solltest du dir überlegen, dass Walter nicht besonders verständnisvoll reagieren wird, wenn du ihn im Gespräch mit unseren wichtigsten Sammlern störst.«

Sofie tippte bereits auf die Tasten. Nun hielt sie inne und ließ das Handy sinken. »Glaub ja nicht, dass du so einfach davonkommst, Isabella. Ich werde ihn noch heute Abend informieren.«

»Misch dich nicht in fremde Angelegenheiten ein, Sofie«,

brüllte Isabella. »Nicht du, sondern ich bin mit Alex verlobt, auch wenn du das nur zu gern ändern würdest.«

Sichtlich getroffen, wich Sofie zurück.

»Mir ging es nur um das Attest, das Walter sehen wollte.«

»Und weshalb will er ein Attest von dir, wenn du zur Familie gehörst? Glaubt er dir nicht, dass du krank warst?«

Isabella verlor die Beherrschung und versetzte ihr eine Ohrfeige.

Sofies Kopf schnellte zur Seite, blonde Haare flogen durch die Luft. Ungläubig legte sie die Hand auf die Wange. Die Edelsteine an ihren Ringen funkelten. »Spinnst du? Das ist Körperverletzung.«

Isabella war über ihre unüberlegte Reaktion ebenso entsetzt wie Sofie. Dann zog eine Stimme am Ende des Flures ihre Aufmerksamkeit auf sich.

»Was ist hier los? Müsst ihr so laut sein?«, mahnte ein Kollege aus der Verkaufsabteilung, dem eine Frau mit besorgtem Blick hinterherkam. »Man hört euch bis ins Erdgeschoss.«

In diesem Moment setzte klassische Musik ein, die durch das Treppenhaus heraufschallte.

»Genau rechtzeitig.« Erleichtert wandte sich die Frau an Isabella und Sofie. »Schluss jetzt, denkt an unsere Gäste. Ihr stört die Veranstaltung.«

»Was geht hier überhaupt vor?«, fragte der Mann und musterte Sofie, die ihre rot leuchtende Wange massierte.

»Isabella ist einfach auf mich losgegangen«, behauptete sie und tat unschuldig. »Walter hat mich gebeten, ihm ein Foto aus seinem Büro zu holen. Als ich die Tür öffnete, habe ich sie darin entdeckt.«

Isabella zwang sich, ruhig zu bleiben. »Ich habe Walter eine Information auf den Schreibtisch gelegt, weil ich ihn bei der Vorbesichtigung nicht stören wollte. Das ist alles.«

Der Mann schüttelte den Kopf, wandte sich ab und eilte den Flur entlang zurück zum Treppenhaus. Seine Kollegin folgte ihm und ließ Isabella und Sofie stehen.

Isabella ging zur Treppe und bekam noch mit, wie Walters Bürotür sich hinter Sofie schloss. Sie hätte viel Geld darauf gewettet, dass Sofie den Umschlag öffnen würde, um sich zu vergewissern, ob er wirklich ein ärztliches Attest enthielt. Ein Abschiedsbrief wäre ihr bestimmt lieber gewesen.

Punkt für mich, dachte Isabella und verließ das Auktionshaus über die Hintertreppe, um weiteren unliebsamen Begegnungen aus dem Weg zu gehen. Hoffentlich hatte ihre impulsive Ohrfeige keine ernsteren Konsequenzen.

Samstag

Die Spionageaktion in Walters Büro ließ Isabella auch am folgenden Tag nicht los. Das Gutachten für die heilige Barbara, wegen dem das LKA sie befragt hatte, war nach wie vor unauffindbar. Dafür war sie auf eine Expertise für die Kohlezeichnung der Tänzerinnen gestoßen, die an sie adressiert war. Wieso erinnerte sie sich auch daran nicht? Lag es an dem Schock, dass ihr bisheriges Leben von einem Augenblick auf den anderen auf den Kopf gestellt worden war? Aus diesem Grund tat ihr auch die Ohrfeige für Sofie nicht leid. Die intrigante Hexe hatte sie mehr als verdient.

Sobald sie ihre Unschuld bewiesen hatte, würde sie dem Auktionshaus endgültig den Rücken kehren und sich auf ihre Vertretung in der Pension konzentrieren. Wie es danach weitergehen sollte, wusste sie nicht. Auf jeden Fall brauchte sie Geld für einen Neustart. Angie zahlte ihr eine Aufwandsentschädigung, die würde freilich nicht ansatzweise reichen, um die Gäste weiterhin mit Restaurantessen zu versorgen. Ihre wenigen Rücklagen waren durch die Kosten für das WG-Zimmer fast aufgebraucht.

Vielleicht sollte sie das Gemälde von Willi Baumeister verkaufen. Es erinnerte sie nur an all das, was sie verloren hatte. Ein Ölbild dieses Künstlers war eine mittlere fünfstellige Summe wert, wenn nicht sogar mehr. Was sie brauchte, war ein Käufer, der nichts mit dem Auktionshaus zu tun hatte. Und sie wusste auch, wer ihr dabei helfen konnte.

Sie holte ihr Handy aus dem Dachgeschoss und ging in Angies Büro. Dort wählte sie die Nummer von Moritz.

»Moll.«

»Ich bin's, Isabella. Hast du kurz Zeit? Ich brauche deinen Rat.«

»Schieß los. Ich bin ganz Ohr.«

»Angenommen, ich möchte ein Bild von Willi Baumeister verkaufen. Kennst du einen Sammler oder einen Galeristen, der Interesse hätte?«

Moritz holte hörbar Luft. »Etwa ein Ölbild aus den Fünfzigern? Nicht besonders groß, dafür außergewöhnlich harmonisch in der Farbigkeit?«

»Genau.«

»Kenne ich das Bild zufällig? Vielleicht von deiner Verlobungsfeier?«

»Ja ...«

»Verstehe. Warte einen Augenblick, ich schalte mein Tablet ein.« Moritz gab ihr die Kontaktdaten von zwei Galeristen. »Eine Möglichkeit wäre auch die Sammlung Domnick«, ergänzte er. »In der Villa des Nervenarztes Ottomar Domnick in Nürtingen. Willi Baumeister ist ein Schwerpunkt der Sammlung. Nach seinem Tod ist sie in den Besitz des Landes übergegangen. Selbst wenn die ein Bild von ihm ankaufen wollen, wird das also nicht von heute auf morgen geschehen, sondern eine ganze Weile dauern.«

Isabella hatte sich alles notiert. »Danke, Moritz. Du bist ein Schatz.«

»Ich wusste, du würdest das früher oder später merken. Viel Erfolg.«

Bereits das erste Telefonat war vielversprechend. Ein Galerist aus Esslingen bot ihr an, heute noch mit dem Gemälde in seiner Galerie vorbeizukommen. Er sei bis zum Abend dort, um eine Vernissage vorzubereiten.

Eine halbe Stunde später bog Isabella in Plochingen auf die B 10 ein und fuhr an verbauten Wohnorten und hässlichen Gewerbegebieten entlang, die sich wie Geschwüre in die Idylle des Neckartals gefressen hatten. Als sie sich über die Vogelsangbrücke der ehemaligen Freien Reichsstadt näherte, begrüßten sie die mittelalterlichen Türme von Frauenkirche und Münster, darüber der Burgberg mit dem Gebäude der

Hochwacht, dem Wehrgang zum Dicken Turm und den Weinbergen, die sich an die Steilhänge schmiegten. Sie überquerte den Rossneckarkanal und hielt sich in Richtung Hafenmarkt.

Am besten parkte sie nicht unmittelbar vor der Galerie. Ihr potenzieller Geschäftspartner sollte aus dem verbeulten Agila keine voreiligen Schlüsse auf ihre Vertrauenswürdigkeit ziehen. In einer Seitenstraße fand sie eine Parklücke. Sie stieg aus und nahm das Gemälde vom Rücksitz.

Die Galerie Kollmar lag in einem der repräsentativen, mit viel Geld modernisierten Fachwerkgebäude rund um den Hafenmarkt. Isabella trat ein und legte das Gemälde auf einem Tisch ab. Der große Raum wirkte trotz der Fachwerkbalken durch die Glasfront zur Straße hin hell und modern. Druckgrafiken in Weiß-, Schwarz- und Grautönen reihten sich an drei Wänden. An den Stellen, an denen die Hängung für die morgige Vernissage noch Lücken aufwies, lehnten am Boden weitere Arbeiten.

Ein athletisch wirkender Mann in den Fünfzigern mit Cordhose und Jeanshemd kam aus einem hinteren Raum.

»Sie müssen Frau Walser sein. Thomas Kollmar, freut mich, guten Tag.« Er schüttelte Isabella die Hand.

Sie machte ein paar anerkennende Bemerkungen über die Kunstwerke an den Wänden, in die sie Fachausdrücke einflocht. Ihre Strategie, sich als ebenbürtige Geschäftspartnerin zu positionieren, ging auf.

»Aus Ihren Worten schließe ich, dass Sie eine Kollegin sind?«

»Auktionshaus Lichtenstein, Stuttgart«, erwiderte sie automatisch. Zu spät erkannte sie ihren Fehler. »Doch heute führt mich eine Privatangelegenheit zu Ihnen, Herr Kollmar«, fügte sie deshalb rasch hinzu. »Es geht um dieses kleine Meisterwerk hier.« Sie löste die Schutzfolie und stellte das Gemälde senkrecht. »Es gehört zur bekannten Serie Montaru, die Willi Baumeister Mitte der fünfziger Jahre beschäftigt hat.«

Kollmars Augen weiteten sich. »Ein solches Glanzstück

bekommt man selten zu Gesicht, Frau Walser.« Fasziniert betrachtete er das ungefähr DIN-A3-große Gemälde. »Die Serie gehört zu den letzten vor Baumeisters Tod. Das Schwarz ist sehr dominant, das ist typisch für seine späte Schaffensphase.« Sein Blick glitt zur rechten unteren Ecke des Kunstwerks. »Unsigniert?« Er wirkte irritiert. »Wenn ich richtig informiert bin, ist das eher selten bei diesem Maler. Auch kein Datum?«

»Das Werk ist undatiert, ja. Die Formensprache weist es aber eindeutig als Studie für den Montaru-Zyklus aus«, versicherte Isabella. »Es stammt aus einer Reutlinger Privatsammlung und wurde vergangenes Jahr von meinem Ver… von der Familie Lichtenstein erworben.«

»Dann kam es wohl aufgrund persönlicher Beziehungen zum Sammler. Baumeister hat ja nach seinem Mal- und Ausstellungsverbot einige Zeit in Bad Urach verbracht.«

Isabella war beeindruckt. Baumeister gehörte zu den bekanntesten Stuttgarter Künstlern mit Weltruhm, trotzdem hatte nicht jeder biografische Details parat.

Als Thomas Kollmar ihren erstaunten Blick wahrnahm, schmunzelte er. »Ich will mich nicht mit fremden Federn schmücken. Mein Bruder ist der Baumeister-Kenner in unserer Familie.« Er zögerte. »Darf ich fragen, warum Sie sich von diesem Schmuckstück trennen wollen? Und weshalb Sie zu mir kommen? Wenn Sie für das Auktionshaus Lichtenstein arbeiten, läge es näher, das Werk dort in eine Versteigerung zu geben.«

»Wie gesagt, handelt es sich um eine Privatangelegenheit. Haben Sie Interesse?«

»Selbstverständlich bin ich interessiert. Ein Echtheitszertifikat wäre freilich hilfreich. Oder haben Sie eine Rechnung über den Kauf mit allen wichtigen Informationen dabei?«

Mit einer Kopfbewegung drückte Isabella ihr Bedauern aus. »Es handelt sich um … um ein Geschenk.«

»Tja, das könnte ein Problem sein.« Er nestelte eine Brille mit schwarzem Gestell aus seiner Hemdtasche, setzte sie auf und betrachtete das Bild genauer. »Öl mit Kunstharz auf Malkarton. Der Karton wurde auf Holz montiert.«

»Ein Gutachten kann ich Ihnen nicht anbieten, Herr Kollmar. Dennoch versichere ich Ihnen, die Provenienz des Werks ist lückenlos zurückzuverfolgen.«

»Wenn das so ist, habe ich eine ungewöhnliche Bitte an Sie, Frau Walser. Würden Sie mir das Bild bis morgen überlassen? Mein Bruder kommt zur Vernissage. Seine professionelle Einschätzung ist für mich ebenso viel wert wie ein Gutachten.«

Sie einigten sich darauf, dass Kollmar das Bild bis zum nächsten Tag in seinem Tresor aufbewahrte. Er versprach, sich zu melden, sobald die Expertise seines Bruders vorlag.

Zufrieden verließ Isabella die Galerie. Mit dem Verkaufserlös würde sie ein neues Leben beginnen können. Wie auch immer das nach ihrem Zwischenspiel auf der Schwäbischen Alb aussehen würde.

Bei einem Bummel durch die Altstadt gönnte sie sich einen Cappuccino und ein Stück Kuchen in einem Café. Mit dem Handy bestellte sie das Abendessen für die Pensionsgäste, das sie auf dem Rückweg nach Ochsenwang abholen würde.

Sonntag

Am nächsten Morgen galt Isabellas erster Gedanke der Entscheidung Kollmars. Ob er sich nach der Vernissage mit positiven Neuigkeiten bei ihr melden würde? Wenn die Verhandlungen optimal liefen, würde sie das Geschäft möglicherweise bereits in der kommenden Woche abwickeln können.

Sie schlug die Decke zurück und trat an das geöffnete Dachfenster. Die Sonne tupfte einen hellen Gelbton auf die Wiesen. Über den blassblauen Himmel zogen nur ein paar kleine Wölkchen. Der Duft von Kräutern und Gras wehte in die Dachkammer und machte Isabella Lust auf einen Morgenspaziergang. Das Frühstück wurde sonntags erst um zehn serviert, bis dahin hatte sie noch reichlich Zeit.

Nach einer Tasse Kaffee im Stehen schlüpfte sie in ihre Joggingschuhe und verließ die Pension. Der schmale Weg vor dem Haus stieg mit jedem Meter an und führte an Karlottas Hof vorbei ins Grüne. Dabei begleitete sie das Konzert der Singvögel in Bäumen und Büschen.

Bei einem ausladenden Laubbaum folgte sie einem Pfad durch Wiesen mit niedrigem Grasbewuchs steil den Hügel hinauf. Oben angekommen, rang Isabella nach Luft.

Vor ihr ragte eine Metallstange mit Wanderzeichen auf, der sie die Höhe entnahm: achthundertdreizehn Meter. Demnach hatte ihre Kurzatmigkeit weniger mit mangelnder Kondition zu tun als vielmehr mit der ungewohnten Höhenluft. Die Landeshauptstadt lag deutlich tiefer.

Unter alten Baumriesen machte sie Karlotta in der Position des herabschauenden Hundes auf einer Yogamatte aus.

Isabella schlenderte zu einer Sitzbank in der Nähe und betrachtete die Aussicht. Wenige hundert Meter hinter den letzten Häusern von Ochsenwang endete die Hochfläche im Westen am Breitenstein. Auf dem dahinterliegenden Hügel erhob sich in der Ferne die markante Silhouette von Burg Teck.

»Bist du aus dem Bett gefallen?« Karlottas Stimme klang eigenartig, da ihr Kopf zwischen den aufgestützten Armen nach unten hing. »So früh habe ich dich noch nie auf den Beinen gesehen. Willst du mitmachen?«

»Nein, danke.« Isabella lehnte sich zurück. Langsam beruhigte sich ihr Atemrhythmus. »Störe ich dich bei deinen Übungen?«

Karlotta senkte ihr Becken auf die Matte und schob den Oberkörper in den heraufschauenden Hund. »Nö, bin Zuschauer gewohnt. Die ersten Touris sind unterwegs.« Mit dem Kinn deutete sie auf einen Feldweg, der am Trauf entlang vom Breitenstein hierherführte. Bunte Flecken waren zu erkennen.

Mit der Hand schirmte Isabella die Augen ab. Die Flecken waren Wanderer in geschmacklosen Freizeitklamotten. Als sie wieder zu Karlotta sah, stand diese aufrecht wie ein Storch auf dem rechten Bein, das linke angewinkelt und den Fuß in die rechte Hüftbeuge gelegt.

»Du hattest wohl neulich Besuch aus der großen Stadt?«, fragte sie. »Der heiße Porschetyp hat mich an einen Hollywood-Schauspieler erinnert. Er rettet in einem Film mit seinem Sportwagen Bankräuber vor den Bullen. Cool und ziemlich unwiderstehlich, der Mann. Den von gestern meine ich.«

Isabella stieg das Blut in den Kopf. Wenn Karlotta das Gespräch mitgehört hatte, war Leugnen sinnlos. Sie probierte es mit Verharmlosen. »Mein Chef. Mein früherer Chef, meine ich.«

»Aha.« Karlotta zwinkerte ihr zu. »Dafür war das, was ich zufällig vom Hühnerstall aus mitbekommen habe, ziemlich privat. Und roch nach einer Menge Ärger. Bist du deshalb aus Stuttgart abgehauen?«

Die Frau hat einen gefährlich guten Instinkt, dachte Isabella. »Du hast mein bisheriges Leben in nur drei Sätzen perfekt zusammengefasst.«

Karlotta musste lachen und verlor das Gleichgewicht. Sie rollte die Yogamatte zusammen und setzte sich neben Isabella auf die Bank. »Das Bild, wegen dem ihr euch gestritten habt, ist das dieses abstrakte Ding, das seit gestern Abend nicht mehr auf der Kommode steht?«

»Ja.«

»Zeit abzuhauen.« Karlotta deutete zu einer Gruppe mit Wanderstöcken, die auf die Sitzbank zustocherten. »Die übliche Sonntagsinvasion der frischluftsüchtigen Städter hat begonnen.«

Auf dem Rückweg zur Pension nahm Isabella den Gesprächsfaden wieder auf. »Du hast bemerkt, dass das Gemälde weg ist?«

Karlotta grinste. »Netter Versuch. In Wahrheit willst du wissen, warum ich während deiner Abwesenheit in der Pension war. Leon hat seine Katze gesucht, und ich habe zufällig gesehen, wie er durch die offene Terrassentür in den Wintergarten gegangen ist. Als er mit Karma im Arm wieder herauskam, hat er mich nach dem Bild gefragt.«

»Ist es bei euch üblich, einfach in die Häuser der Nachbarn zu spazieren?«, fragte Isabella. »Aus welchem Grund interessiert sich Leon so für mein Bild?«

»Zu Punkt eins der Anklage: Ja, die Türen sind hier offen, jedenfalls für nette Nachbarn. So hat es zumindest Angie gehalten. Zu Punkt zwei: Leon ist Maler, wie du weißt. Ich finde es nachvollziehbar, dass er neugierig wird, wenn von einem Tag auf den anderen moderne Kunst bei uns Einzug hält.«

»Und was hast du ihm gesagt?«

»Natürlich habe ich ihm deinen Streit mit diesem sexy Sportwagenfahrer Wort für Wort geschildert.« Auf Isabellas schockierten Blick hin lachte Karlotta laut heraus. »Nein, keine Angst. Dein Geheimnis ist bei mir gut aufgehoben.«

Als sie sich der Pension näherten, hörte Isabella das entfernte Klingeln eines Telefons.

Sofort beschleunigte sie ihr Tempo. »Das ist Angies Festnetzanschluss. Da muss ich rangehen, tut mir leid.« Sie rannte über die Veranda in die Küche und weiter in Angies Büro. Das Display zeigte die Vorwahl 0711. Der Anruf kam also entweder aus Stuttgart oder aus Esslingen.

Gespannt riss sie den Hörer hoch. »Walser, hallo?«

»Frau Walser, störe ich? Sie klingen außer Atem.«

Der Galerist! Wenn er sich vor der Vernissage meldete, konnte das nur Gutes bedeuten. »Herr Kollmar. So früh hatte ich nicht mit Ihrem Anruf gerechnet. Umso mehr freue ich mich darüber.«

»Aha. Nun ja. Es ist so ...« Kollmar zögerte. »Mein Bruder kennt sich mit Willi Baumeisters Werk sehr gut aus.«

»Er hat Ihnen sicher den Ankauf ans Herz gelegt.«

»Leider nein. Um es kurz zu machen: Er hält Ihr Gemälde für eine Fälschung.«

»Eine Fälschung? Das ist unmöglich.«

»Seiner Ansicht nach ist das Bild deutlich jünger als sieben Jahrzehnte. Sowohl den Malkarton als auch die Ölfarben schätzt er auf nicht älter als zehn oder zwanzig Jahre. Technisch gut gemacht, allerdings auf keinen Fall ein Original von Willi Baumeister.«

Ein paar Sekunden lang war Isabella sprachlos. »Das kann nicht sein ... Die Provenienz ist eindeutig. Das Bild gehörte einem Sammler aus Reutlingen und –«

Kollmar fiel ihr ins Wort. »Ich weiß nicht, woher Ihr Bild stammt, Frau Walser, und ehrlich gesagt, interessiert mich das auch nicht mehr. Sie können dem Urteil meines Bruders vertrauen. Es ist eine Fälschung. Ich wäre Ihnen dankbar, wenn Sie es bald abholen könnten.« Ohne Verabschiedung beendete er das Gespräch.

Isabella starrte entgeistert auf den Hörer, während ihr Gehirn bereits an einer möglichen Erklärung arbeitete. War ihm der genannte Preis zu hoch? Versuchte er auf diese Weise, ihn zu drücken? Oder war sein Bruder in Wirklichkeit gar kein Kunstexperte?

Wie auch immer, der Verkaufsversuch war gescheitert. Am besten, sie fuhr gleich nach Esslingen.

Erwartungsgemäß verlief das Zusammentreffen mit Kollmar wenig angenehm. Da seine Vernissage noch im Gange war, hatte er nur wenig Zeit für Isabella und schien auch keinen besonderen Wert auf ein Gespräch zu legen. Mit knappen Worten des Bedauerns drückte er ihr das verpackte Gemälde in die Hand und schob sie zum Ausgang. Bevor sie etwas erwidern konnte, schloss sich die Galerietür hinter ihr.

Eine Dreiviertelstunde später parkte sie den Agila vor der Pension, nahm das Gemälde von der Rückbank und stellte es auf die Kommode im Flur.

War es eine Art Wiedergutmachung des Schicksals, dass das angeblich so wertvolle Werk sich als Fälschung entpuppt hatte? Bestimmt hatte Alex eine Menge Geld dafür ausgegeben.

Isabella betrachtete die blauen und schwarzen Formen. Waren sie fast siebzig oder lediglich ein paar Jahre alt, wie Kollmars Bruder geurteilt hatte?

Von einer Sekunde auf die nächste fröstelte sie. Wenn der Baumeister tatsächlich nicht echt war, gab es zwei Möglichkeiten. Entweder war Alex auf einen Schwindler hereingefallen und hatte das Bild im Glauben erworben, es handele sich um ein echtes Werk. Oder ... Sie rang nach Luft ... Oder er hatte gewusst, dass es gefälscht war, und es billig erstanden. Womöglich hatte er es sogar speziell für die Verlobung anfertigen lassen. Wenn dem so war, kam zu der mittlerweile langen Liste an Lügen und Täuschungen seinerseits ein weiterer Betrug hinzu. Ein ebenso vorsätzlicher Betrug wie seine heimliche Affäre mit Sofie.

Ein schwarzes Loch tat sich auf und ließ alles um Isabella herum verschwimmen. Sie streifte die Wildlederpumps ab und sank auf die Treppe. Die Tränen flossen, heiß und brennend.

Erst als ein Paar schmutziger Boots in ihr Blickfeld kam,

kehrte sie in die Wirklichkeit zurück. Sie wischte mit dem Ärmel ihrer Bluse über die geschwollenen Lider und rappelte sich auf.

»Ist Ihnen nicht gut?«, fragte eine Männerstimme.

Sie schaute hoch. Vor ihr stand Leon, der bisher kaum ein freundliches Wort für sie übrig gehabt hatte. »Mir ist auf einmal übel geworden und … und meine Beine sind einfach weggesackt.«

»Soll ich Ihnen etwas zu trinken holen?«

Isabella nickte.

Wenig später reichte Leon ihr ein Glas Wasser. Er wirkte verunsichert und schien nicht zu wissen, was er mit einer emotional mitgenommenen Städterin anfangen sollte.

»Ich hole Karlotta«, bot er an.

»Danke, nicht nötig.« Isabella suchte Halt am Geländer, schlüpfte in die Pumps und musterte sich im Garderobenspiegel. Ihr Gesicht war verquollen und das Make-up verschmiert.

Leons Blick galt der Kommode. »Das Bild ist wieder da.«

»Du interessierst dich offenbar sehr dafür.«

»Es ist der erste Baumeister, den ich seit Langem zu Gesicht bekomme. Bei uns legen die meisten nicht viel Wert auf moderne Kunst.«

»Stimmt, du bist Maler. Das hat Karlotta erwähnt. Machst du das professionell?«

Leon schob die Hände in die Hosentaschen seiner Jeans. »Professionell?« Seine Aufmerksamkeit wechselte von dem Gemälde zu Isabella. »Ja. Ab und zu verkaufe ich sogar ein Bild. So gut wie Willi Baumeister bin ich natürlich lange nicht.«

»Das sind nur wenige. Trotzdem finde ich es schön, wenn Menschen sich kreativ betätigen.«

»Das klingt herablassend. Nach Aquarellgruppe an der Volkshochschule.« Leon kratzte sich über den Bart. »Ich habe an der Akademie studiert. Derselben Akademie übrigens, an der Baumeister gelehrt hat.«

»In Stuttgart? Du hast an der Kunstakademie studiert?«

»Das hast du mir wohl nicht zugetraut.«

»Doch … ich bin nur erstaunt, weil ich … na ja, woher sollte ich das wissen? Wir haben noch kaum ein Wort gewechselt, und wenn, dann ging es meist um deine Katze.«

»Gehört dieses Bild dir?«

»Ja.« Isabella folgte Leons Blick zum Baumeister.

»Ein Erbstück?«

Wie viel von der Wahrheit sollte sie ihm anvertrauen? Am besten möglichst wenig. »So ähnlich.«

In diesem Moment schwang die angelehnte Haustür auf. Zunächst erschien ein Weidenkorb mit Wiesenkräutern, dann Estelle Gandolfini, an deren Arm er hing. »Hallo, Leon. Guten Morgen, Frau Walser.« Interessiert sah sie zwischen den beiden hin und her.

Dann bemerkte sie die Tränenspuren in Isabellas Gesicht. »Ist etwas passiert?«

»Nein, alles in Ordnung.«

Aus dem Augenwinkel bekam Isabella mit, wie Leon die Gelegenheit nutzte, um zu verschwinden.

Die Treppe knarzte, und wie aufs Stichwort erschien Hermann Hornschuh auf der Bildfläche. »Guten Morgen, Signora Gandolfini. Hallo, Frau Walser. Ich habe Riesenhunger. Gibt's heute wieder hart gekochte Eier mit Mayonnaise?«

Isabella nickte. »Kaffee und Tee sind gleich fertig.«

Mit leuchtenden Augen trat Hermann Hornschuh zu Estelle Gandolfini, beugte sich über den Korb und erkundigte sich nach der Ausbeute ihres Morgenspaziergangs.

Erleichtert darüber, nicht mehr im Zentrum des Interesses zu stehen, zog sich Isabella in die Küche zurück.

Nach dem Frühstück beglichen die Honeymooner ihre Rechnung und verabschiedeten sich von den anderen Gästen und Isabella.

Hermann Hornschuh und Estelle Gandolfini brachen zu einem zweitägigen Ausflug auf den Spuren der Kelten auf, der sie auch zu einem Keltenmuseum an der Donau führen würde.

Während Isabella das Doppelzimmer von Jule und Max reinigte, kehrten ihre Gedanken zu dem vernichtenden Urteil über das Gemälde zurück. Und zu den Schlussfolgerungen, die sie daraus in Bezug auf Alex' Beweggründe gezogen hatte. Nun fiel ihr eine dritte Option ein, die nichts mit Alex zu tun hatte: Was, wenn der vermeintliche Baumeister-Experte sich täuschte und das Ölbild doch echt war? Was hätte sie in so einer Situation im Auktionshaus unternommen? Ganz einfach. Sie hätte eine zweite Meinung eingeholt, um Gewissheit zu bekommen. Unter den Experten, mit denen die Lichtensteins zusammenarbeiteten, gab es mehrere Gutachter, die sich mit den modernen Abstrakten auskannten.

Darum würde sie sich morgen früh kümmern.

Gegen Abend bereitete sich Isabella ein Käsebrot zu und verspeiste es ohne Appetit. Seit ihrer Ankunft war sie das erste Mal allein in der Pension und fühlte sich ein wenig einsam. Sie nahm die Wodkaflasche aus dem Gefrierfach, ging zu Karlottas Hof und klingelte.

»Hast du deine Mission Impossible überlebt?«, fragte Karlotta und bat sie herein.

»Ja, wenn auch nur knapp.«

Sie folgte Karlotta in das Bauernhaus, das diese von ihrer verstorbenen Großmutter geerbt hatte. Das Wohnzimmer hatte wenig Ähnlichkeit mit den durchgestylten Innenräumen, die Isabella von ihren Freunden in Stuttgart kannte. Vollgestopfte Regale, zwei durchgesessene Sofas, eine altmodische Stehlampe und Gummibäume vor den sympathisch dreckigen Fenstern zeugten von einem eher entspannten Wohnstil.

Isabella machte es sich auf einem dunkelbraunen Ledersofa bequem, das seine besten Zeiten hinter sich hatte. »Um ein Haar wäre ich beim Spionieren im Büro meines Chefs ertappt worden«, begann sie zu erzählen.

Solange Karlotta zuhörte, nahm sie zwei Whiskygläser aus einem Büfettschrank und setzte sich auf das rote Samtsofa gegenüber. Sie goss Wodka ein und schob ein Glas über die zerkratzte Marmorplatte des Couchtischs zu Isabella.

Deren Schilderung endete mit der Ohrfeige.

»Du hast ihr eine reingehauen?«, vergewisserte sich Karlotta ungläubig. »Das hätte ich dir gar nicht zugetraut.«

»Ich habe im Affekt gehandelt. Und leider völlig umsonst, da ich kein Gutachten gefunden habe.«

»Hast du deine E-Mails durchsucht?«

»Klar. Vielleicht sollte ich einfach den Gutachter anrufen und ihn fragen.«

Karlotta nickte. »Er muss schließlich wissen, wie er an die Jobs gekommen ist. Mir ist nach Ablenkung, dir auch?« Sie nahm die Fernbedienung vom Couchtisch und schaltete den Fernseher ein.

Die Südwest-Nachrichten begannen mit einem Bericht über erneute Kostensteigerungen des Mammutprojekts Stuttgart 21.

»Das ist die geschätzt siebenunddreißigste Aufstockung des Budgets«, schimpfte Karlotta. »Es kommt noch so weit und die führen einen Stuttgart 21-Soli ein.«

Hinter dem Sprecher wurde eine herrschaftliche Villa eingeblendet.

Isabella verschluckte sich an ihrem Wodka. »Das ist das Auktionshaus«, keuchte sie.

Karlotta stellte die Lautstärke höher. »Glaubst du, die berichten über deinen Einbruch in das Büro des Inhabers?«

Isabella war nicht nach Scherzen zumute. Sie hob die Hand. »Pst, ich will das hören.«

»Das Stuttgarter Auktionshaus Lichtenstein meldet erneut einen aufsehenerregenden Erfolg. Bei der letzten Auktion konnte eine bisher unbekannte Zeichnung von Edgar Degas versteigert werden. Sie brachte eine fünfstellige Summe ein.« Hinter dem Moderator blendete die Regie ein Selbstporträt des französischen Impressionisten ein. »Der genaue Erlös bleibt auf Wunsch des Käufers geheim. Unsere Reporterin hatte Gelegenheit, mit dem Juniorchef Alex Lichtenstein zu sprechen.«

Statt des Moderators erschien eine Frau mit kinnlangen Haaren neben einem Mann um die vierzig im grauen Leinenanzug. Sie standen vor einem klassizistischen Portal.

Gegenüber quietschte das Sofa. Karlotta richtete sich auf. »Hey, das ist der gut aussehende Typ im Porsche.«

Die Reporterin begann ihr Interview. »Herr Lichtenstein, das Auktionshaus Ihrer Familie machte in letzter Zeit Schlagzeilen durch spektakuläre Verkäufe. Zum Beispiel eine Ballettszene von Edgar Degas. Wie kam es zu diesem Erfolg?«

Alex Lichtenstein strich sich über das sandfarbene Haar. Über der Stirn bildete es eine Tolle, die ihm etwas Verwegenes verlieh. »Wie Sie wissen, gehört das Auktionshaus Lichtenstein zu den renommiertesten Häusern in Süddeutschland. Wir genießen großes Vertrauen bei unseren Kunden, die ihre wertvollen Nachlässe und Sammlerstücke lieber uns als der Konkurrenz überlassen.«

Wie die meisten Menschen, die im Sternbild des Löwen geboren waren, sonnte sich Alex geradezu in der Aufmerksamkeit. Isabella wunderte sich, weil er und nicht sein Vater dieses Interview gab. Walter ließ sich ungern das Heft aus der Hand nehmen, wenn es um öffentlichkeitswirksame Auftritte ging. Dann erinnerte sie sich an Moritz' Bemerkung, der zufolge Alex den Degas aufgestöbert hatte. Vielleicht war dies der Grund für die ungewohnte Rollenverteilung.

»Herr Lichtenstein, verraten Sie uns, wo Sie das bislang unbekannte Werk entdeckt haben?«

Nun war der Zeitpunkt für Alex' Geheimwaffen gekommen. Charmant lächeln und die blaugrauen Augen funkeln lassen.

»Berufsgeheimnis«, raunte er und tippte sich an den Nasenflügel.

Vom Sofa gegenüber kam ein Prusten. »Hat der einen Agenten in Hollywood? Dein Ex ist die Idealbesetzung für den Typ jugendlicher Liebhaber. Die Frauen sind verrückt nach ihm, stimmt's? Genau wie die Reporterin.«

Isabella schwieg. Es tat weh, ihn mit der attraktiven Frau flirten zu sehen.

»Pferderennen und intime Szenen im Ballettsaal waren die bevorzugten Motive von Edgar Degas.« Alex wirkte derart souverän, als wäre er unter Scheinwerfern aufgewachsen. »Daher ist es kein Wunder, dass ab und an ein unbekanntes Werk auftaucht. Die Kohleskizze zeigt zwei Tänzerinnen in der Pariser Oper und wurde bisher in der Privatsammlung eines Kunsthändlers gehütet. Außer ihm wusste niemand von diesem Schatz. Dank bester Kontakte gelangte der Degas zu uns.«

»Gratuliere zu Ihrem Erfolg. Danke, Herr Lichtenstein. Zurück ins Studio.« Die Reporterin wurde ausgeblendet, und der Moderator erschien auf dem Fernsehschirm.

Karlotta drehte den Ton herunter.

»In den Schauräumen hängt bereits der nächste Degas«, sagte Isabella. »Eine Pferdeskizze von 1919. Für Gäule habe ich wenig übrig, so viel ist sicher. Wenn sie von Degas stammen, bringen sie aber gutes Geld ein.«

Karlotta verteilte den restlichen Wodka auf ihre Gläser. »Kaum bist du eine Zeit lang weg, steigen die Umsätze. Seltsam, oder?«

»Über die Bilanz weiß ich nichts. Nur dass der Umsatz im vergangenen Jahr eher wenig erfreulich war. Aktuell scheinen die Lichtensteins eine Glückssträhne zu haben.«

Karlotta streckte die Beine auf dem Sofa lang aus. »Auf ProSieben läuft ein Thriller mit George Clooney, der ist genauso ein Blickfang wie dein Alex. Hast du Lust darauf? Nicht auf deinen Ex, sondern auf den smarten George.«

Zwei Stunden später kehrte Isabella in die Pension zurück. Als sie in ihrem Kulturbeutel nach der Augencreme suchte, ertasteten ihre Finger einen runden Gegenstand. Ihren Verlobungsring. Ein einkarätiger Solitär im Prinzess-Schliff. Sie zog den Platinring aus dem Beutel und beobachtete, wie der quadratische Edelstein – laut Alex ein Diamant – im Licht der Badezimmerlampe funkelte.

War der Stein echt oder genauso falsch wie sein Verlobungsgeschenk? Das herauszufinden, war weniger kompliziert als bei einem Ölgemälde. Dafür genügte ein Juwelierbesuch.

Mitten in der Nacht wachte Isabella auf. Ihre Zunge klebte am Gaumen, und sie hatte einen pelzigen Geschmack im Mund. Das musste an der Überdosis Alkohol liegen.

Auf Zehenspitzen schlich sie die Treppe hinunter und vermied alle knarrenden Stellen, die ihre Gäste aufwecken könnten. Erst auf dem Absatz im ersten Stock fiel ihr der Liebesurlaub von Estelle Gandolfini und Hermann Hornschuh ein. Ausnahmsweise musste sie auf niemanden Rücksicht nehmen.

In der Küche öffnete sie den Kühlschrank und nahm den Kirschsaft heraus. Durstig trank sie direkt aus der Flasche. Ein Poltern auf dem Flur ließ sie innehalten.

Es war eindeutig fremd und gehörte nicht zu den typischen Geräuschen der Pension, die sie inzwischen kannte.

Die feinen Härchen an ihren Unterarmen stellten sich auf. Während sie angespannt lauschte, atmete sie nur flach und redete sich Mut zu. Schließlich war sie an die dunklen Straßenschluchten einer Großstadt mit ihren finsteren Gestalten und hohen Verbrechensraten gewöhnt. Was konnte einem in diesem friedlichen Albdörfchen schon zustoßen? Hier gab es keine Raubüberfälle, Vergewaltigungen oder feigen Messerattacken.

Sie trat in den Flur und schaute sich um. Die Deckenlampe vor Angies Büro war ausgeschaltet. Auf dieser Seite war alles dunkel.

Isabella wandte sich nach links – und erstarrte vor Schreck. Im schummerigen Licht der Wandlampe im Eingangsbereich machte sie die Umrisse einer Gestalt aus. Die Person war größer als sie und kam direkt auf sie zu. Ein Arm wurde angehoben, Metall blitzte auf, und ein harter Gegenstand traf sie mit brutaler Wucht an der Stirn.

Isabella taumelte und glitt an der Wand entlang auf die Steinfliesen. Sie nahm beißenden Schweißgeruch wahr. Männlichen Schweiß.

Eine tiefe Stimme dröhnte bedrohlich nah durch den Flur: »Isabella Walser?«

Der Eindringling wusste, wie sie hieß! Isabella stockte der Atem. Wie war er hereingekommen? Und warum hatte er sie niedergeschlagen? Ein Zufall konnte das nicht sein, sonst hätte er kaum ihren Namen genannt. Allmählich gewöhnten sich ihre Augen an die Dunkelheit. Sie glaubte, eine breite Nase unter etwas Dunklem zu erkennen.

»Was wollen Sie von mir?«, stammelte sie.

Der Schweißgeruch wurde stärker, als der Mann neben ihr in die Knie ging. Das Gelenk knackte. Eine schwielige Hand packte ihre Kehle. Auf der einen Seite bohrte sich ein Daumen, auf der anderen Seite drückten kräftige Fingerkuppen neben dem Kehlkopf in ihren Hals.

»Ich habe eine Warnung für dich, Mädchen. Hör auf herumzuspionieren, wenn dir dein Leben lieb ist.«

Der Griff wurde fester. Isabellas Puls raste.

Die Fingernägel schnitten in ihre Haut. »Hast du verstanden? Schluss mit dem Herumspionieren!«

Sie wollte nicken, war aber zu keiner Bewegung fähig. Etwas Schweres presste sich in ihren Bauch und quetschte die Organe zusammen. War das ein Knie?

Ihr Sehfeld begann zu flimmern, und sie hatte das Gefühl, als löse sich ihre Verbindung zur Außenwelt. Dann verlor sie das Bewusstsein.

Da war ein Geruch. Scharf und abstoßend. Ihre Nasenflügel flatterten. Kam der Eindringling zurück?

Trotz des Pochens in ihrem Kopf und der brennenden

Schmerzen am Hals bäumte sie sich auf, um zu verhindern, dass der brutale Typ sie erneut an der Kehle packen konnte.

»Ruhig, Isabella, hab keine Angst«, sagte jemand. Die Männerstimme war nicht die des Einbrechers. »Nicht bewegen.«

Der Steinboden unter ihr war hart und kalt. Unkontrolliert begann ihr Körper zu zittern.

»Ich bringe dich ins Wohnzimmer. Hab keine Angst, ich bin vorsichtig.«

Ein Arm wurde um sie gelegt.

Dieser stechende Geruch, woran erinnerte er sie? An Alkohol? Oder Nagellackentferner?

Sie zwang sich, für eine Sekunde die Augen zu öffnen. Im Gegenlicht der dämmerigen Flurlampe sah sie jemand. Sie spürte seine Körperwärme. Ihre Lider schlossen sich wieder.

Der Arm legte sich enger um ihren Oberkörper. Ein anderer Arm schob sich unter ihre Knie. Sie wurde hochgehoben. Die pulsierenden Schmerzen in ihrem Kopf nahmen zu und wurden fast unerträglich. Sie stöhnte auf.

»Gleich vorbei.« Die Stimme klang tröstend und kam ihr bekannt vor, auch wenn sie sie gerade nicht einordnen konnte. »Du musst ins Warme.«

Weicher Stoff streifte über ihre Wange. Da war wieder dieser Geruch. Er erinnerte sie an Lösungsmittel. Egal, alles war besser als der Schweißgeruch des Eindringlings.

Der Mann trug sie ein paar Schritte weit und legte sie auf etwas Weiches, das unter ihr nachgab.

»Nicht erschrecken. Ich schalte das Licht an, damit ich sehen kann, wie schwer du verletzt bist.«

Ein orangefarbener Schimmer breitete sich aus. Er stammte von Angies Tischlampe.

Da war noch ein anderer Geruch. Ein Geruch, den sie gut kannte. Ölfarbe! Sie kämpfte ihre Lider kurz auseinander. Der Mann war Leon.

»Du hast eine üble Wunde an der Stirn. Und dein Hals sieht auch schlimm aus.« Vorsichtig tastete er ihre Arme und Beine ab. »Scheint nichts gebrochen zu sein. Für deinen Kopf hole ich dir etwas, um die Schwellung zu lindern. Versuch dich zu entspannen, ich bin gleich wieder da.«

Schritte entfernten sich. Die Kühlschranktür in der Küche ging auf, es knisterte. Schritte näherten sich. Etwas Kaltes wurde auf ihre Stirn gelegt. Sie zuckte zurück und riss die Augen auf. Seine Finger strichen sanft über ihre Wange.

»Bleib ruhig liegen, die Kälte tut dir gut.«

Isabella bemühte sich, das dumpfe Pochen in ihrem Kopf auszublenden und sich auf ihren Atem zu konzentrieren. Leon legte Angies lila Wolldecke über sie.

»Ich habe gehört, wie ein Auto angelassen wurde und wegfuhr.« Leon setzte sich neben ihr auf das Sofa, das unter seinem Gewicht nachgab. »Das Geräusch passte zu keinem der Wagen in der Nachbarschaft. Und dann hatte ich das Gefühl, ich müsste nach dir sehen.«

»Wie bist du ...« Isabella brach ab und stöhnte. Durch ihren Kopf tobte ein ganzes Bündel an Blitzen.

»Ruhig liegen bleiben.« Leon nahm das kalte Ding von ihrer Stirn, drehte es um und legte es mit der kühleren Seite zurück. »Wie ich reingekommen bin? Ich weiß, wo deine Schwester einen Ersatzschlüssel aufbewahrt.«

»Er hat mich bedroht«, flüsterte Isabella und kämpfte einen Klumpen Spucke durch ihren schmerzenden Hals. »Seine Hand hat meine Kehle zusammengequetscht, bis ich keine Luft mehr bekommen habe. Ich bekam Panik und dachte, der bringt mich um.«

»Er ist weg, Isabella. Es ist alles gut. Du bist in Sicherheit.«

Sie atmete ein paarmal tief durch und spürte, wie die verkrampften Muskeln in ihrem Nacken sich allmählich zu lockern begannen. »Was ist das Kalte auf meiner Stirn?«

Es raschelte. Leon hob einen grün- und orangefarben bedruckten Beutel hoch und zeigte ihn ihr. »Erbsen. Fünfhundert-Gramm-Packung aus dem Gefrierfach. Ging am schnellsten.« Er legte die Erbsen zurück auf ihre Stirn.

»Du riechst nach Farbe«, flüsterte sie.

Leon schnupperte an seiner Hand. »Stimmt. Das ist Ölfarbe. Blaue und violette. Ich versuche, einen Sonnenuntergang zu malen.« Er schüttelte den Kopf. »An diesem Geruch hast du mich im Dunkeln erkannt?«

»Ja. Und da wusste ich, dass ich keine Angst mehr haben musste«, antwortete Isabella und genoss die Wärme seiner Hand auf ihrem Arm.

Montag

Isabella löste in der Küche zwei Aspirin-Brausetabletten in einem Glas Leitungswasser auf. In winzigen Schlucken zwang sie die Flüssigkeit die Kehle hinunter. In ihrem Kopf hämmerte es, und die Beule an ihrer Stirn pochte schmerzhaft.

Leon war den Rest der Nacht über bei ihr geblieben, damit sie nach dem Überfall nicht allein im Haus war. Bis zum Morgengrauen hatten sie sich auf dem Sofa unterhalten. Über ihr Leben in der Stadt, über seine Ziele als Maler und natürlich über Willi Baumeister.

Mit dem Glas in der Hand ging sie in den Flur, um ihr Gemälde zu betrachten. Sie stoppte abrupt. Der Platz auf der Kommode war leer.

Hatte sie es am frühen Morgen mit nach oben genommen, nachdem Leon nach Hause gegangen war? Nein, dafür war sie viel zu erschöpft gewesen.

Sie stellte das Glas auf der Kommode ab und lief so schnell, wie es ihre schmerzenden Glieder zuließen, in die Dachwohnung. Hier war es nicht. Sie kehrte ins Erdgeschoss zurück und durchsuchte alle Räume. Es gab keinen Zweifel: Ihr Bild war nicht mehr da. Der Einbrecher musste es mitgenommen haben.

Aber woher hatte er davon gewusst? Es gab nur ein paar Menschen, die das Bild hier gesehen hatten. Karlotta zum Beispiel, die Honeymooner, die erst kürzlich abgereist waren, Leon, Hermann Hornschuh und Estelle Gandolfini.

Auch Moritz und Alex wussten davon – Alex!

Letzte Woche war er nach Ochsenwang gekommen, um sein Geschenk zurückzufordern. Das hatte sie ihm verweigert. Hatte er sich nun zurückgeholt, was seiner Meinung nach wieder ihm gehörte?

Nein, der Eindringling konnte unmöglich Alex gewesen

sein. Er hätte sich niemals selbst die Finger schmutzig gemacht, sondern jemanden damit beauftragt. Außerdem hätte sie seine Stimme und seinen Geruch erkannt.

Ob in Alex' Auftrag oder nicht, jemand war in ihr Haus eingebrochen, hatte sie bedroht und verletzt und ihr Gemälde gestohlen. Einbruch, Körperverletzung und Diebstahl – drei gute Gründe, um die Polizei einzuschalten.

Sie holte ihr Handy und tippte eine Eins, noch eine Eins – ihr Zeigefinger schwebte bereits über der Taste mit der Null, als sie zögerte. Wenn das LKA gegen sie ermittelte, wusste auch die Kripo von dem Betrugsverdacht gegen sie. Wäre es klug, noch mehr Aufmerksamkeit auf sich zu ziehen? Eher nicht. Zumindest so lange nicht, bis sie wusste, ob ihr Gemälde ein Original war oder eine Fälschung. Und ob Alex darüber Bescheid wusste. Vorerst musste sie die Sache selbst in die Hand nehmen.

Da das Bild verschwunden war, konnte sie keine zweite Expertise mehr einholen. Gab es noch eine andere Möglichkeit, um herauszufinden, ob es echt war? Wenn nur die pulsierenden Schmerzen in ihrem Kopf nachlassen würden, die kaum einen klaren Gedanken zuließen.

Es dauerte eine Weile, bis ihr eine Lösung einfiel. Alex hätte ein derart kostbares Kunstwerk niemals ohne ein Wertgutachten gekauft. Es sei denn, er hätte bereits gewusst, dass es sich um eine Fälschung handelte. Wenn es ein Gutachten gab, musste es irgendwo im Auktionshaus sein – oder im Penthouse.

Sie ging hinauf in Angies Badezimmer, um sich zurechtzumachen. Beim Anblick ihres Spiegelbilds fuhr sie schockiert zurück. Neben dem Kehlkopf zeichneten sich dunkelrote Einschnitte ab. Die verdankte sie den Fingernägeln des Einbrechers. Ihr Hals zeigte rot und blau schimmernde Flecke, und die Beule auf der Stirn war nicht zu übersehen.

Sie brauchte drei Lagen Make-up und reichlich Concealer, bis sie nicht mehr vor sich selbst erschrak.

Nachdem sie sich umgezogen und ein Seidentuch um ihren Hals gelegt hatte, lief sie die Treppe hinunter. Durch das Fenster im ersten Stock beobachtete sie, wie ein dunkelhaariger Mann in Lederjacke und Jeans das Gartentor aufschob und sich der Haustür näherte. Jens Petermann vom LKA!

Bevor er sie entdecken konnte, wich sie vom Fenster zurück. Was wollte der Ermittler schon wieder hier? Und das ausgerechnet heute! Wenn er ihre Verletzungen sah, würde er womöglich den Notarzt rufen und ihr zusetzen, bis sie ihm von dem Überfall erzählte.

Es klingelte. Isabella rührte sich nicht von der Stelle. Beim zweiten, deutlich längeren Läuten schickte sie Petermann eine stille Botschaft: Dreh um, geh weg. Frau Walser ist nicht da.

Endlich gab er auf. Isabella zählte langsam bis zehn, bis sie einen Blick aus dem Fenster wagte. Petermann ging durch das Gartentor, stieg in einen grauen Passat und fuhr davon.

Erleichtert atmete sie auf.

Es war bereits zehn Uhr vorbei, als sie das Büro im Auktionshaus betrat.

»Guten Morgen, Petra. Ich bin etwas später dran, ein privater Termin. Um deine Katalogtexte kümmere ich mich sofort.« Sie ging zum Garderobenschrank.

Petra sah von ihrem Bildschirm auf und setzte zu einem Lächeln an, dann schlug sie die Hände vor den Mund.

»Du lieber Himmel!« Sie fixierte die Beule unter Isabellas Haaransatz.

Geistesgegenwärtig zupfte Isabella sich einige Strähnen in die Stirn.

»Was ist mit dir passiert? Das sieht ja fürchterlich aus.«

»Ach, halb so schlimm. Ich bin auf der Treppe ausgerutscht und habe mich an der Fensterbank gestoßen.« Isabella nahm den Seidenschal ab und hängte ihn mit dem Blazer auf einen Kleiderbügel an der Garderobe. Sofort erkannte sie den Fehler und schlang das Tuch wieder um. Es war bereits zu spät.

Petras braune Augen weiteten sich vor Entsetzen.

Auf die Schnelle fiel Isabella keine Erklärung für die Würgemale und die Fingernagelabdrücke ein. Verschämt drapierte sie den Stoff enger um den Hals, setzte sich auf ihren Stuhl und drehte ihn von Petra weg.

Wenig später spürte sie eine Berührung an der Schulter.

»Hat dich jemand geschlagen, Isabella?« Petras Stimme war voller Mitgefühl. »Du kannst mir die Wahrheit sagen, ich kenne solche Verletzungen. Meine Schwester war mit einem gewalttätigen Mann verheiratet. Ich hab sie zig Male mitten in der Nacht bei mir aufgenommen, weil sie nicht wusste, wohin.«

»Ich bin okay, wirklich.« Isabella zwang sich zu einem Lächeln. »Mach dir keine Sorgen.«

Petra ging neben ihr in die Hocke und sah ihr eindringlich in die Augen. »Du musst mir nichts vormachen. Meine Schwester hat ihre Situation mir gegenüber mit genau solchen Beschwichtigungen jahrelang geleugnet. Du bist nicht okay, das sehe ich.«

Isabella konnte nicht verhindern, dass ihre Augen feucht wurden. Sie wich Petras Blick aus und starrte auf den Boden. Eine Träne lief über ihre Wange, tropfte herunter und hinterließ einen feuchten Fleck auf ihrer Anzughose. Eine zweite Träne folgte, dann eine dritte.

Wortlos stand Petra auf, holte eine Packung Taschentücher aus ihrer Handtasche und reichte Isabella eines. »Es ist gut, Isabella. Hier kann dir nichts passieren.«

»Danke für deine Fürsorge.« Isabella wischte die Tränen aus ihrem Gesicht und schnäuzte sich. »Aber glaub mir, es ist alles in Ordnung.«

Petra beugte sich zu ihr herunter und presste ihre Wange kurz an Isabellas. »Ich verstehe. Weißt du … Wie soll ich mich ausdrücken …« Sie suchte nach den richtigen Worten. »Es gibt Gerüchte im Haus. Über dich und Alex.«

»Über mich und Alex?« Isabella blinzelte überrascht. »Was hat Alex damit zu tun?«

Petra richtete sich auf. »Ich habe gehört, dass ihr Probleme habt. Mehr will ich nicht dazu sagen, eure Beziehung geht mich schließlich nichts an. Versprich mir nur eines.« Wieder beugte sie sich tiefer und suchte Isabellas Blick. »Wenn Alex dich erneut schlägt, dann zeigst du ihn an. Das ist der einzig richtige Weg. Vertrau mir, ich weiß, wovon ich spreche.«

Als Isabella Petras falschen Verdacht gerade richtigstellen wollte, ging die Bürotür auf, und Sofie kam herein. Sie trug ein figurnah geschnittenes Kostüm und verwegen hohe Pumps. Als sie ihre Kolleginnen in trauter Zweisamkeit sah, warf sie die Haare über die Schulter. »Was ist los? Ist jemand gestorben?«

»Was redest du für einen Blödsinn«, erwiderte Petra und kehrte an ihren Platz zurück. »Wir hatten nur ein Gespräch unter Frauen, sonst nichts.«

Isabella drehte den Stuhl von Sofie weg und vergewisserte sich, dass das Seidentuch ihren Hals verdeckte.

Sofie setzte sich und schaltete den Computer ein. Der aufdringliche Duft ihres Parfüms hing wie eine giftige Wolke im Raum. Dennoch wagte es Isabella nicht, aufzustehen und das Fenster zu kippen. Sie hatte Angst, Sofies Aufmerksamkeit auf sich und ihre Blessuren zu ziehen.

Eine gute Stunde und eine Schmerztablette später mailte Isabella zwei Texte an Petra, stand auf und nahm ihre Handtasche aus dem Schrank. »Ich hole mir einen Kaffee. Kann ich euch etwas mitbringen?« Sie prüfte den Sitz des Halstuchs und vermied den Blick zu Sofie.

Die Kolleginnen verneinten. Isabella verließ den Raum und suchte die Damentoilette auf. In der hintersten Kabine rief sie mit dem Handy die Rezeption an.

»Guten Tag«, sagte sie mit verstellter Stimme. »Könnte ich bitte Alex Lichtenstein sprechen? Es geht um einen Nachlass.« Auf dieses Stichwort sprangen im Auktionshaus alle an. In Nachlässen fanden sich oft lukrative Stücke und unerwartete Schätze, die viel Geld einbrachten.

»Bedaure. Herr Lichtenstein ist unterwegs. Er wird erst gegen Abend wieder erwartet«, antwortete der Portier. »Darf ich Sie mit einem anderen Ansprechpartner verbinden?«

»Danke, nicht nötig. Ich versuche es morgen erneut.«

Isabella beendete die Verbindung und holte tief Luft. Die Zeit war gekommen, um die Wahrheit über ihr Verlobungsgeschenk herauszufinden.

Selbstverständlich besaß auch der Juniorchef und kommende Geschäftsführer ein repräsentatives Büro mit Vorzimmer. Die beiden Assistentinnen waren deutlich älter als diejenigen von Lichtenstein senior. Vielleicht, um amouröse Verwicklungen von vornherein auszuschließen.

Isabella besann sich auf ihre Rolle als Alex' zukünftige Gemahlin und stürmte hinein, ohne anzuklopfen. Nur eine der Damen war an ihrem Platz. Bei Isabellas Anblick setzte die mollige Frau Ende fünfzig ein förmliches Lächeln auf. »Kann ich Ihnen –«

»Ich brauche dringend ein paar Unterlagen für den Katalog«, fiel Isabella ihr ins Wort. Im Vorübergehen deutete sie zu Alex' Raum. »Danke«, schob sie hinterher, um nicht allzu unhöflich zu wirken. Schließlich war die nette Frau an ihrem persönlichen Unglück unschuldig.

Sie schloss die mit schwarzem Leder gedämmte Tür hinter sich und stellte ihr Handy auf lautlos.

Anders als im Büro seines Vaters fanden sich in Alex' ganz in Grau, Weiß und Schwarz gehaltenem Raum keine Antiquitäten. Was er schätzte, war gerade einmal hundert Jahre alt und stammte von Bauhaus-Designern. Die bis heute berühmteste moderne Schule für Kunst und Architektur war 1919 von Walter Gropius in Weimar gegründet worden und verwendete Materialien der industriellen Revolution wie Beton, Stahl und Glas. Klare, nüchterne Linien und geometrische Formen prägten auch die Möbelentwürfe der Bauhaus-Künstler. Alex' Schreibtisch aus Stahlrohr und schwarzem

Eschenholz stammte von Marcel Breuer und wirkte wie eine moderne Skulptur. Ebenso der passende Freischwinger, der dafür weniger Sitzkomfort bot als die ausgeklügelten Stühle von heute.

Isabella vermied den Blick zum Barcelona-Sofa von Mies van der Rohe, auf das Alex und sie sich besonders in den ersten Monaten ihrer Romanze manchmal bei verschlossener Tür zurückgezogen hatten. Sie trat zu den Regalen, die ebenfalls von Mies van der Rohe entworfen worden waren. Die schwarz lackierten Fachböden wurden nur von einzelnen Strahlrohren gehalten und schienen trotz der zahlreichen Akten- und Stehordner fast zu schweben.

Konzentriert sichtete Isabella einen Ordner nach dem anderen und suchte nach Informationen über ihr Gemälde. Sie blätterte in Buchhaltungsunterlagen und Rechnungen, deren Ablage Alex ans Vorzimmer delegierte, weil ihm seine Zeit dafür zu wertvoll war. Auch die Brief- oder E-Mail-Wechsel zwischen ihm und Sammlern sah sie sorgfältig durch, fand aber keine Hinweise, die ihr weiterhalfen.

Nach den Ordnern widmete sie sich den Ledermappen zu einzelnen Künstlern. Nicolas Guibal, Emil Nolde, Karl Hofer, Edgar Degas, Käthe Kollwitz und Anton Stankowski lauteten die bekanntesten Namen. Der vorletzte Stehordner enthielt eine Mappe mit Gutachten zu Werken von Willi Baumeister.

Endlich eine heiße Spur. Isabella hoffte, hier fündig zu werden.

Sie setzte sich an den Schreibtisch und fing an zu blättern. Die Mappe enthielt fünf Gutachten von externen Spezialisten inklusive Anschreiben sowie Stellungnahmen der Kolleginnen und Kollegen aus dem Auktionshaus. Das erste betraf eine Kreide-, das zweite eine Bleistiftzeichnung aus der späten Schaffensphase. Beim nächsten Gutachten fiel der Begriff »Montaru«.

Isabella ballte triumphierend die Faust. Zu dieser Serie gehörte auch ihr Verlobungsgeschenk. Sie überflog die Details zu dem betreffenden Werk. Datiert war es auf 1953, das passte. Jetzt das Material. Leider kein Öl, sondern Pastell, Collage mit Fotokarton.

Enttäuscht legte sie das Gutachten zurück und prüfte die beiden letzten. Das eine Werk war mit Ölkreide gemalt, das andere in einer Mischtechnik. Sie sortierte die Mappe zurück und blätterte die übrigen durch. Fehlanzeige. Kein Hinweis auf ihr Gemälde.

Nachdem sie die Stehordner wieder ins Regal gestellt hatte, sah sie auf ihre Armbanduhr. Bereits eine gute Viertelstunde hielt sie sich hier auf. Die Assistentin würde bald misstrauisch werden.

Den Schreibtisch aufzubrechen wie im Büro von Lichtenstein senior war hier nicht möglich. Alex' moderne Version hatte gar keine Schubladen. Daneben stand ein abschließbarer Rollcontainer. Steckte vielleicht der Schlüssel?

Nein. Schade.

Auf bewährte Weise bog Isabella zwei Büroklammern zurecht und fingerte damit im Schloss herum, bis es nachgab. Die oberste Schublade enthielt die geprägten Briefbögen und Umschläge mit dem blauen Logo des Auktionshauses sowie passende Visitenkarten. Aus welchem Grund Alex die Geschäftsausstattung einschloss, war ihr ein Rätsel.

Sie schob die Lade zu und sah den Inhalt der zweiten durch. Hier stieß sie auf Verträge mit externen Dienstleistern wie Transportunternehmen, Restauratoren und Gutachtern, die weder chronologisch noch thematisch geordnet waren und Alex' chaotischem Ablagesystem folgten. Sie wollte die Lade bereits abhaken, da sah sie ein weißes Ringbuch aus Karton mit dem aufgedruckten goldfarbenen Symbol zweier ineinander verschlungener Eheringe. Neugierig schlug sie es auf.

»Entwurf für einen Ehevertrag zwischen Alex Lichtenstein und Isabella Walser« las sie auf dem Deckblatt. Ihre Finger zuckten zurück, als wäre das Papier glühend heiß. Der Inhalt umfasste mindestens zehn bedruckte Blätter. Um die alle durchzusehen, fehlte ihr die Zeit.

Jemand klopfte energisch gegen die Bürotür.

»Frau Walser, ist alles in Ordnung? Kommen Sie zurecht, oder brauchen Sie Hilfe?«, fragte die Sekretärin. Ihre Stimme wurde durch die gepolsterte Tür gedämpft.

»Danke, ich brauche nur noch eine Minute«, antwortete Isabella betont gelassen.

»Gut, dann weiß ich Bescheid.«

Nun zählte jede Sekunde. Den Inhalt der untersten Schublade sichtete sie nur oberflächlich. Bis sie auf ein Blatt mit Notizen in Alex' Handschrift stieß. »Heiligenfigur Barbara, Lindenholz« stand ganz oben, darunter ein paar fast unleserliche Schnörkel und die Worte »unteres Drittel später ergänzt«.

Ihr Herz schlug schneller. Sie nahm das Handy heraus und fotografierte die Seite mehrfach ab, weil ihre Hand zitterte und die Aufnahmen unscharf sein könnten. Dann legte sie das Blatt zurück und verriegelte den Rollcontainer. Dabei rutschte ihr eine der Büroklammern ab und hinterließ einen hässlichen Kratzer im schwarzen Lack.

Mist, dachte sie, ließ die Klammern fallen und rubbelte mit dem Zeigefinger über die Kratzspur. Vergeblich. Ihr Einbruch hatte eine Spur hinterlassen, die nicht zu übersehen war.

Mit ihrem Fund in der Hand ging sie zurück ins Vorzimmer.

»Hab's gefunden.« Sie hob das Ringbuch hoch und machte sich aus dem Staub.

Auf dem Weg in die Kantine dachte sie darüber nach, warum sie kein Gutachten für das Baumeister-Gemälde gefunden hatte. Es wäre nur logisch gewesen, die Expertise bei den übrigen Gutachten für Werke desselben Malers aufzubewahren. Alex musste sie woanders deponiert haben. Vielleicht im Penthouse?

Unterwegs verschwand sie in einer fensterlosen Kammer, in der Büromaterial und Putzmittel gelagert wurden, und verstaute das Ringbuch in ihrer Handtasche. Es stand zwischen den Henkeln oben deutlich sichtbar heraus. Laut Pförtner kam Alex erst gegen Abend zurück, es bestand also keine Gefahr, dass er ihr begegnete und das Ringbuch sah.

In der Kantine kaufte sie eine kleine Flasche Wasser und eine Schüssel Salat. Zurück im Büro, steuerte sie ihren Platz an, schob die Tasche unter dem Schreibtisch so weit wie möglich durch bis an die Wand, trank einen Schluck Wasser und stocherte halbherzig im Salat herum, der für ihren Geschmack zu viel Essig enthielt. Petra und Sofie waren in ihre Bildschirme vertieft und schenkten ihr keine Beachtung.

Eine Viertelstunde später ging Petra in die Pause. Isabella nahm ihr Handy heraus und schickte die Fotos von Alex' unleserlichen Notizen an ihre E-Mail-Adresse. Innerhalb von Sekunden waren die Dateien auf ihrem Rechner. Mit einem Schulterblick vergewisserte sie sich, dass Sofie nach wie vor auf ihren Bildschirm sah.

Sie klickte die erste Bilddatei auf. Die Schärfe des Fotos stimmte. Leider war Alex' Handschrift auch vergrößert nur schwer zu enträtseln. Die Wörter »Heiligenfigur Barbara, Lindenholz« sowie »unteres Drittel später ergänzt« hatte sie bereits in seinem Büro entziffert. Und was sollte das hier heißen? Ein Begriff begann mit einem großen W, ihm folgten zwei energische Ausrufezeichen. Ein anderer endete mit den Buchstaben »nnes«. Eine Passage war ebenfalls mit einem Ausrufezeichen versehen.

Nach längerem Rätseln ging Isabella auf, was das längste Wort in diesem Halbsatz bedeuten sollte.

»Bingo«, flüsterte sie und schob ein mehrfaches Räuspern hinterher, falls Sofie ihre freudige Äußerung gehört haben sollte.

Wenzlinger! Der Sammler aus Aichelberg, der die heilige Barbara ersteigert hatte. Dank dieses Fortschritts gelang es Isabella, auch den Rest zu entziffern. »Unbedingt Wenzlinger ansprechen, sammelt Heiligenfiguren«, lautete der Halbsatz.

Wenig später entschlüsselte sie auch die andere Stelle, die mit einem großen W begann: Wurmlöcher. Meinte Alex die zahlreichen Spuren von Holzwürmern im echten oberen Bereich? Oder ging es darum, den deutlich jüngeren Teil mit Wurmlöchern zu versehen, um ihn für Laien nicht auf den ersten Blick als nachträgliche Ergänzung erkennbar zu machen?

Jetzt ging Isabella auf, wozu die Endung »nnes« gehören könnte. Einer der Restauratoren, die im Auktionshaus arbeiteten, hieß Johannes Rösch.

Endlich hatte sie einen Hinweis!

Während sie im Mitarbeiterverzeichnis die Durchwahl von Rösch heraussuchte und sie notierte, klingelte hinter ihr Sofies Telefon.

»Sofie Stolzenburg«, meldete sich die Kollegin, gefolgt von einem erfreuten Lachen. »Hallo. Schön, dass du dich meldest. Was gibt es …« Sie brach mitten im Satz ab und hörte eine Weile schweigend zu.

»Du meinst die Zeichnung mit den Tänzerinnen?«, fragte sie leise.

Alarmiert drehte Isabella den Kopf ein paar Zentimeter zur Seite. Es war nicht leicht, das Gespräch zu verfolgen. Sofie schirmte die Sprechmuschel mit der Hand ab und flüsterte nun.

»Aber wie ist das möglich? Wir haben doch extra ein … Warte kurz, ich gehe raus.« Sie sprang vom Stuhl hoch, stöckelte mit dem Telefon in der Hand auf den Flur und lehnte die Tür hinter sich an.

Isabella schlüpfte aus ihren Pumps, schlich über das Parkett zur Zimmertür und schob den Zeigefinger in den winzigen Spalt zwischen Rahmen und Türblatt. Millimeterweise vergrößerte sie den Abstand und konzentrierte sich auf ihr Gehör.

Sofie lief im Kreis herum und nickte mehrmals. »Ja, absolut. Ich bin mir hundertprozentig sicher.« Sie blieb stehen und machte eine abwehrende Geste. »Nein, niemand außer dir und mir. Und natürlich …« Sie wandte sich ab. Ihre Stimme war nun so gedämpft, dass Isabella nichts mehr verstehen konnte.

Mit rasendem Puls zog sie sich an ihren Arbeitsplatz zurück. Dieser Nachmittag hatte ihr mehr als eine heiße Spur beschert.

Als Sofie in das Zimmer zurückkam, drehte sich Isabella auf dem Stuhl herum und studierte den Gesichtsausdruck ihrer Kollegin.

»Gibt's ein Problem?«, fragte Isabella, gespannt darauf, wie Sofie reagieren würde.

Die wich mit zusammengepressten Lippen dem Blickkontakt aus und stellte das Telefon in die Funkstation zurück. Isabella fiel auf, dass ihre schmalen Finger mit den dunkelrot lackierten Nägeln bebten.

»Nein. Alles in Ordnung.« Sofies Stimme klang rau.

Ohne weitere Erklärung fuhr Sofie ihren Computer herunter und verschwand erneut aus dem Raum.

Warum hatte der Anruf sie derart aus der Fassung gebracht?, überlegte Isabella. Es musste mit der Kohlezeichnung von Edgar Degas zu tun haben, die während ihrer Abwesenheit für viel Geld den Besitzer gewechselt hatte.

Dummerweise hatte sie den Rest des Gesprächs nur bruchstückhaft mitbekommen. Dennoch hatte sie genug gehört, um ein weiteres Geheimnis zu wittern.

Isabella nutzte die Abwesenheit der Kolleginnen, um das Foto von Alex' Notizen auszudrucken. Sie faltete das Blatt zweimal und schob es neben das Ringbuch in ihre Umhängetasche.

Wer könnte etwas über die Sache wissen? Es gab einen Mitarbeiter, der auf jeden Fall informiert sein müsste.

Sie machte sich auf den Weg in die Presseabteilung.

Zunächst biss sie mit ihren Andeutungen, dass mit dem Degas etwas nicht stimmte, bei Moritz auf Granit.

»Was soll mit der Zeichnung sein?«, erwiderte er und verschränkte die Arme. Seine Körpersprache signalisierte ebenso wie die verschlossene Miene, dass er nicht willens war, Isabella einzuweihen, sofern er mehr wusste.

»Das frage ich dich.« Sie lehnte sich an seinen Tisch. »Ich habe ein Telefongespräch mitbekommen, in dem es um den Degas ging. Es hörte sich nach Ärger für uns an. Das Auktionshaus, meine ich.«

Wie zufällig glitt ihr Blick über den Bildschirm seines Computers. Er zeigte den Entwurf einer neuen Pressemeldung über die nächste Versteigerung. Die enthielt wohl keine Hinweise in Sachen Degas.

Obwohl Moritz reglos wie eine Marmorstatue dasaß, hatte Isabella nicht vor, aufzugeben. Im Gegenteil. Sie würde ihn so lange bearbeiten, bis er Farbe bekannte. Und sie wusste auch, wie sie ihn dazu bringen würde.

Auffallend langsam strich sie die dunklen Haare an der Schläfe zurück, bis ihre Stirn frei lag, und lockerte das Seidentuch um den Hals. Automatisch folgte Moritz' Aufmerksamkeit ihren Bewegungen.

Als er die Beule an ihrer Stirn sah, zuckte er zurück, blieb aber stumm. Doch beim Anblick der Würgemale und der blutunterlaufenen Nagelabdrücke neben ihrer Kehle sog er mit einem zischenden Geräusch Luft zwischen den Zahnreihen ein.

»Dein Hals sieht übel aus, Isabella! Wie ist das passiert?«

»Ich bin überfallen und fast erwürgt worden.« Sie ließ die Worte wirken.

In Moritz' Gesicht spiegelte sich eine Mischung aus Entsetzen und Mitgefühl. »Ein Überfall? Wann war das?«

»Heute Nacht in der Pension. Ich habe einen Einbrecher überrascht. Besser gesagt, hat er mir aufgelauert. Ein brutaler Typ. Er hat mir gedroht und mich gewarnt, ich solle keine Nachforschungen mehr anstellen.«

»Nachforschungen? Was für Nachforschungen?«

Isabella drapierte das Seidentuch wieder um den Hals und

verknotete die Enden. »Ich vermute, es geht um mein Gemälde von Willi Baumeister.«

»Das du verkaufen wolltest?«

Sie nickte.

»Und aus welchem Grund vermutest du das?«

»Weil es verschwunden ist. Und zwar seit heute Nacht.«

Moritz stützte die Hände auf die Oberschenkel und beugte sich näher zu ihr. »Verschwunden? Hat der Einbrecher es mitgehen lassen?«

»Hat er. Könnte sein, dass der Typ sein blaues Wunder erlebt, wenn er das Bild zu Geld machen will.« Dass sie Alex im Verdacht hatte, den Einbrecher geschickt zu haben, behielt sie für sich.

Sie erzählte Moritz von ihrem Besuch in der Esslinger Galerie und dem Urteil des Baumeister-Experten.

»Das Bild soll eine Fälschung sein?« Er verzog das Gesicht. »Das wäre bitter, weil es bedeuten könnte …«

»Dass Alex mir ein gefälschtes Bild zur Verlobung geschenkt hat«, vervollständigte Isabella und ignorierte den Stich in ihrem Herzen.

»Verrätst du mir endlich, was du über die Tänzerinnen von Degas weißt?«

Moritz' Miene wurde abweisend. »Wer sagt, dass ich etwas darüber weiß?«

Langsam riss Isabella der Geduldsfaden. »Du bist Journalist und hast von Berufs wegen einen Riecher für krumme Dinger. Ich habe Angst, verstehst du das nicht?«

»Natürlich verstehe ich das. Aber bei dem Angriff auf dich ging es um eine private Sache. Das hatte nichts mit dem Auktionshaus zu tun.«

»Bist du dir da sicher? Den Baumeister habe ich von Alex. Und die heilige Barbara wurde hier versteigert.« Isabella fixierte Moritz eindringlich. »Sag mir einfach, ob der Degas auch eine Fälschung sein könnte.«

Moritz kämpfte mit sich, das konnte sie ihm am Gesicht

ablesen. Er war Angestellter des Auktionshauses und zu Loyalität gegenüber den Lichtensteins verpflichtet, darüber hinaus gehörte Alex zu seinem Freundeskreis. Gleichzeitig hatte er aber auch ein enges Verhältnis zu Isabella.

Nach einem erneuten Blick auf ihre Stirn lenkte er ein. »Also gut, du hast gewonnen. Ich sage dir, was ich weiß, auch wenn ich das nicht tun sollte.« Er atmete durch. »Wir haben ein Problem.«

»Mit dem Degas?«

»Ja. Der Käufer hat die Kohlezeichnung nach der Auktion prüfen lassen. Der Experte meint, sie sei nicht von Degas.«

»Schon wieder eine Fälschung.«

»Die Heiligenfigur ist nicht gefälscht, sondern ein Teil wurde später ersetzt. Sie ist lediglich weniger wert als im Katalog angegeben. Und für dein Gemälde hast du nur eine einzige Expertenmeinung eingeholt, und die liegt dir nicht einmal schriftlich vor.«

»Das stimmt. Trotzdem könnte es einen Zusammenhang zwischen den drei Werken geben.«

»Könnte sein, ja. Bis wir das wissen, müssen wir Schadensbegrenzung betreiben. Immerhin geht es um den guten Ruf des Hauses.«

»Weißt du, wo der Käufer die Degas-Zeichnung prüfen lassen hat?«

»Nein.« Moritz legte die Hand auf Isabellas Arm. »Ich denke, es ist besser, wenn du dich da raushältst. War dir der Überfall keine Mahnung?«

»War er. Genau deshalb will ich wissen, was hier gespielt wird.«

Sie verabschiedete sich von Moritz und lief geistesabwesend über den Flur. Die Degas-Zeichnung könnte also eine Fälschung sein! Und Sofie wusste etwas darüber, daran gab es nach dem Telefonat, das sie zumindest in Teilen mitgehört hatte, keinen Zweifel. Aber wer hatte sie angerufen? Alex? Er hatte den Sensationsfund aufgestöbert, genauso wie die

Pferdeskizze in der Vorbesichtigung. Die beiden Zeichnungen eines der berühmtesten Künstler der Welt entdeckt zu haben musste seine Position in den Augen seines Vaters enorm aufwerten.

In Isabella regte sich ein Hauch von Mitgefühl. Nicht nur sie wurde von Walter mit überkritischen Augen betrachtet. Auch sein Sohn hatte keine Sonderstellung, sondern musste um jedes Quäntchen Anerkennung kämpfen.

Sie nahm die Treppe in den ersten Stock. Dort befanden sich die Werkstätten und Labore. In der Werkstatt für Restaurierungs- und Ausbesserungsarbeiten an Stein- und Holzskulpturen bearbeitete eine Mitarbeiterin eine Madonnenfigur mit einem feinen Pinsel.

Isabella deutete auf das filigrane Gesicht der Madonna. »Ein schönes Werk aus der Spätgotik. Nürnberger Schule?«

Die Restauratorin sah auf und strich sich eine Strähne hinters Ohr, die sich aus ihrem Pferdeschwanz gelöst hatte. Sichtlich beeindruckt von Isabellas Fachwissen nickte sie. »Ja, diese Art von Lockenfrisur des Jesuskinds ist in der Zeit um 1500 in der Nürnberger Gegend weit verbreitet gewesen. Die Skulptur könnte aus der Werkstatt von Veit Stoß stammen.«

»Das wäre großartig für uns«, sagte Isabella enthusiastisch. »Vielleicht können Sie mir weiterhelfen. Ich bin auf der Suche nach Johannes Rösch.«

»Tut mir leid. Johannes hat heute Urlaub.«

»Ist er morgen im Haus?«

»Ja. Normalweise fängt er um acht Uhr an.«

»Danke. Gutes Gelingen mit dieser bemerkenswerten Madonna.«

Das Gespräch mit Johannes Rösch musste bis morgen warten. Die Pferdeskizze hingegen konnte sie sich sofort ansehen.

Isabella ging hinunter ins Erdgeschoss und lief zu den stilvollen Räumen, in denen die Objekte der nächsten Versteigerung präsentiert wurden. Zielstrebig durchquerte sie einen abgedunkelten Raum mit Druckgrafiken und Zeichnungen und betrat das Kabinett. Der kleine Raum mit holzgetäfelten Wänden und Stuckdecke war besonders wertvollen und lichtempfindlichen Stücken vorbehalten.

Aktuell wurde hier nur ein Werk gezeigt, das an der Wand gegenüber dem Eingang hing. Eine ziemlich grobe Skizze eines Pferdes in Bewegung im querrechteckigen Format. An einigen Stellen war die Kohle verwischt, um Dreidimensionalität und einen naturnahen Eindruck zu erzeugen. Das Besondere an dieser einfachen, wenn auch sehr lebendig gestalteten Pferdestudie war der Signaturstempel im linken unteren Eck. In verblasstem Rot stand dort »Degas«, was den Schätzpreis von fünfundzwanzigtausend Euro erklärte.

Auch wenn Isabella solchen Pferdestudien genauso wie ihren lebenden Vorbildern nur wenig abgewinnen konnte, überkam sie die innere Erregung, die ein Kunstwerk eines so bekannten Meisters in jedem Betrachter auslöste.

Alex war ein Glückspilz. Objekte dieses Niveaus waren ebenso begehrt wie selten. Bei der Versteigerung würde der Fund eine beachtliche Summe einbringen. Wenn sich mehrere Interessenten den Degas sichern wollten, würden sie sich gegenseitig überbieten und den Kaufpreis auf diese Weise in die Höhe schrauben.

Zurück an ihrem Arbeitsplatz rief Isabella im Onlinekatalog die Abbildung der etwa fünfzig auf sechzig Zentimeter großen Studie zweier jugendlicher Tänzerinnen von Degas auf. Die beiden Mädchen im Teenageralter trugen helle Balletttrikots, knielange Tutus und Spitzenschuhe. Die linke Ballerina hatte der Künstler von hinten mit ineinander verschränkten Händen gezeigt. Genau wie bei seiner berühmten Wachsskulptur einer Tänzerin, die Degas 1881 zum ersten Mal öffentlich präsentiert hatte. Die zweite Tänzerin auf der rechten Hälfte des Blattes zeigte dieselbe Körperhaltung, war aber fast im vollständigen Profil dargestellt.

Isabella schloss den Katalog und rief das Foto des Gutachtens auf, das sie in Walters verschlossener Schublade gefunden hatte. Der Absender war Dr. Heinrich Meichsner, Spezialist für den französischen Impressionismus.

Laut Meichsner handelte es sich bei diesem Werk von Degas um eine bislang unbekannte Studie aus einer Privatsammlung, deren Herkunft aus einer Pariser Sammlung er als Indiz für eine einwandfreie Provenienz wertete, seit das Blatt das Atelier des Künstlers verlassen hatte.

Das Anschreiben war an Isabella adressiert. Demnach musste sie es beauftragt haben.

Vergeblich suchte sie nach einer entsprechenden E-Mail in ihren gesendeten Objekten. Sie blies frustriert die Backen auf und wollte die Datei schon schließen, als ihr eine Stelle im Text auffiel. Meichsner gab das Datum der E-Mail an, mit der Isabella um seine Einschätzung gebeten haben sollte.

Sie bekam eine Gänsehaut. Diese Mail konnte unmöglich von ihr stammen. Das Datum fiel in die fast zweiwöchige Phase, in der sie nicht im Auktionshaus gewesen war.

War dies ein Versehen des Gutachters? Hatte er sich verlesen?

Isabellas Gedanken drehten sich im Kreis, bis ihr Blick auf die Zeitanzeige am Bildschirm fiel. Gleich fünf. Sie musste sich noch um das Abendessen für die Gäste kümmern.

Sie schaltete den Computer aus und packte ihre Sachen zusammen. Als sie durch das Portal nach draußen trat, wurde sie von der Nachmittagssonne geblendet. Sie wartete, bis sich das Flimmern vor ihren Augen beruhigte.

Kaum sah sie wieder klar, schnappte sie nach Luft. Alex' Porsche stand auf seinem Stammplatz vor dem Eingang. Ihr Ex saß auf dem Fahrersitz und hatte den rechten Arm um die Schultern der Frau neben ihm gelegt. Die Finger spielten mit ihrem blonden Haar, das in der Sonne glänzte wie Gold. Ihre Gesichter waren kaum mehr als zehn Zentimeter voneinander entfernt.

Tief in ihrem Inneren spürte Isabella eine beklemmende Traurigkeit, schwärzer und trostloser als jemals zuvor. Gleichzeitig wurde sie so wütend, dass sie am liebsten gegen die Autoscheiben getrommelt und ihrer Enttäuschung Luft gemacht hätte.

Ehe die Gefühle sie überrollten, riss sie sich von dem Anblick los und eilte, immer zwei Stufen auf einmal nehmend, die Treppe hinunter. Hinter den großen Platanen lief sie zu ihrem Auto und verließ das Gelände durch die Lieferanteneinfahrt auf der Rückseite.

Unterwegs bestellte sie telefonisch das Essen in Kirchheim und holte es auf dem Heimweg ab. Auch heute gelang es ihr, die Styroporkisten unbemerkt in die Küche zu schaffen. Sie stellte die Speisen zum Aufwärmen in den Backofen und deckte den Tisch im Wintergarten.

Estelle Gandolfini kam als Erste herein. Sie trug ein rotes Kleid mit schwingendem Rock, an dessen Saum Margeritenblüten aufgedruckt waren. Ihr auf den Fersen folgte Hermann Hornschuh.

»Guten Abend. Hatten Sie einen schönen Tag in der Heuburg?« Isabella lächelte in sich hinein. Mit ihren roten Wangen erinnerte Estelle Gandolfini an einen Engel in einem barocken Deckenfresko.

Als keine Antwort kam, sah Isabella auf. Die beiden Gäste starrten bestürzt auf ihren Hals und ihre Stirn und wechselten einen verstohlenen Blick.

»Mein Gott, hatten Sie einen Unfall?«, rief Estelle Gandolfini.

Isabella zog das Tuch zurecht und blieb bei ihrer erprobten Erklärung. »Ich bin auf der Treppe ausgerutscht und habe mich am Fensterbrett gestoßen.«

»Das ist ärgerlich«, sagte Estelle Gandolfini. »Ich empfehle Ihnen Arnikasalbe. Die fördert bei stumpfen Verletzungen wie Prellungen auf natürliche Weise den Heilungsprozess.«

»Danke für den Tipp.«

»Gute Besserung, Frau Walser«, ergänzte Hermann Hornschuh. »Zu Ihrer Frage: Auf der Heuneburg war es herrlich.

Man bekommt auf diesem ehemaligen Fürstensitz einmalige Einblicke in die Lebensweise der Kelten.«

Heuneburg also und nicht Heuburg, dachte Isabella und verfolgte, wie sich Hermann Hornschuh dicht neben seine Flamme setzte. Kein Blatt hätte zwischen ihre Oberschenkel gepasst.

»Hermann weiß so viel über die Siedlungen der Kelten auf der Alb.« Estelle Gandolfini legte ihm die Hand auf den Schenkel. »Und über die Handelsbeziehungen, die sie nach Italien und in den Fernen Osten pflegten.«

»Dafür kennst du jede Pflanze mit Vornamen«, lobte er und versank in ihrem Blick.

Isabella trug das Essen auf, wünschte dem frischgebackenen Paar guten Appetit und floh vor den Hormonen, die sich in der Luft ballten.

Den Abend verbrachte sie bei Karlotta, der Leon bereits von dem nächtlichen Überfall und dem Verschwinden ihres Gemäldes erzählt hatte. Nachdem sie Isabellas Schrammen und blaue Flecke ausgiebig bestaunt und bedauert hatte, teilten sie sich Pizzabrot und eine Pizza Quattro Stagioni aus dem Gefrierschrank.

»Hat Leon dich wirklich gefunden, oder wollte er nur angeben?«, fragte Karlotta und spielte an einem Käsefaden herum, der zwischen dem Pizzastück in ihrer Hand und ihren Lippen hing.

Obwohl sie den Kopf sinken ließ, entging Isabella nicht, dass sich Karlottas Gesicht rot einfärbte, was sie wunderte.

»Ja. Er hat sich um mich gekümmert und meine Verletzungen versorgt.«

Karlotta wickelte den Käsefaden auf und schob ihn in den Mund. »Aha. Ihr habt euch also prächtig verstanden.«

»Na ja, von prächtig würde ich nicht sprechen. Ich stand unter Schock, und er hat mir geholfen. Wie es sich für gute Nachbarn gehört.« Dass sie sich die ganze Nacht über unterhalten hatten, behielt Isabella für sich.

»Hast du Angst, weil der Einbrecher dir gedroht hat?«, fragte Karlotta, ergänzte aber gleich selbst: »Wohl nicht, sonst wärst du heute kaum nach Stuttgart gefahren.«

»Ich wollte herausfinden, was es mit den Fälschungen auf sich hat und wer mir was anhängen will. Leider bin ich nicht viel weitergekommen.«

»Tut mir leid, dass dein Gemälde geklaut wurde. Es hat dir viel bedeutet.«

Isabella legte das angebissene Pizzastück auf den Teller zurück. »Vorbei ist vorbei. Ich hätte nur gern gewusst, ob es echt ist.«

»Du meinst, ob dein Ex dir eine Fälschung geschenkt hat.«

Das rote Sofa quietschte. Karlotta streckte die Beine aus und machte es sich bequem. »Was seinen Charakter angeht, würde dir das vielleicht Aufschluss geben. Deine Beziehung würde es aber auch nicht retten, wenn es ein Original wäre, oder?«

Isabella sackte in die ausladenden Kissen des Sofas. »Nein. Da ist nichts mehr zu retten.«

Karlotta seufzte auf. »Ich weiß, wie weh es tut, die große Liebe zu verlieren.«

»Ach? War ein Mann daran schuld, dass du deine Karriere aufgegeben hast?«

»Nein, so habe ich das nicht gemeint. Lass uns von was anderem sprechen, sonst werde ich trübsinnig.« Karlotta griff nach der Fernbedienung. »Nachrichten?«

Kaum hatte die Sendung begonnen, schoss Isabella hoch. Hinter dem Moderator war ein Ölgemälde von Tänzerinnen in einem Ballettsaal eingeblendet, das unverkennbar von Degas stammte.

»Der Franzose Edgar Degas gehört zu den bekanntesten Künstlern des Impressionismus und wurde durch seine Ballettszenen weltberühmt«, erklärte der Moderator. »Im Auktionshaus Lichtenstein wurde kürzlich eine Kohlezeichnung des Künstlers versteigert. Doch offenbar handelt es sich dabei um eine Fälschung. Unsere Reporterin Tamara Schwarz weiß mehr.«

»Degas?«, wiederholte Karlotta. »Hast du nicht vorhin erzählt, diese Sofie hätte in einem Telefonat …«

»Das ist wichtig.« Isabella rutschte auf die Sofakante, um nichts zu verpassen.

Auf dem Fernsehschirm war die Reporterin zu sehen, die Alex neulich interviewt hatte. Sie stand im Foyer der Staatsgalerie auf dem grasgrünen Noppenboden. Vor der geschwungenen Glasfront zur Konrad-Adenauer-Straße hin sprach die Reporterin in Jeans und einer orangefarbenen Bluse, die einen krassen Kontrast zum Grün des Foyers bildete, in ihr Mikrofon.

»Es scheint sich in der Tat um einen Betrugsfall zu handeln. Ein Sammler, der nicht namentlich genannt werden möchte, hat die Kohlezeichnung ersteigert und von einem Experten der Staatsgalerie prüfen lassen.«

Der Bildausschnitt wurde größer. Ein Mann Anfang fünfzig in Anzughose und weißem Hemd erschien neben ihr.

»Tom Winterling ist wissenschaftlicher Mitarbeiter der Staatsgalerie.« Die Reporterin wandte sich an den Mann. »Bei dem ersteigerten Objekt handelt es sich mit ziemlicher Sicherheit nicht um ein Original von Degas, oder, Herr Winterling?«

Tom Winterling nickte mit so ernster Miene, als hätte *er* den falschen Degas ersteigert. »Wie Sie und Ihre Zuschauer vielleicht wissen, muss man eine Kohlezeichnung fixieren, damit sie nicht verwischt. Durch eine winzige Probe des Fixativs fanden wir heraus, dass dieser schützende Überzug jüngeren Datums ist und auf keinen Fall über hundert Jahre alt.«

Die Reporterin zog das Mikro zu sich. »Und diese Analyse beweist, dass es sich nicht um einen Degas handelt?« Das Mikro wanderte zurück zu Tom Winterling.

Der schüttelte den Kopf. »So einfach ist die Sachlage leider nicht, Frau Schwarz. Für Fixative gibt es unterschiedliche Rezepturen. Moderne Mischungen weisen Bestandteile auf, die es zu Degas' Zeiten noch nicht gab. Das Fixativ könnte selbstverständlich auch von einem Vorbesitzer aufgetragen worden sein, um das wertvolle Original besser zu schützen.«

»Um das herauszufinden, müssten Sie mit den bisherigen Besitzern sprechen, oder?«

Tom Winterling nickte. »Wir können also anhand des Fixativs nicht mit hundertprozentiger Sicherheit sagen, von wann die Zeichnung stammt. Um das Alter besser beurteilen zu können, haben wir darum die verwendeten Zeichenkohle analysiert.«

»Mit welchem Ergebnis?«

»Unsere Untersuchungen lassen keinen anderen Schluss zu: Die Kohlezeichnung stammt nicht aus dem Anfang des 20. Jahrhunderts, sondern ist höchstens ein paar Jahre alt.«

»Der Degas ist also definitiv nicht echt?«

»Davon müssen wir ausgehen.«

Nach diesem investigativen Coup gab Tamara Schwarz ins Studio zurück.

Isabella richtete sich auf. »Wieder eine Fälschung! Walter Lichtenstein wird toben vor Wut.«

»Solange er nicht dir an die Kehle geht.« Karlotta klaubte eine verlorene Olive aus dem Pizzakarton.

»Warum sollte er? Ich habe mit der Sache nichts zu tun.«

»Dein Wort in Gottes Ohr.« Karlotta deutete zum Fernseher. »Es geht weiter.«

Auf dem Bildschirm erschien wieder der Moderator. »Das dürfte für gewaltigen Wirbel im Auktionshaus sorgen, denn wie wir aus informierten Kreisen wissen, will Walter Lichtenstein sein Unternehmen an seinen Sohn Alex übergeben.«

»Was?«, stieß Isabella aus. »Alex soll das Auktionshaus übernehmen? Er wartet seit Jahren darauf, endlich in die Fußstapfen seines Vaters treten zu können.«

Karlotta spitzte die Lippen, an denen ein Stück schwarze Olivenschale hing. »Und du? Wolltest du nicht an seiner Seite in die Geschäftsführung aufsteigen?«

»Früher habe ich davon geträumt. Das ist Vergangenheit.«

Isabella fragte sich, ob Sofie nun die Frau war, die das Unternehmen mit ihm leiten würde.

»Ich schätze, Alex ist eher erleichtert, dass sein Vater noch der Boss ist und nicht er. Sonst hätte er ein Riesenproblem.«

»Du hast recht. Vor allem weil er derjenige war, der den angeblichen Degas aufgestöbert hat.«

»Jetzt wissen wir wenigstens, wieso die Zeichnung bisher unbekannt war. Weil sie von einem Fälscher stammt, der sie für Geld gemalt hat.«

»Gezeichnet«, korrigierte Isabella. »Bei Kohle spricht man von einer Zeichnung. Beim Malen verwendet man einen Pinsel oder einen Spachtel.«

»Wie auch immer, falsch ist falsch.«

»Alex hat noch einen weiteren Degas gefunden. Eine Pferdestudie. Sie soll das Highlight der nächsten Auktion werden.«

»Das Highlight? Sieh an. Dafür wird aber niemand viel hinblättern.«

»Warum nicht? Ein Degas ist das allemal wert. Allein wegen des Wiederverkaufswerts«, entgegnete Isabella. Dann verstand sie, worauf Karlotta hinauswollte. »Natürlich nur, wenn er echt ist.«

»Genau. Habt ihr das überprüft?«

»Ich nicht. Das können die Fachleute im Auktionshaus besser beurteilen.«

»Dieselben Fachleute, die die falschen Tänzerinnen für ein Original gehalten haben?«, erwiderte Karlotta.

Isabella ging nicht darauf ein. Sie war nachdenklich geworden. »Ich frage mich, ob Alex hinter den Fälschungen stecken könnte. Er kennt sich in der Branche aus und hat viele Kontakte. Und er weiß, wie er mit möglichst wenig Arbeit Erfolge erzielt. Zum Beispiel, indem er mein Fachwissen für sich nutzt.«

»Das ist eine alte Geschichte, die sich ständig wiederholt. Die Frau ist das fleißige Lieschen, und der Mann sammelt die Lorbeeren ein.« Karlotta lachte über ihr schräges Bild.

»Wie weit würde Alex für seinen Traum gehen?«, überlegte Isabella laut. »Würde er es riskieren, gefälschte Objekte einzuschleusen, um höhere Umsätze zu erzielen?«

»Bei Geld hört die Moral der meisten Menschen auf«, sagte Karlotta. »Aus diesem Grund züchte ich heute lieber Radieschen, als Gesetzesbücher zu wälzen und missratene Zeitgenossen zu verteidigen.«

»Die Frage ist, wie wichtig moralische Grundsätze für Alex sind.«

»Das kannst du am besten einschätzen. Schließlich hast du Tisch und Bett mit ihm geteilt.«

»Zu dumm, dass mein Bild gestohlen wurde. Wenn es auch gefälscht ist …«

»Hat dein Ex allen Grund, es schleunigst verschwinden zu lassen«, beendete Karlotta ihren Satz. »Zum Beispiel, indem er es klauen lässt, wie du vermutet hast.«

»Dann wundert es mich nicht, dafür kein Gutachten gefunden zu haben. Weil es gar keines geben kann.«

Dienstag

Den ganzen Morgen über konzentrierte sich Isabella auf die Katalogtexte. Sofies Arbeitsplatz war leer, was ihr nur recht war.

Gegen Mittag fragte Petra, ob Isabella sie in die Kantine begleiten wolle. »Der Koch macht Antipasti und Penne all'arrabbiata, mein Lieblingsessen.«

»Das würde ich gern. Ich möchte aber kein Aufsehen erregen.« Isabella deutete auf ihren Hals, den sie noch immer mit einem Tuch verdeckte. »Bringst du mir ein paar Vorspeisen mit?«

»Mach ich. Könnte aber länger dauern. Ich muss noch im Fotostudio nach dem Rechten sehen. Die ersten Aufnahmen sind miserabel ausgeleuchtet. Zu viele Schatten.«

Petra holte ihren Blazer aus dem Schrank und schlüpfte hinein. »Ich habe dir einige Infos über die Objekte für die Beschreibungen gemailt. Bis später.«

Isabella nutzte die Gelegenheit, um nach den Kontaktdaten des Gutachters zu suchen, der die Figur der heiligen Barbara bewertet hatte. Sie öffnete den Browser und gab den Namen »Dr. Gruber« und das Stichwort »Universität« ein. Mit einem Klick bekam sie die Telefonnummer und die E-Mail-Adresse des Privatdozenten angezeigt. Aus dem Vorlesungsverzeichnis ging hervor, dass Dr. Gruber ein Seminar über gotische Skulpturen gab.

Isabella notierte sich die Angaben und wählte die angegebene Nummer. Nach mehrmaligem Klingeln meldete sich endlich jemand.

»Gruber.«

Eine Frauenstimme. Isabella räusperte sich. »Guten Tag, hier spricht Isabella Walser vom Auktionshaus Lichtenstein. Ich möchte mit Herrn Dr. Gruber sprechen.«

»Dr. Gruber ist erkrankt.«

»Erkrankt? Wann könnte ich mit ihm reden?«

»Nicht in den nächsten Tagen. Er muss sich auskurieren und braucht Ruhe. Kann ich ihm etwas ausrichten?«

»Nicht nötig, danke.« Isabella legte auf. Wie sollte sie weiter vorgehen? »Wenn ich das wüsste«, murmelte sie vor sich hin.

Sie vertiefte sich in die Beschreibung einer Skizze des Expressionisten Franz Marc und widmete sich anschließend einigen Aquarellen derselben Epoche.

Eine Stunde später kam Petra zurück und überreichte Isabella einen Teller mit Vorspeisen.

»Eine Auswahl Antipasti mit den besten Wünschen des Kochs für dich.« Petra strich sich über den Bauch. »Zum Glück hat ein einfühlsamer Designer die Stretchstoffe erfunden. Nach meiner großen Portion Penne komme ich mir vor wie eine von Rubens' üppigen Damen.«

Isabella speicherte die aktuelle Fassung ihres Textes und trat mit dem Vorspeisenteller ans Fenster. Sie setzte sich auf die Fensterbank und machte sich über die Caprese di Bufala her.

Als sie eine ausladende Tomatenscheibe mit Basilikumblättern zum Mund führte, ließ eine Bewegung auf dem Parkplatz sie innehalten und die Gabel wieder absenken.

Walter Lichtenstein ging auf seinen Jaguar zu und betätigte den elektronischen Autoschlüssel. Unterwegs blieb er stehen und wandte den Kopf über die Schulter zurück, als hätte ihn jemand gerufen.

Eine wehende blonde Mähne tauchte auf, die nur Sofie gehören konnte. Die junge Kollegin hatte Isabella heute noch nicht gesehen. Sie trug Seidenstrümpfe mit Naht, was mehr als gewagt war. Laut Leitbild sollten alle Mitarbeiter Seriosität und Understatement ausstrahlen. Sogar durch das geschlossene Fenster konnte Isabella das Klacken ihrer hohen Schuhe auf dem Asphalt hören.

Sofie trat zu Walter, dem sie offensichtlich etwas Wichtiges mitzuteilen hatte. Die beiden steckten die Köpfe zusammen. Auf Walters markantem Gesicht zeigte sich ein Lächeln, das Isabella einen Stich versetzte. Wenn er mit ihr sprach, setzte er stets einen ernsten, oft sogar tadelnden Ausdruck auf.

Worüber die beiden wohl sprachen? Sollte sie es riskieren, das Fenster zu öffnen?

Sie streckte sich nach dem Fenstergriff, da drehte sich Sofie plötzlich um und deutete auf die Fassade des Auktionshauses. Sie wies zum Eckzimmer des ersten Stocks. Zu Isabellas Eckzimmer. Walters Blick folgte ihrer Geste.

Sofort schoss Isabella von der Fensterbank hoch und versteckte sich hinter der Vorhangbahn. Dabei rutschte ihr die Gabel aus der Hand und die mit reichlich Aceto Balsamico getränkte Tomatenscheibe klatschte auf ihre weiße Bluse. Darum musste sie sich später kümmern.

Von ihrem Standpunkt aus behielt sie den Parkplatz im Blick. Walter und Sofie schienen sie nicht bemerkt zu haben. Sofie sagte etwas und lachte, worauf Lichtenstein die Lippen schürzte. Unschwer zu erraten, über wen sie redeten.

Isabella stieß einen grimmigen Laut aus und verfolgte, wie die beiden gemeinsam auf den Jaguar zugingen.

»Was ist los, Isabella?« Petra drehte sich zu ihr um.

»Ach, das ist nur … dieser blöde Tomatenfleck auf meiner Bluse.« Isabella holte ein Stofftaschentuch aus ihrer Umhängetasche und wischte über die verfärbte Stelle.

»Das macht es nur noch schlimmer«, sagte sie. »Ich versuche es im Waschraum mit Wasser und Seife.«

»Ist der Fleck raus?«, fragte Petra, als Isabella zurückkam.

»Nur zum Teil. Ich bearbeite ihn zu Hause mit Gallseife.« Die feuchte Stelle im Blusenstoff fühlte sich unangenehm an. Isabella konzentrierte sich wieder auf die Texte.

Nach einer halben Stunde ging Petra zum wiederholten Mal an diesem Tag ins Fotostudio, um das Shooting der nächsten Kunstwerke für den Katalog zu überwachen.

Am Nachmittag klingelte Isabellas Handy.

»Ich bin's. Wollte nur fragen, ob du noch mehr gefälschte Kunstwerke aufgestöbert hast.« Karlottas vergnügte Stimme drang aus dem Lautsprecher. »Ich wollte dir sagen, dass du heute Abend vom Kochen befreit bist. Herr Hornschuh hat die Gandolfini zum Abendessen in ein feines Lokal in Kirchheim eingeladen. Die Sache scheint ihm ernst zu sein.«

Isabella war erleichtert. »Das sind tolle Neuigkeiten. Wir sehen uns später.«

Ausnahmsweise beschloss sie, früher Schluss zu machen. Nach dem Fernsehbericht hatte sie nur wenig geschlafen und konnte sich nicht mehr konzentrieren.

Im Feierabendverkehr brauchte Isabella auf der dicht befahrenen B 27 stadtauswärts und der A 8 Richtung Alb fast eineinhalb Stunden, bis sie in Ochsenwang ankam. Sie parkte vor der Pension und streifte die hohen Schuhe ab. Die Riemchen am Knöchel drückten mörderisch.

Mit den Schuhen in der Hand schob sie das Gartentor auf. Leon kam den Feldweg herunter. Karma trottete ein paar Meter hinter ihm.

»Warst du heute wieder in der Stadt?«, fragte er und blieb neben Isabella stehen.

Sie freute sich, dass Leon ihr gegenüber gesprächiger geworden war. Womöglich brauchten sensible Künstler einfach eine gewisse Zeit, um sich an Veränderungen zu gewöhnen. Und an Städterinnen, die sich in ihrer Nachbarschaft breitmachten.

»Ja. Ich muss dort noch ein paar Angelegenheiten klären, bevor ich …« Sie machte eine unbestimmte Handbewegung. »Bevor ich mich mit ganzer Kraft um die Pension kümmern kann.«

Leon kickte ein Steinchen in die Wiese und verfolgte seine Flugbahn. Karma überholte ihn und trottete an Isabella vorbei, ohne sie zu beachten.

»Ist sie wieder ausgebüxt?« Isabella musste schmunzeln, als die Katze stehen blieb und die Ohren nach hinten drehte, als interessiere sie sich dafür, was über sie gesprochen wurde.

»Hab sie beim Mörikefelsen aufgestöbert. Da und in der Scheune von Bauer Schmalz jagt sie mit Vorliebe. Schätze mal, die Mäuse sind dort besonders fleischig.«

»Mörike?«, fragte Isabella irritiert. Was sollte ein weltberühmter Dichter in so einem Nest wie diesem hier verloren haben?

Leons Mundwinkel zuckten belustigt, als könne er ihr die Gedanken an der Nasenspitze ablesen. »Mörike hat fast zwei Jahre in Ochsenwang gelebt. Pfarrer war sein Brotberuf, weil die Lyrik allein nicht zum Leben reichte. Wenn du mehr darüber wissen möchtest, empfehle ich dir einen Besuch im Museum Mörikehaus bei der Kirche.«

Also kein Scherz. Isabella blinzelte verlegen.

Er blickte der Katze hinterher, die in die Einfahrt seines Hauses einbog. »Wo wir gerade von Kunst sprechen, Isabella. Ich würde gern mehr über dein Gemälde erfahren. Also, woher du es hast und so. Und was du von Baumeister hältst. Als Maler. Du bist Kunsthistorikerin, oder?«

Beim Gedanken an den Überfall beschleunigte sich Isabellas Puls. Unwillkürlich fasste sie sich an den Hals, um den immer noch das Seidentuch lag. Den ganzen Tag über hatte sie den Einbruch und die brutalen Misshandlungen des Eindringlings verdrängt. Und das, obwohl sie genau das getan hatte, wovor er sie gewarnt hatte, nämlich herumzuspionieren.

»Ja, bin ich. Stell dir vor, das Bild ist verschwunden.«

Leon trat einen Schritt zurück. »Verschwunden?« Er kniff die Augen zusammen. »Seit wann?«

»Seit dem Überfall. Der Einbrecher muss es geklaut haben. Ist dir das in der Nacht gar nicht aufgefallen? Du warst doch so fasziniert von dem Bild.«

Nach kurzem Zögern schüttelte Leon den Kopf. »Nein, ich habe nicht darauf geachtet. Als ich dich bewusstlos auf dem Boden fand und deine Verletzungen sah, war ich viel zu schockiert, um an etwas anderes zu denken. Ich wollte dir einfach nur helfen.«

»Dafür bin ich dir dankbar.« Isabella stieß einen Seufzer aus. »Mein Leben ist eine einzige Katastrophe. Ich dachte eigentlich, in der Pension würde ich Abstand gewinnen und neu anfangen können. Stattdessen werde ich von der Polizei verdächtigt, beklaut und niedergeschlagen …« Sie brach ab, als ihre Augen feucht wurden.

»Polizei?«, erwiderte Leon. Seine Stimme klang alarmiert. »Was will die Polizei von dir?«

»Ach, das hat nichts mit der Pension zu tun. Ich habe Ärger an meiner früheren Arbeitsstelle. Es geht um gefälschte Kunstwerke. Ich vermute, Karlotta hat dir davon erzählt?«

»Sie hat nur angedeutet, dass sie dir unter die Arme greift, weil du viel in Stuttgart zu tun hast. Fälschungen, sagst du?«

Genervt winkte sie ab. »Ehrlich gesagt möchte ich gerade nicht darüber sprechen. Ich bin froh, dass ich Feierabend habe und die ganzen Probleme für heute vergessen kann.« Sie löste das Halstuch und stopfte es in die Handtasche.

Beim Anblick ihrer Kehle verzog Leon das Gesicht. »Oje. Hast du große Schmerzen?«

»Manchmal beim Schlucken und wenn ich den Kopf zu schnell drehe. Mit Schmerzmitteln ist es halbwegs erträglich. Danke noch einmal für die Erstversorgung am Sonntag. Die Beule tut fast nicht mehr weh.« Sie schob ihr Haar an der Schläfe zur Seite, damit er die Blutergüsse über ihrer Augenbraue sehen konnte. »Die gefrorenen Erbsen haben geholfen.«

Leon trat näher und studierte die Hämatome. »Kaltes Gelb, Blaugrün und Violett. Kühne Farbmischung.« Ein kleines Lächeln zeigte sich in seinem Gesicht. Dann wurden seine Züge wieder ernst.

»Könntest du mich informieren, wenn du etwas über das verschwundene Bild erfährst? Du weißt ja, ich bin sehr daran interessiert … Ich meine, ich finde es interessant.«

»Ja, das mache ich. Ich weiß aber nicht, ob ich bald … besser gesagt, wann ich … Ach, entschuldige, Leon. Ich bin todmüde.« Das war nur die halbe Wahrheit. Beim Gedanken an die Auseinandersetzung mit Alex, die ihr früher oder später bevorstand, bekam sie Panik. Am liebsten hätte sie ihren Ex nie mehr wiedergesehen. Aber bis es so weit war, musste sie noch einiges mit ihm klären. Privat wie beruflich.

Leon nickte. »Ja, klar. Entschuldige, wenn ich dich aufgehalten habe. Wenn du reden möchtest, findest du mich meist in meinem Atelier in der Scheune.«

»Außer wenn du Karma suchst.«

»Genau.« Er verabschiedete sich und folgte der Katze nach Hause.

Mit zwiespältigen Gefühlen betrat Isabella die Pension. Sie schloss die Haustür doppelt ab und stellte die Schuhe neben die Garderobe. Für ein paar Augenblicke blieb sie im Flur stehen und lauschte den Geräuschen im Haus. Ihre Gäste aßen heute Abend auswärts, daher war es im ersten Stock still. Ab und an knarrte das Holzgebälk. Aus der Küche drang das Brummen des Kühlschranks.

Einerseits war sie erleichtert, die Reibereien und Intrigen im Auktionshaus für heute hinter sich gelassen zu haben. Andererseits war Angies Pension seit dem Überfall nicht mehr die sichere Zuflucht, auf die sie gehofft hatte.

Um sich abzulenken und den Ärger abzuwaschen, gönnte sie sich eine ausgiebige Dusche. Danach tupfte sie Angies Flecklöser auf ihre Bluse und weichte sie im Waschbecken ein.

Zum Abendessen machte sie sich ein Brot mit Rindersalami, einem gekochten Ei und sauren Gürkchen. Damit ging sie hinaus auf die Veranda und sank auf die Sitzbank. Um sie herum trillerten Vögel ihr Abendkonzert. Aus der Ferne nahm sie das dumpfe Wummern von Bässen wahr.

Erschöpft rollte sie sich auf der Bank zusammen. Das Vogelkonzert wurde leiser, die Bässe verloren sich.

Isabella tauchte in einen Traum ab und fand sich im Mittelalter wieder. Eingesperrt im Turm einer Ritterburg mit einer Frau namens Barbara. Sie trug einen goldenen Kelch mit sich herum, der mit Rubinen und Smaragden besetzt war.

Ein Furcht einflößender Mann mit buschigen Brauen und wucherndem Bart in einer metallenen Rüstung kletterte an der Außenseite des Turms hoch und versuchte, durch das Fenster in das Gemach der beiden Frauen einzudringen. Mit dem Griff seines Breitschwerts klopfte er gegen die Scheibe und brachte die Burgwände zum Wackeln. Auch der Steinboden unter Isabellas Füßen vibrierte.

Sie schreckte auf und war erleichtert, weil sie sich nicht in einem mittelalterlichen Gemach, sondern auf der Veranda befand. Neben ihr saß Karlotta.

»Guten Abend, du Schlafmütze.« Karlotta stellte ein paar klobige Schuhe auf die Bank.

»Mit freundlichen Grüßen von Herrn Hornschuh.« Sie grinste vergnügt und reichte Isabella Wandersocken.

»Was ist das?« Die Schuhe waren monströs und hätten einem Riesen gehören können.

»Das sind Wanderschuhe. Speziell für Frauenfüße.«

»In Rosa, Gelb und Dunkelrot? Was soll ich damit?«

»Ich weiß, das Design beißt sich mit deinem erlesenen Städterinnen-Look. Schlüpf erst mal rein und schau, ob sie dir passen.«

Unwillig nahm Isabella einen der Schuhe, deren Schnürung Karlotta bereits gelöst hatte, hoch und staunte über das Gewicht. »Die sind schwer wie Stein.«

»Das muss so sein. Der stabile Schaft schützt deine Knöchel, und mit den griffigen Sohlen rutschst du bei Nässe nicht weg.«

Isabella zog die Wandersocken über, schlüpfte in den Schuh und ließ den Fuß auf den Verandaboden plumpsen. »So was Hässliches habe ich noch nie gesehen.«

»Und etwas derart Bequemes hast du bestimmt noch nie getragen.« Ungeduldig schob Karlotta Isabellas linken Fuß in den Wanderschuh, band die Schnürsenkel und flocht eine Schleife. »Wie fühlt sich das an?«

»Irgendwie … einbetoniert.«

»Steh auf und geh ein paar Schritte.«

»Ich komme mir vor wie in den Skistiefeln, die ich als Kind getragen habe.«

»Hast du Lust, sie auszuprobieren? Wir könnten einen Abendspaziergang unternehmen. Ich muss dringend meine Knochen bewegen, meine Hühner hatten heute mehr Auslauf als ich.«

»Abendspaziergang? In diesen Dingern?«

»Stell dich nicht so an.« Karlotta stand auf, zog Isabella hoch und hakte sie unter. »Wanderschuhe von Lowa gehören zwar zu den besten, einlaufen muss man sie trotzdem. Komm, wir gehen auf den Auchtert und sehen uns den Sonnenuntergang über der Burg Teck an. Das ist romantisch und wird dir ans Herz gehen.«

»Ach, nein.« Isabella stöhnte. »Den steilen Berg schaffe ich heute nicht mehr.«

»Steiler Berg?« Karlotta prustete. »Na gut, dann zeige ich dir das Schopflocher Moor mit der Torfgrube, eine unserer Hauptsehenswürdigkeiten. Und fast ohne Höhenunterschiede, versprochen. Danach hast du was zu erzählen, wenn du wieder zu den Städtern fährst.«

Isabella trampelte durch den Vorgarten. »Als wäre ich ein Astronaut bei der Mondlandung.«

»Das passt. Schließlich bist du genau dort gelandet: hinterm Mond.« Karlotta lachte über ihren eigenen Witz.

Sie überquerten die Landstraße und bogen auf einen Weg ein, der an Wiesen und Ackerflächen entlang auf eine offene Ebene führte.

Die Abendluft war mild und gleichzeitig angenehm kühl. Im Westen näherte sich der orange Kreis der Sonne den Baumspitzen und überzog den Himmel mit Rottönen, in die sich blaue und fliederfarbene Streifen mischten. Auf einem Gemälde hätte Isabella die Farbmischung als kitschig empfunden. In freier Natur berührte sie die sentimentale Stimmung.

Mit jedem Schritt fiel die Anspannung von ihr ab. Vor dem Waldrand erstreckten sich Wiesenflächen mit Frühlingsblumen, von denen sie nur die gelben erkannte. Die Blütenblätter gehörten zum Hahnenfuß. Ihre Eltern hatten ihn Butterblume genannt und ihr erzählt, man habe die getrockneten Blütenblätter in früheren Zeiten zum Färben von Butter verwendet.

Auf der linken Seite machte sie Wiesen, ein kleines Wäldchen und eine Ansammlung von Häusern rund um ein Gasthaus aus.

»Das ist das Schopflocher Moor mit der Torfgrube«, erklärte Karlotta. »Das einzige Hochmoor, das wir auf der Alb haben. Eigentlich hält sich wegen des durchlässigen Kalksteins und der vielen Hohlräume auf der Hochfläche kein Regenwasser. Das versickert einfach und tritt ein paar hundert Meter tiefer im Flachland wieder aus. Früher haben die Menschen hier oft unter Wassermangel gelitten. Um uns herum siehst du den Rest eines Vulkanschlots. Die obere Tonschicht ist wasserundurchlässig. So konnte sich das Hochmoor bilden.«

»Ein Moor? Ist das nicht gefährlich? Ich will nicht als Moorleiche enden.« Isabella starrte auf den Boden, als könne der sich jederzeit auftun und sie verschlingen.

Karlotta zog sie am Arm weiter. »Du hast zu viele Edgar-Wallace-Filme gesehen.«

Isabella stakste hinter Karlotta her, die auf einen schmalen Grasweg einbog.

»Keine Angst«, beruhigte Karlotta sie. »Die Bohlen dienen nicht dazu, dich vor dem Versinken zu schützen, sondern die empfindliche Vegetation vor deinem Getrampel.«

Sie gelangten an einen Tümpel, der von hohem Schilf umgeben und halb zugewachsen war.

Karlotta machte sie auf eine Gestalt aufmerksam, die am Ufer kniete. Der Mann hatte einen Strohhut in die Stirn gezogen und beobachtete die Oberfläche des Teichs. Auf seinen Schenkeln lag ein Skizzenblock, auf dem er mit Kohlestift zeichnete.

Isabella folgte Karlotta auf einem sumpfigen Pfad zum Ufer. Der Boden gab unter ihren schweren Tritten nach. Die Vibration versetzte die Wasseroberfläche in Bewegung.

Verärgert blickte der Mann hoch. Als er die Frauen sah, stand er auf und ließ den Skizzenblock sinken. »Vor dir ist man nirgends sicher«, fuhr er Karlotta an und schob den Hut aus der Stirn.

Erst jetzt erkannte Isabella den Teichbeobachter. Es war Leon.

»Neue Schuhe?« Sein Blick glitt zu den bunten Wanderstiefeln an ihren Füßen.

Wie unangenehm, von einem Mann in solch unvorteilhaften Schuhen gesehen zu werden. Isabella wurde rot. »Die sind ein Geschenk von Herrn Hornschuh«, entgegnete sie, um deutlich zu machen, dass sie sich solch hässliches Schuhwerk niemals selbst ausgesucht hätte. Sie spähte auf Leons Kohlezeichnung. Schilfrohr am Ufer und ein Wasserläufer waren zu erkennen.

»Ich bin stolz auf unsere Städterin.« Karlotta klopfte ihr auf die Schulter. »Das ist ihre erste Wanderung. Von der Pension bis hierher sind es immerhin fast zwei Kilometer.«

»Du machst dich über mich lustig.« Isabella setzte sich ins Gras und nestelte an der Schleife des linken Schuhs herum. Sie hatte genug von den schweren Dingern.

»Was hast du vor?« Karlotta trat mit verschränkten Armen zu Leon, wie um sich mit ihm zu verbünden. »Willst du in Wandersocken weiterlaufen?«

»Was spricht dagegen? Ist warm genug.« Isabella zog den eingequetschten Fuß aus dem Wanderschuh und massierte die Zehen.

»Warm ist es«, sagte Leon. »Aber du könntest einer Kreuzotter begegnen.«

»Die ist giftig und kann bis zu einem Meter lang werden«, fügte Karlotta hinzu.

»Hier gibt's Giftschlangen?« Entsetzt sah sich Isabella im

Pflanzendickicht um. Lebten in dieser Gegend wirklich derart gefährliche Tiere?

Aus Leons regloser Miene wurde sie nicht schlau. Seine grünblauen Augen fixierten sie. Wegen des Bartes konnte sie nicht erkennen, ob er tatsächlich lächelte oder ob es nur so wirkte.

Sicherheitshalber schlüpfte sie wieder in den Wanderschuh und schnürte ihn zu.

»Begleitest du uns?«, fragte Karlotta Leon. »Wir gehen über den Bohlenweg. Ich will ihr das Moor und das Otto-Hoffmeister-Haus zeigen. Dort könnten wir uns ein Bier genehmigen.«

Leon verzog keine Miene. »Oder auch zwei. Ihr müsst den Flüssigkeitsverlust wieder auffüllen.«

»Verstehe, die Höhenluft«, sagte Isabella ernst. »Ich bin längst nicht akklimatisiert und könnte die Höhenkrankheit bekommen.«

Vom Trillern einer Lerche hoch über ihnen abgesehen, war es ein paar Sekunden lang still. Bis sich Isabella und Karlotta ansahen und lachten.

Sogar Leon stimmte kurz mit ein. Er schob sich den Strohhut wieder in die Stirn. »Schönen Abend, die Damen. Ich habe im Atelier zu tun.« Mit dem Block in der Hand ging er zum Grasweg.

»Schade.« Karlotta sah ihm hinterher. »Gerade war es so nett mit euch. Derart gesprächig ist Leon eigentlich nur selten. Keine Ahnung, was mit ihm los war.«

»Das nennst du gesprächig?« Isabella schnaubte. »Der gehört zur typischen Sorte Mann, die kaum ein Wort herausbekommt. Für mich hat er meist nur Halbsätze übrig.«

Das war nicht die ganze Wahrheit. Aber es war klüger, wenn sie das Karlotta nicht auf die Nase band.

Isabella stemmte sich hoch. »Wo gibt es das kühle Bier, von dem du gesprochen hast?«

Karlotta deutete zum Wäldchen. »Da entlang. Ist nicht weit.«

Wenige Meter später begann der Bohlenweg. Die mächtigen Holzbalken führten durch eine lichte Ansammlung verschiedener Bäume, von denen Isabella nur Birken erkannte. Ein Teil der Bohlen schien frisch erneuert.

»Ist der Weg renoviert worden?«

»Ja, der erste Abschnitt. Die Sanierung war dringend notwendig. Am Wochenende und an sonnigen Tagen stürmen Tausende Touristen und Wanderer das Moor. Da kommst du dir vor wie auf der Stuttgarter Königstraße. Die alten Eisenbahnschwellen sind über vierzig Jahre alt und werden durch unbehandelte aus Eichenholz ersetzt. Schau mal, ob du eine Kreuzotter entdeckst. Die verstecken sich mit Vorliebe in den Bohlen.«

Diesmal fiel Isabella nicht auf den Scherz herein.

Der Boden schwang unter ihren Tritten mit. Vor einer Schautafel über die Flora und Fauna des Torfmoors blieb sie stehen und überflog die Beschreibungen. Dabei fiel ihr die Abbildung einer Schlange auf. Wie gut, dass sie die Wanderschuhe anbehalten hatte.

Ihre Füße schmerzten, und der linke Schuh scheuerte am Knöchel. Dennoch lief sie mit Riesenschritten voraus, weil sie das Moor schnell hinter sich lassen wollte. Umso mehr freute sie sich auf das Bier, um den Schreck hinunterzuspülen.

Mittwoch

Auf der Sitzbank lagen ein Karton Eier sowie ein Bund Schnittlauch und einige Radieschen von Karlotta.

Während Isabella vier Eier kochte und eine Käseplatte für die Gäste mit geviertelten Radieschen dekorierte, ging das Gedankenkarussell in ihrem Kopf wieder los. Steckte Alex hinter den Fälschungen im Auktionshaus? Wenn ja, war offensichtlich, welches Ziel er verfolgte. Er wollte seinen Vater beeindrucken und sich als fähiger Nachfolger profilieren. Leider war sein Plan nicht aufgegangen. Walter würde keine Ruhe geben, bis er wusste, ob wenigstens die Pferdeskizze echt war.

Isabella trug das Frühstück auf und zog sich in die Küche zurück. Im Stehen trank sie einen Becher Kaffee und versuchte zu durchschauen, welche Rolle ihr in diesem Gaunerstück zugedacht war.

Jeder würde davon ausgehen, dass sie eingeweiht war und mit ihm unter einer Decke steckte. Sprich, für den Degas ein falsches Gutachten beauftragt hatte.

Bei der heiligen Barbara war die Sachlage anders. Für die Skulptur hatte Isabella keine Expertise finden können. Ihre einzige Spur war Johannes Rösch, einer der Restauratoren des Auktionshauses. Mit ihm musste sie heute unbedingt sprechen.

Ein Klopfen an der Küchentür riss sie aus ihren Gedanken.

Hermann Hornschuhs Gesicht erschien im Türspalt. »Frau Walser, würden Sie mir die Rechnung fertig machen? Ich muss heute leider meine Verkaufstour fortsetzen.«

Sein Tonfall war herzzerreißend. Verständlich. Estelle Gandolfini und er hatten gerade erst zueinandergefunden, und schon mussten sie sich wieder trennen.

»Ich komme sofort.« Isabella stellte die Tasse in die Spülmaschine. »Dieses Mal haben Sie länger bei uns gewohnt als ursprünglich geplant, wenn ich die Notizen meiner Schwester richtig deute«, sagte sie, während sie gemeinsam in Angies Büro gingen.

»Tja.« Verlegen rieb sich Hornschuh die Hände. »In meinem Alter ist eine neue Liebe ein Gottesgeschenk, finden Sie nicht auch?«

»Ich glaube, das gilt für jedes Alter.« Isabella druckte die Rechnung aus.

»Die Pension von heute auf morgen zu übernehmen, fordert Sie ganz schön, nicht wahr? Wo Sie parallel auch Ihrem Beruf in Stuttgart nachgehen.«

Aha, dachte Isabella. Die Wände in der Pension haben Ohren. »Das wird sich bald ändern, ich muss nur noch einiges regeln.« Sie wechselte das Thema. »Alles Gute für Sie. Ihnen beiden natürlich.« Er strahlte übers ganze Gesicht. »Gute Reise.«

Sie bedankte sich für die Wanderschuhe und begleitete ihn zur Tür. Im Vorgarten lief Estelle Gandolfini auf und ab. Isabella zog sich zurück, damit die beiden sich ungestört verabschieden konnten.

Da sie die letzten Tage im Auktionshaus verbracht hatte, war in der Pension vieles liegen geblieben. Mit einem kurzen Anruf informierte Isabella ihre Kollegin Petra, dass sie heute unterwegs sei und nicht ins Büro kommen werde. Petra reagierte übertrieben verständnisvoll. Sie nahm wohl an, Isabella müsse wegen ihrer Verletzungen zum Arzt oder wolle endlich zur Polizei, um Alex wegen Körperverletzung anzuzeigen.

Langsam war es Isabella egal, was die Kolleginnen über sie dachten. Sie hatte Wichtigeres zu tun, nämlich ihren Kopf aus der Schlinge zu ziehen.

Apropos Kolleginnen. Ob sich Sofie bereits offiziell an Alex' Seite zeigte?

Auf Facebook fand Isabella mehrere Fotos, mit denen die junge Kollegin Besuche bei Events oder Vernissagen in Stuttgart dokumentierte. Auf zwei Aufnahmen sah man Alex im Hintergrund. Der Anblick machte Isabella traurig, auch wenn sie mit ihrer gemeinsamen Vergangenheit abgeschlossen hatte. Lange konnte es nicht mehr dauern, bis Alex die Bombe platzen ließ und die Trennung bekannt gab. Es blieb nur wenig Zeit, um die Position als Braut des Juniorchefs zu nutzen.

Punkt eins auf ihrer To-do-Liste war das Täuschungsmanöver um die heilige Barbara.

Isabella wählte die Telefonnummer des Auktionshauses und ließ sich von der Zentrale zu Johannes Rösch durchstellen.

»Auktionshaus Lichtenstein, Rösch«, meldete sich der Restaurator.

»Guten Tag, Herr Rösch. Hier spricht Isabella Walser aus der kunsthistorischen Abteilung.«

»Meine Kollegin hat mich darüber informiert, dass Sie mich gestern sprechen wollten. Wie kann ich Ihnen helfen?«

Isabella richtete sich auf und versuchte, so energisch wie Walter zu klingen. »Ich habe eine Frage zu einer kürzlich versteigerten Holzfigur. Es handelt sich um die heilige Barbara. Einer unserer Stammkunden, Herr Wenzlinger, hat sie gekauft.«

»Ja«, sagte Rösch zögerlich. »Ich erinnere mich.«

»Mein Verlobter benötigt das Gutachten, das zu diesem Objekt erstellt wurde.«

Sekundenlang herrschte Schweigen. Im Hintergrund waren leise Stimmen zu hören, die über die Restaurierung einer Marmorfigur diskutierten.

»Der Chef hat danach gefragt«, schob Isabella nach, um den Druck zu erhöhen. »Walter Lichtenstein.«

»Das Gutachten liegt mir nicht vor«, sagte Rösch schließlich.

»Ach? Das ist schade. Der Gutachter war Dr. Gruber, ein Privatdozent der Universität. Hatten Sie Kontakt zu ihm? Ich meine wegen der Skulptur?«

»Nein, ich habe nicht mit ihm gesprochen. Als er die Skulptur begutachtet hat, war ich außer Haus.«

»Dr. Gruber war also in Ihrer Abteilung«, schloss Isabella

aus seiner Antwort. »Wer war beim Termin mit ihm dabei? Vielleicht Ihre Kollegin?«

Rösch räusperte sich. »Das weiß ich nicht, Frau Walser. Ich habe zu tun.« Er legte auf.

Isabella ärgerte sich. Die Büros anderer Leute zu durchstöbern, damit hatte sie kein Problem. Druck auszuüben, war offenkundig nicht ihre Stärke. Sie fragte sich, warum der Restaurator so zurückhaltend war. Hatte dieser Petermann vom LKA auch ihn befragt? Oder hatte Alex ihn angewiesen, keine Informationen über die Skulptur weiterzugeben?

Alex! Er könnte der Grund für Röschs Misstrauen sein, kombinierte sie. Wenn Alex mit dem Restaurator gemeinsame Sache machte, hätte er Isabella kaum gebeten, sich bei ihm zu erkundigen. Ein blöder Fehler, der ihr da unterlaufen war. Nun, sie war keine Ermittlerin. Sie war nur eine Frau, die mit ihrer Vergangenheit abschließen wollte.

Als sie auf den Flur trat, blieb ihr Blick an der leeren Stelle auf der Kommode hängen. Wo hatte der Einbrecher das Gemälde hingebracht? Zu Alex, wie sie und Karlotta vermuteten? In seine Wohnung oder ins Auktionshaus? Wahrscheinlicher war, dass er es in irgendeiner dunklen Kammer hatte verschwinden lassen, damit nicht noch ein gefälschtes Kunstwerk in seinem Umfeld auftauchte und ihn belasten konnte.

Oder war sie zu sehr auf Alex fixiert und übersah Hinweise auf andere Verdächtige? Möglicherweise steckte der Galerist aus Esslingen dahinter, dessen Bruder das Gemälde als Fälschung eingestuft hatte. Gab es diesen Bruder überhaupt? Kennengelernt hatte sie ihn jedenfalls nicht. Vielleicht hatte Kollmar ihn und seine angebliche Expertise nur erfunden, um sie im Glauben zu wiegen, das Bild sei kein Original. Und währenddessen jemanden damit beauftragt, es zu stehlen. Bei ihrem ersten Besuch in der Galerie hatte sie ihre Adresse hinterlassen. Wo das Bild sich befand, hätte Kollmar also gewusst. Schade, dass sie den Vornamen seines Bruders nicht kannte. Vielleicht brauchte sie den gar nicht, der Name Kollmar war eher selten. Wenn der Bruder tatsächlich ein Kunstexperte war, musste er im Internet zu finden sein. Oder sie fragte Moritz nach ihm …

»Vermissen Sie Ihr schönes Gemälde?« Estelle Gandolfini war unbemerkt die Treppe heruntergekommen. »Der Einbruch muss ein Schock für Sie gewesen sein. Ausgerechnet in der einen Nacht, in der Hermann und ich woanders übernachtet haben und Sie allein zu Hause waren.«

Isabella war wie vom Donner gerührt. Aus diesem Blickwinkel hatte sie die Sache noch gar nicht betrachtet. Frau Gandolfini hatte recht. War sie rein zufällig genau in dieser Nacht überfallen worden? Oder hatte der Einbrecher – beziehungsweise sein Auftraggeber – gewusst, dass sie allein war? Automatisch fasste sie sich an den Hals, um den auch heute ein Tuch lag.

»Haben Sie meinen Tipp befolgt und Arnikasalbe aufgetragen? In meiner Naturapotheke habe ich selbst gemachte und außerdem Calendula-Essenz, das hilft beides.«

»Danke. Glücklicherweise hat meine Schwester einen gut ausgestatteten Medizinschrank mit allen Segnungen der modernen Pharmazie«, erwiderte Isabella.

»Chemie hilft auch, damit habe ich kein Problem. Ich bin unterwegs zu einem Spaziergang ins Randecker Maar. Möchten Sie mich begleiten? Frische Luft wird Ihnen guttun.«

Isabella zögerte. Eigentlich wollte sie eine professionelle Distanz zu ihren Gästen wahren, und der Haushalt wartete. Außerdem brannte sie darauf, herauszufinden, ob Kollmar wirklich einen Bruder hatte, der Kunstexperte war. Andererseits würde ein Spaziergang ihr überdrehtes Gehirn beruhigen. Und vielleicht fühlte sich die Kräuterexpertin einsam, nachdem ihr Galan abgereist war.

Sie kam zu dem Schluss, dass ein wenig Gesellschaft ihnen beiden nicht schaden konnte. »Ja, gern. Ich hole meine neuen Wanderschuhe.«

Fünf Minuten später folgten die Frauen dem Feldweg ortsauswärts Richtung Osten. »Wir gehen am Mörikefelsen vorbei und steigen in die Zipfelbachschlucht ab. Auf der anderen Seite der Straße sind wir im ehemaligen Vulkanschlot.«

»Leider hatte ich noch keine Gelegenheit, das Museum und den Felsen zu besuchen.«

»Dann wird es höchste Zeit«, sagte Estelle Gandolfini aufmunternd. »Wie kommen Sie mit Ihren Wanderschuhen zurecht? Hermann hat ein beneidenswertes Auge dafür, welcher Schuh zu welchem Fuß passt«, schwärmte sie.

»Das stimmt. An das Gewicht musste ich mich gewöhnen, aber sie passen wie angegossen.«

Inzwischen war es Mittagszeit geworden. Zwischen einigen malerischen Wolken, die über die Hochfläche und den Auchtert zogen, blitzte die Sonne hervor. Isabella hatte weder an einen Hut noch an Sonnenschutzcreme gedacht und war froh, als sie den schattenspendenden Wald erreichten.

»Dort drüben, wo das Gelände steil abfällt, liegt der Mörikefels. Wir befinden uns hier am Rand des Biosphärengebiets.« Estelle Gandolfini zeigte auf ein Hinweisschild. »Dieser Bereich gehört zur Kernzone. Hier darf sich die Natur frei entwickeln, ohne dass wir Menschen darauf Einfluss nehmen.«

»Dann entsteht hier eine Wildnis?«

»Ein Urwald wird das nie werden, dafür sorgen schon wir Wanderer und die vielen Radfahrer. Die Wanderwege müssen gepflegt und instand gehalten werden, vor allem an so beliebten Ausflugszielen wie Ochsenwang, wo oft Hunderte von Menschen unterwegs sind. In gewisser Weise haben Sie freilich recht. Viele der früheren Wege sind gesperrt und auf neuen Landkarten nicht mehr eingezeichnet. Sie werden im Laufe der Zeit zuwachsen.«

Isabella fragte sich, was ein Biosphärengebiet sein mochte. Biosphäre klang nach Nachhaltigkeit, so wie Biojoghurt oder Hautcreme ohne Tierversuche. Auch wenn sie keine Expertin in Sachen Umweltschutz war, wusste sie, dass Nachhaltigkeit so etwas wie der neue Heilige Gral war.

Die beiden Frauen bogen auf einen Pfad entlang des Traufs ein.

»Vor uns erstreckt sich das Zipfelbachtal. Und das hier ist der Aussichtspunkt Mörikefels. Laut Überlieferung soll er ein Lieblingsort von Eduard Mörike gewesen sein.« Estelle Gandolfini blieb vor einer Sitzbank stehen und deutete ins Freie. »Das Tal liegt fast dreihundert Meter tiefer.«

Nun führte der Weg bergabwärts. Bald bogen sie auf einen schmalen Pfad ein. »Aufpassen, der Boden könnte rutschig sein.«

Vor dem Gefälle hatte Isabella Respekt. Über Steine und freiliegende Wurzeln ging es steil ins Tal. Dann folgte der Pfad einem Bachlauf, bis eine Landstraße in Sicht kam und der Wald sich lichtete.

»Das ist der Zipfelbach. Nun überqueren wir die Hepsisauer Steige«, erklärte Estelle Gandolfini. »Wir befinden uns mitten im ehemaligen Vulkanschlot. Entstanden ist er vor etwa siebzehn Millionen Jahren. Der Durchmesser beträgt über einen Kilometer, das ist beeindruckend, oder?« Sie breitete begeistert die Arme aus.

Auf der anderen Straßenseite ging es am Waldrand entlang wieder bergauf. Zwischen den Bäumen und auf den Wiesen waren große Kalksteinbrocken verstreut, als hätten Riesen damit Weitwurf gespielt. Das Meckern einiger Ziegen vermischte sich mit Vogelgezwitscher und dem Blöken einer Schafherde.

»Eines Tages lief das Maar leer, weil der Zipfelbach eine Schlucht gegraben hat«, fuhr ihr Gast fort. »Durch die Vulkanerde ist die Flora hier sehr vielfältig. Sehen Sie nur, wie atemberaubend schön die parkartige Weidelandschaft mit den Weißjurabrocken und den solitären Buchen ist.«

Für Steine und Buchen hatte Isabella kein Auge mehr. Ihr ging die Puste aus, und sie hatte Mühe, mit ihrer Begleiterin mitzuhalten. Nur noch bruchstückhaft bekam sie Worte wie Silberdistel, Zugvögel und Sumpfdotterblumen mit. Mit letzter

Kraft stapfte sie einen Hang hoch und war erleichtert, als die Häuser von Ochsenwang erschienen.

Als sie in den Ort kamen, wollte Estelle Gandolfini weiter zum Breitenstein. Für Isabella wurde es Zeit, sich zu verabschieden.

Obwohl sie todmüde war, schlüpfte sie aus den Wanderstiefeln und lief auf Strümpfen in Angies Büro. Ungeduldig wartete sie, bis der Computer betriebsbereit war, und rief das Telefonbuch von Esslingen auf. In das Suchfeld gab sie den Namen »Kollmar« ein. Kurz darauf scrollte sie erstaunt nach unten. In Esslingen gab es gut zwanzig Kollmars, und das waren nur diejenigen, die einen Telefonbucheintrag hatten. Sollte sie einen nach dem anderen durchtelefonieren?

Ihr fiel eine andere Möglichkeit ein. Sie tippte die Begriffe »Kollmar« und »Willi Baumeister« ein. Sofort bekam sie seitenweise Funde angezeigt. Fast alle führten zu Websites, auf denen es um den Maler ging.

Nachdem sie fast zwanzig Internetauftritte überflogen hatte, brannten ihre Augen, und sie nahm die Hände von der Tastatur. Was nun? Sie entschied sich für die Willi Baumeister Stiftung im Stuttgarter Kunstmuseum und rief deren Website auf. Eine Suche nach »Kollmar« brachte keine Ergebnisse. Auch in der Rubrik »Zeitgenossen« gab es unter den aufgeführten Sammlern, Förderern und Freunden niemand mit dem Namen Kollmar. Sie klickte das Impressum auf, griff nach ihrem Handy und wählte die angegebene Telefonnummer der Stiftung. Nach dem ersten Klingeln spielte der Anrufbeantworter eine automatische Ansage ab, der zufolge die Stiftung zurzeit weniger oft besetzt war, was immer das auch bedeuten sollte.

Das Angebot, eine Nachricht zu hinterlassen, nahm Isabella nicht an. Sie beendete die Verbindung und legte das Handy weg. Gleich morgen früh würde sie es erneut bei der Stiftung versuchen. Schneller ginge es, wenn sie Moritz anrief und über ihn die Expertendatei des Kunsthauses befragte.

Ein Blick auf die Zeitangabe am Bildschirm zeigte ihr, dass er vermutlich schon im Feierabend oder auf dem Heimweg war. Bevor sie seine Privatnummer wählte, musste sie dringend ihren Durst löschen und eine Kleinigkeit essen.

Sie stand auf, ging in die Küche und goss sich ein großes Glas Wasser ein. Als sie es ausgetrunken hatte, hörte sie draußen laute Rockmusik. Fand heute ein Open-Air-Konzert in Ochsenwang statt? Oder probte eine Band im Freien?

Sie schlüpfte in ihre Turnschuhe und folgte den wummernden Bässen bis zu Leons Grundstück auf der anderen Straßenseite. Vor der Scheune döste Karma auf einem alten Holzstuhl.

Die Tür war angelehnt. Isabella klopfte gegen den aus Holzlatten gezimmerten Eingang.

Niemand reagierte, was bei dem Lärm nicht verwunderte.

Im Inneren umfing sie ein intensiver Geruch nach getrocknetem Gras. Er kam vom Heuboden über ihr, zu dem eine schmale Sprossenleiter hinaufführte. Hier unten erinnerte nur der festgestampfte Lehmboden an die frühere Nutzung. Heute wurde der Ort als improvisiertes Künstleratelier genutzt, das jedoch wenig mit den stylishen Fabriketagen und Lofts zu tun hatte, die sie aus der Stadt kannte. An Stellwänden rundum hingen Landschaftsbilder aus Acryl- und Ölfarben, Aquarellskizzen mit Moorszenen, Pflanzenstudien und abstrakte Bilder.

Mittendrin stand der Schöpfer dieser Werke in farbverschmierter Jeans und fleckigem Hemd vor einer Staffelei. In der Linken hielt Leon eine ovale Holzpalette voller Grün- und Brauntöne, in der Rechten einen Pinsel, mit dem er eine impressionistisch anmutende Landschaftsszene auf eine Malplatte tupfte.

Stampfende Bässe und die elektrisierenden Riffs einer E-Gitarre erfüllten die Scheune. Wegen der Lautstärke bemerkte Leon Isabella erst, als sie an seine Seite trat und ihm ins Ohr brüllte.

»Das ist das Randecker Maar, oder?« Sie deutete auf eine

Schafherde inmitten großer Steinbrocken, die auf dem Bildträger im Entstehen waren.

Leon zuckte zusammen. Ein hellgrauer Farbtupfer, der vermutlich für ein Schaf gedacht war, landete in einer lindgrünen Baumkrone. Er deponierte den Pinsel auf der Staffelei und schaltete den Gettoblaster aus, der auf einer Obstkiste neben ihm stand.

»Störe ich? Die Tür war angelehnt, deshalb bin ich einfach reingekommen.« Amüsiert betrachtete Isabella einen braunen Farbfleck auf Leons stoppeligem Kinn.

»Du hast Glück. Ausnahmsweise ist Tag des offenen Ateliers.« Er legte die Palette zur Seite und wischte sich die Finger an einem fleckigen Tuch ab, das über einem rostigen Nagel in der Staffelei hing. »Aber bitte keine Fotos oder Beiträge auf Instagram und ähnlichen Plattformen. Das hier ist nicht für die Augen der Kunstwelt bestimmt.«

»Wie ich sehe, bist du offen für alle Stilrichtungen. Und für unterschiedliche Motive.«

Leon schob die Hände in die Hosentaschen seiner Jeans. »Sieht so aus. Auf der Akademie und in den Jahren nach dem Studium habe ich mich fast nur mit abstrakten Motiven beschäftigt.« Er deutete auf eine Stellwand mit ungegenständlichen Skizzen und Gemälden. Isabellas Blick folgte seiner Geste. Da schien er es sich anders zu überlegen und zog sie am Ärmel zu einer Stellwand gegenüber. »Das hat sich schnell geändert, als ich wieder hierhergezogen bin. Schau, dort hängen einige Studien aus dem Torfmoor. Spannend, wie sich das Licht und die Wolkenstimmungen auf der Oberfläche des Wassers brechen, oder?«

Als hätten sie die Aufwärmphase damit beendet, sahen sie sich ein paar Sekunden lang stumm an.

Was für faszinierende grünblaue Augen er hat, dachte Isabella. In ihrem Inneren regte sich etwas. Das lag sicher daran, dass er sie vom Steinboden aufgelesen und versorgt hatte. Sie wich Leons Blick aus.

»Wie geht es dir heute?«, fragte er. »Hast du dich von dem Überfall erholt?«

»Einigermaßen. Angies Schmerztabletten sind ihr Geld wert. Und die blauen Flecken, na ja, die gehen wieder weg.« Sie blickte auf den Lehmboden und schob mit dem Schuh einen Strohhalm hin und her.

»Schmerztabletten helfen, das stimmt. Aber der Schreck sitzt dir bestimmt noch in den Knochen. Weißt du inzwischen, wie der Mann ins Haus gelangt ist?«

»Die Tür war nicht abgeschlossen. Das hatte ich nach meinem Besuch bei Karlotta vergessen und sie nur hinter mir zugezogen. So ein altes Ding kann man leicht mit einer Scheckkarte öffnen.«

»Stimmt. Hast du Angst, weil der Einbrecher dich bedroht hat?«

»Die Haustür verriegle ich jetzt immer. Auch am Tag. Hätte nicht gedacht, dass man hier ebenso gefährlich lebt wie in der Großstadt.«

Der Falte nach zu schließen, die zwischen Leons Brauen erschien, fand er ihren lockeren Ton der Situation nicht angemessen. »Was sagt die Polizei?«, fragte er. »Zu dem Einbruch, meine ich.«

»Nichts. Ich habe ihn nicht gemeldet.«

»Wieso? Immerhin hat der Mann dich niedergeschlagen und bedroht. Das ist schwere Körperverletzung.«

»Weiß ich. Mir geht es aber wieder besser. Dass er meinen Baumeister geklaut hat, ärgert mich allerdings sehr.«

Erst nach ein paar Sekunden reagierte Leon. »Hast du wenigstens den Diebstahl angezeigt?« Er ließ sie nicht aus den Augen.

Isabella schüttelte den Kopf.

»Warum nicht? Ein Ölbild von Baumeister ist eine Menge Geld wert. Oder etwa nicht?«

Isabella zögerte. Sollte sie Leon mehr über das Gemälde erzählen? Sie entschied sich dagegen, weil sie hätte erwähnen müssen, dass es ein Geschenk von Alex war. »Ja. Mach ich vielleicht noch.«

Sie näherte sich der Stellwand mit den abstrakten Skizzen. »Wie ich sehe, beschäftigst du dich auch mit ungegenständlichen Motiven. Die organischen beigen und blauen Formen erinnern an Hans Arp oder Fritz Winter.«

Widerstrebend folgte Leon ihr.

Vielleicht ist es ihm unangenehm, sich mit mir über seine Bilder zu unterhalten, dachte Isabella, ignorierte aber seine abweisende Miene. Die meisten Künstler, die etwas taugten, wollten lieber ihre Werke sprechen lassen, als selbst darüber zu reden.

Sie beugte sich vor und betrachtete die farbigen Zeichnungen in der Reihe darunter. »Für diese hier hast du Pastellkreide verwendet, oder? Sie sieht aus wie ein Werk von Willi Baumeister. Das hier mit der grauen rechteckigen Form und der roten Ecke …« Verblüfft brach sie ab und studierte die Komposition genauer. »Die längliche kobaltblaue Fläche und das spitze gelbe Dreieck daneben … eigenartig, die Anordnung ähnelt der in meinem Gemälde.« Sie blinzelte mehrmals, als traue sie ihren Augen nicht. War das möglich?

»Nein, das ist nicht gut.« Leon schob sich vor die Stellwand und zog die Reißzwecken aus den Ecken. »Nur eine Übung, nichts Besonderes.« Er nahm die Zeichnung ab und wollte sie zusammenrollen.

»Stopp. Lass mich das sehen.« Isabella nahm ihm das Papier aus der Hand und betrachtete die Farbformen erneut. »Das ist mein Bild. Fast eins zu eins dieselbe Komposition.«

»Gib es mir, Isabella. Bitte.«

Endlich verstand sie, was es damit auf sich hatte. »Darum bist du ständig vor der Kommode gestanden und hast das Bild angestarrt. Du hast es studiert, um es nachzuzeichnen.«

Überrumpelt wich Leon ihrem Blick aus und griff nach der Pastellzeichnung.

Diesmal überließ sie ihm das Blatt. »Das muss dir nicht

peinlich sein, Leon. Im Gegenteil, du hättest mich doch darum bitten können, das Bild zu kopieren, statt es nur ...« Sie brach ab. Von draußen war ein Martinshorn zu hören. Die Sirene kam näher.

Leon legte die Papierrolle auf den Gettoblaster. »Klingt nach Polizei. Da muss etwas passiert sein. Vielleicht ein Verkehrsunfall. Die schmale Straße durchs Randecker Maar wird oft unterschätzt. Die Kurven sind tückisch, und man muss ständig mit Touristen rechnen, die über die Fahrbahn rennen.« Er lief aus der Scheune.

Isabella folgte ihm. Ein blau-grauer Mercedes raste mit Blaulicht auf der Landstraße vorbei. Das Martinshorn wurde von einer zweiten Sirene überlagert, die aus der Ortsmitte von Ochsenwang herüberschallte und sich rasch näherte. Ein weiteres Einsatzfahrzeug folgte, dann ein Notarztwagen.

»Das sieht ernst aus.« Isabella schirmte den Blick mit der Hand gegen die untergehende Sonne ab und schaute den Rettungskräften hinterher. Auf der anderen Seite des Feldwegs stand Karlotta vor der Einfahrt zu ihrem Bauernhof.

»Wisst ihr, was da los ist?«, schrie sie und deutete in Richtung der Fahrzeuge.

Leon hob ratlos die Hände. Isabella schüttelte den Kopf.

Karlotta kam zu ihnen herübergerannt. »Guten Abend, Leon«, rief sie. »Gut, dass du deinen Gettoblaster ausgeschaltet hast, sonst hätten sie dich wegen Ruhestörung verhaftet.«

Die Martinshörner verstummten abrupt.

»Los, kommt«, Karlotta machte eine auffordernde Handbewegung, »die müssen im Randecker Maar sein.«

Sie lief quer über den Acker von Bauer Schmalz und folgte der Landstraße am Randstreifen entlang ortsauswärts.

»Randecker Maar?« Isabella bekam weiche Knie. »Dort war ich vorhin mit Estelle Gandolfini unterwegs.« Vielleicht war ihr Gast nicht wie angekündigt zum Aussichtspunkt am Breitenstein gegangen, sondern zurück ins Naturschutzgebiet, von dem sie so begeistert gewesen war.

»Wir sollten uns Karlotta anschließen, vielleicht können wir helfen.« Leon setzte sich in Bewegung, ohne sich noch einmal nach ihr umzusehen.

Mehrere Privatwagen aus dem Ort folgten den Einsatzfahrzeugen. Als zwei Grüppchen mit Nachbarn die Landstraße entlangeilten, lief Isabella ebenfalls los.

Sie folgte der Straße und sah schon von Weitem eine Menschenmenge auf dem Wanderparkplatz. Die Einsatzfahrzeuge der Polizei und der Rettungswagen standen auf der Seite, an der das Gelände steil zum ehemaligen Vulkantrichter hin abfiel.

Auf einem Wanderweg, der am Parkplatz begann, fand Isabella ihre Nachbarn in der vordersten Reihe. Sie drängelte sich zwischen den Schaulustigen durch, die gebannt den Hang hinunter zu einem Grundstück mit modernen, nichtssagenden Gebäuden starrten.

»Da, rechts von der Kläranlage!«, rief Karlotta.

Vor dem eingezäunten Gelände spannten zwei uniformierte Beamte ein rot-weißes Plastikband mit der Aufschrift »Polizeiabsperrung«.

»Ich glaube, da unten liegt jemand. Unter den Büschen.« Karlotta wies auf eine Stelle, an der drei Rettungssanitäter in orange-gelber Kleidung auf dem Boden knieten und sich über etwas beugten, das von hier aus nicht zu sehen war. Neben ihnen sah sich ein sportlich wirkender Mann in schwarzer Jeans und Blousonjacke am Fundort um.

»Der ist von der Kripo Reutlingen«, raunte ein älterer Herr mit Cordmütze rechts neben Isabella. In seinem Mundwinkel hing eine selbst gedrehte Zigarette. »Morddezernat, nehme ich an«, sagte er zu niemand Bestimmtem.

Isabella wandte sich wieder der Szenerie im Dickicht zu. Die Sanitäter drehten der Menschenmenge den Rücken zu und machten es unmöglich zu erkennen, was vor sich ging. Nur Sekunden später breiteten sie eine schwarze Plane aus und traten zur Seite. Einer der beiden Männer strich über sein raspelkurzes Haar. Hinter ihm sah man im niedergetrampelten Gras jetzt die Umrisse einer menschlichen Gestalt.

»Da liegt ein Toter«, sagte Leon. »Ein Wanderer kann das kaum sein, da unten führt kein Weg entlang.«

»Das muss nichts heißen«, erwiderte Karlotta. »Die Touristen laufen rücksichtslos überall herum, ob Weg oder nicht.«

Zwei der Rettungssanitäter, ein dunkelhaariger Mann und eine Frau mit einem geflochtenen braunen Zopf, deuteten den Hang hinauf.

Isabella verfolgte, wie in weiße Overalls gekleidete Männer aus einem Einsatzwagen am Rand des Parkplatzes stiegen und den Hang halb hinuntergingen, halb hinunterrutschten. Unten angekommen, zogen sie blaue Plastikhüllen über ihre Schuhe und begannen, den Tatort zu fotografieren.

»Hoffentlich ist das nicht Frau Gandolfini«, stieß Isabella aus.

Karlotta winkte ab, ohne den Blick von dem Geschehen neben der Kläranlage abzuwenden. »Sicher nicht. Du hast mir erzählt, sie sei zum Breitenstein. Das ist nicht hier, der Aussichtspunkt liegt auf der anderen Seite –«

»Ich weiß, wo der Breitenstein ist«, fauchte Isabella. Langsam hatte sie die Nase voll von den ständigen Erklärungen.

Stumm beobachteten sie, wie die Spurensicherung die Umgebung absuchte, gelbe Plastikschildchen mit aufgedruckten Zahlen aufstellte und jedes Detail mehrfach fotografierte. Einer der Männer ging in die Knie, nahm etwas mit einer Pinzette auf und steckte es in ein durchsichtiges Plastiktütchen.

Plötzlich ging ein Raunen durch die Menge. Die beiden männlichen Sanitäter schoben einen menschlichen Körper mitsamt der Plane auf eine Trage und packten die Griffe an deren Enden.

Karlotta stieß einen Zischlaut aus. »Ich bin mir nicht sicher, ob das gut geht«, sagte sie skeptisch. »Das Gefälle ist hier viel zu steil.«

Wie es aussah, hatten die Sanitäter Erfahrung mit derartigen Herausforderungen. Während die Frau die Plane über der Leiche festhielt, schleppten die Männer mit kleinen seitlichen Schritten die Trage den Grashang hinauf.

Sie waren fast oben angekommen, als der vordere Mann strauchelte, in die Knie sackte und einen Griff der Trage losließ, die sich daraufhin leicht zur Seite neigte. Die Plane verrutschte ein paar Zentimeter. Lange blonde Haare kamen zum Vorschein und glitten über den Rahmen der Trage.

Erschrockene Rufe drangen aus der Gruppe der Schaulustigen.

Die Sanitäter versuchten wieder Tritt zu fassen. Plötzlich rutschte ein blasser Arm unter der Plane heraus und baumelte hin und her. Wie die Haare folgte er den Bewegungen der Trage.

Isabella hielt den Atem an. Obwohl ihr Herz raste, konnte sie den Blick nicht von dem nackten Arm abwenden. Er war mit Erde verschmutzt. Trotz der Entfernung erkannte sie, dass der rote Nagel des Zeigefingers fehlte. Ob er beim Transport der Leiche abgebrochen war? Oder hatte sich die Frau gegen jemanden gewehrt?

Im Licht der Abendsonne blitzte etwas an der Hand der Toten auf. Isabella schob sich an den Schaulustigen vorbei, bis sie so nah am Geschehen war, dass sie den Schmuck genauer sehen konnte. Am linken Ringfinger erkannte sie einen Goldreif mit einem blauen Saphir. Am Mittelfinger einen breiten Goldring, der mit Rubinen und Brillanten besetzt war.

Isabella stieß einen Schrei aus und schlug die Hände vor den Mund.

»O mein Gott«, flüsterte sie. Es gab keinen Zweifel. Die Ringe konnten nur einer Person gehören.

»Ich kenne diese Frau!«, rief sie und deutete auf die Trage. »Lassen Sie mich durch.« Entschlossen boxte sie sich durch die Menge, bis sie nur noch ein paar Meter von der Toten entfernt war.

Die Rettungskräfte stoppten. Alle drei wandten sich zu

Isabella. Dann schaute die Sanitäterin nach unten zum Fundort und winkte dem Mann in der Blousonjacke, der sich abmühte, den Hang hinaufzukommen. Mit seinen Lederslippern rutschte er immer wieder auf dem Gras aus.

»Kommissar Hartenstein, diese Frau hier sagt, sie könne das Opfer identifizieren.« Die Sanitäterin zeigte auf Isabella.

Wie auf Kommando drehten sich die Köpfe der Menschen um sie herum zu ihr. Manche wirkten erschrocken, andere eher neugierig, als empfänden sie eine makabre Lust dabei, eine Szene, die sie sonst nur aus Fernsehkrimis kannten, live mitverfolgen zu können. Hier und dort klickten Handykameras. Ein Mann in einem schwarzen Jogginganzug schob sich durch die Zuschauer und filmte Isabella mit einem Smartphone.

Endlich war der Kommissar oben angelangt. Er trat auf sie zu. »Stimmt das? Sie kennen das Opfer?« Sein Atem ging keuchend.

Isabella nickte und presste die Lippen aufeinander.

»Tom Hartenstein, Kripo Reutlingen. Folgen Sie mir bitte«, wies er sie an und ging voraus zum Parkplatz.

Wenig später saß Isabella auf dem Rücksitz eines Einsatzfahrzeugs und hielt sich an einem Plastikbecher mit Wasser fest, den ihr ein Sanitäter gereicht hatte.

»Sind Sie sicher, dass es sich bei der Toten um Ihre Arbeitskollegin aus Stuttgart handelt?« Kommissar Hartenstein schien skeptisch. »Sie haben nur die Fingerringe und ihr Haar gesehen.«

Er war ungefähr Mitte fünfzig und hatte eine durchtrainierte Statur. Über der hohen Stirn wich sein hellbraunes Haar zurück.

»Ja, ich habe keinen Zweifel. Das muss Sofie Stolzenburg sein. Ihren Schmuck habe ich Hunderte Male gesehen.« Isabella nahm einen großen Schluck. Ihr Mund war so trocken, als hätte sie den ganzen Tag über nichts getrunken.

»Gut, wir werden das überprüfen. Wann haben Sie die Frau das letzte Mal gesehen? Lebend, meine ich.«

»Gestern. Im Auktionshaus.«

»Gestern also. Habe ich Sie vorhin richtig verstanden? Sie arbeiten in Stuttgart und wohnen in Ochsenwang?«

»Genau. Seit einer Woche betreue ich die Pension meiner Schwester. Sie macht Urlaub in Griechenland. Nach Stuttgart pendle ich mit dem Auto. Heute allerdings nicht, ich hatte in der Pension zu tun.«

»Hat Frau Stolzenburg Sie gestern oder heute dort aufgesucht?«

»In der Pension? Nein, das hat sie nicht«, erwiderte Isabella. »Ich habe sie heute überhaupt nicht gesehen, weil ich mir freigenommen hatte. Ich wusste auch nicht, dass sie in Ochsenwang …« Sie überlegte, wie sie sich ausdrücken sollte. »Ich meine, dass sie sich hier aufhielt.«

Tom Hartenstein nickte. »Verstehe. Wie war Ihr Verhältnis zu Frau Stolzenburg?«

Isabella überlegte kurz. Sollte sie ehrlich sein? Oder sich eher neutral ausdrücken? Sie entschied sich für Letzteres. »Wie gesagt, wir arbeiten zusammen. Sofie Stolzenburg und ich teilen uns ein Büro mit einer dritten Kollegin.«

»Ich meinte weniger die berufliche Zusammenarbeit, sondern eher Ihr privates Verhältnis. Waren Sie befreundet?«

Nur mühsam behielt Isabella ihre Gesichtszüge unter Kontrolle. »Befreundet würde ich es nicht nennen. Über das Berufliche hinaus hatten wir keinen Kontakt. Keinen privaten Kontakt.« Sie trank den Becher leer und sah sich vergeblich nach einer Abstellmöglichkeit um.

»Gut, so weit fürs Erste. Ihre Kontaktdaten liegen uns vor. Wir melden uns bei Ihnen. Beziehungsweise die Kollegen aus Stuttgart.«

Erleichtert verabschiedete sich Isabella und stieg aus dem Fahrzeug. Auf dem Parkplatz hielten sich nur noch wenige Schaulustige auf. Leon und Karlotta waren nicht darunter.

Isabella knüllte den Plastikbecher zusammen und warf ihn in einen Mülleimer. In Gedanken versunken, folgte sie der Straße nach Ochsenwang und bog zur Pension ab.

Durch den Vorgarten lief sie zur Küchenveranda und war wenig überrascht, Karlotta auf der Bank sitzen zu sehen.

Sie klopfte auf den leeren Platz neben sich. »Ich habe auf dich gewartet. Setz dich, du siehst ziemlich erledigt aus.«

Mit hängenden Schultern ließ sich Isabella auf der Bank nieder. Sie legte den Kopf in den Nacken und ließ den Blick über die Baumkronen schweifen, um das Bild der hin und her baumelnden Hand mit den glitzernden Ringen aus dem Kopf zu bekommen.

Die Abendsonne färbte den Himmel in Rosa- und Violetttönen. Schwärme winziger Insekten hingen in der Luft und führten einen stummen Tanz auf. Für sie spielte der gewaltsame Tod einer jungen Frau weniger als einen Kilometer von hier entfernt keine Rolle.

Ein paar Minuten lang war nur das Sirren der Insekten zu hören. Karlotta schien zu spüren, dass Isabella erst einmal durchatmen musste.

»Die Tote ist Sofie«, sagte Isabella schließlich.

Es dauerte eine Weile, bis Karlotta diese Information richtig eingeordnet hatte. »Meinst du etwa die Blondine, die dir deinen Verlobten abspenstig gemacht hat?« Ihre Augen weiteten sich. »Dann wundert es mich nicht mehr, dass du vorhin geschrien hast wie am Spieß. Ihr Anblick muss grauenhaft für dich gewesen sein. Obwohl, viel hast du ja nicht von ihr gesehen.«

»Ich habe sie an den Ringen erkannt.«

Karlotta schüttelte sich. »Als die Hand unter der Plane rausgerutscht ist … wie in einem Gruselfilm. Das wird mich bis in meine Träume verfolgen.«

»Mich auch.« Isabellas Stimme bebte. »Was ich nicht verstehe, ist, wieso man sie ausgerechnet hier gefunden hat. Nur ein paar hundert Meter von uns entfernt.«

»Das ist definitiv ein merkwürdiger Zufall. So merkwürdig, dass ich kaum an einen Zufall glauben kann.«

Trotz der verwirrenden Formulierung war Isabella sofort klar, was Karlotta meinte.

»Das geht mir genauso.«

»Puh, ein Kapitalverbrechen direkt vor unserer Haustür. Wer hätte das gedacht.« Karlotta schüttelte den Kopf. »Seit du hier wohnst, steigt die Verbrechensrate sprunghaft an. Zuerst bricht jemand ein und schlägt dich nieder, und jetzt auch noch ein Mord.«

»Mord?«

»Was glaubst du denn? Meinst du, die hat sich da neben der Kläranlage ins Gras gelegt und ist einfach gestorben?«

Erst mit Verspätung ging Isabella auf, was das bedeutete. Jemand hatte Sofie nur unweit von ihrem neuen Wohnsitz umgebracht. Karlotta hatte recht. Das konnte kein Zufall sein.

Isabella fühlte sich nicht in der Lage, Estelle Gandolfini ein Abendessen zu servieren. Karlotta sprang für sie ein. Durch die offene Küchentür hörte Isabella, wie die beiden sich im Wintergarten über den Polizeieinsatz unterhielten.

Sie nahm Angies Notration Alkohol aus dem Gefrierfach, schenkte sich einen Wodka ein und setzte sich mit dem Glas nach draußen.

Wenig später raschelte es in der Küche. Der Deckel des Mülleimers klapperte. Dann kam Karlotta zu ihr auf die Veranda.

»Danke für deine Hilfe.«

»Nicht der Rede wert.« Karlotta zog ihr Smartphone aus der Gesäßtasche und tippte darauf herum. »Ziemlich fix, die Herrschaften von der Presse«, murmelte sie. »Willst du wissen, was sie schreiben?«

Isabella nickte.

»Die Jungs von der Zeitung mit den blutroten Buchstaben waren am schnellsten. Sie bringen eine Meldung unter der Schlagzeile ›Tote Frau im Randecker Maar gefunden‹.« Karlotta wischte über das Display und las die Meldung vor. »›Mordfall erschüttert das idyllische Ochsenwang: Nachdem ein Jogger eine Leiche im Randecker Maar gefunden hat, ermittelt die Kriminalpolizei. Bisher konnte die Identität der Toten noch nicht geklärt werden. Es handelt sich um eine junge Frau Mitte bis Ende zwanzig. Zur Todesursache wollte die Polizei keine Angaben machen.‹« Sie sah vom Display auf und ließ das Smartphone sinken. »Ich schätze, die Polizei richtet noch heute eine Sonderkommission ein. Ich will mich nicht in dein Leben einmischen, Isabella, aber die werden dich verdächtigen, sobald sie herausfinden, was Sofie dir angetan hat.«

Karlotta schwieg eine Weile und sah einem Schmetterling hinterher, der um die Blütendolden des Flieders schwirrte.

»Ich muss dauernd an ihre Familie denken. An ihre Eltern. Ob die wissen, dass ihrer Tochter etwas zugestoßen ist? Vielleicht wird sie bereits vermisst.«

Isabella drehte das Glas in der Hand. Bald würde die Polizei sie in die Mangel nehmen. Zu viele Menschen in ihrem Umfeld wussten von den Streitereien zwischen Sofie und ihr.

Sie stand auf und lief im Gras hin und her. Vom Fliederbusch an der Ecke kam ein süßlicher Geruch herüber.

»Wie lautet eigentlich der Familienname dieser Sofie?«, fragte Karlotta.

»Stolzenburg.«

»Schau an. Allein der Name klingt nach vornehmer Herkunft und Stuttgarter Halbhöhe. Und nach einem vorgezeichneten Leben. In eine wohlhabende, angesehene Familie hineingeboren, glänzende Berufsaussichten und auf jeden Fall eine gute Partie, wie man so sagt. Keine solche Versagerin wie ich.«

»Oder wie ich. Mir hat niemand Erfolg und Glück in die Wiege gelegt.«

»Du kannst das aus eigener Kraft erreichen«, erwiderte Karlotta. »Meinst du nicht, das ist genauso viel wert? Jedenfalls hast du keinen Grund für Selbstmitleid. Auch wenn du ordentlich in der Scheiße sitzt.«

Isabella kehrte zur Bank zurück. »Die Polizei wird rasch herausfinden, dass Sofie und ich keine Freunde waren.«

»Und dass sie eine Affäre mit deinem Verlobten hatte. Das reicht für deutlich mehr als einen Anfangsverdacht.«

Isabellas Mut sank. Sie würde eine Hauptverdächtige sein.

»Alle, die eure Streitereien mit angehört haben, werden dich belasten. Aber du hast sie nicht umgebracht, oder?«

Empört fuhr Isabella zurück. »Nein, um Gottes willen! Oder traust du mir das zu?«

»Hm«, sagte Karlotta unentschlossen. »Genau genommen kennen wir uns erst seit ein paar Tagen. Woher soll ich wissen, wozu du fähig bist?«

Isabella war sprachlos.

»Keine Sorge.« Karlotta tätschelte ihr die Hand. »Selbstverständlich glaube ich nicht, dass du deine Konkurrentin aus dem Weg geräumt hast. Ich meine, du würdest sie doch nicht direkt vor deiner Haustür umbringen, oder? So blöd bist du nicht.«

»Nein, so blöd wäre ich wohl kaum. Aus Sicht der Polizei spricht die räumliche Nähe allerdings gegen mich.«

»Wir sollten die Ermittlungen verfolgen. Sehen wir uns die Abendnachrichten an?«

»Ich nicht. Vielleicht laufe ich eine Runde, um mein Gehirn durchzulüften.«

»Gute Idee. Das Randecker Maar würde ich an deiner Stelle meiden.«

Dieses Mal verzichtete Isabella auf ihre neuen Wanderschuhe. Sie nahm eine verwaschene Fleecejacke aus dem Schrank ihrer Schwester, band sie um die Hüften und verließ die Pension.

Ab der Ortsmitte folgte sie den Wanderzeichen zum Breitenstein. Den Aussichtspunkt hatte sie als Ziel ausgesucht, weil er genau entgegengesetzt zum Vulkantrichter des Randecker Maares lag.

An Feldern und Wiesen vorbei hielt sie sich Richtung Westen. Das Gelände stieg allmählich an. Linker Hand lag ein Parkplatz, der trotz der abendlichen Stunde gut gefüllt war. Sie bog auf einen Pfad ein, der sie an Hecken und Bäumen entlang auf den höchsten Punkt brachte.

Auf dem lang gezogenen Aussichtsfelsen reihten sich Pärchen und eine Gruppe junger Wanderinnen und Wanderer mit ausladenden Rucksäcken, an denen Isomatten und Wasserflaschen befestigt waren. Alle bewunderten das eindrucksvolle Schauspiel der untergehenden Sonne. Ihr leuchtend orangeroter Kreis schob sich langsam auf den in leichtem Dunst liegenden Horizont zu. Isabella kam sich vor wie auf einer Klippe am Meer. Kaum zwei Meter vor ihr fiel der Breitenstein steil ab.

Sie trat näher zur Kante und verlor sich in der weiten Aussicht über das Vorland der Alb bis hinein ins Neckartal mit den Schornsteinen des Heizkraftwerks von Altbach und nach Westen, wo man vielleicht sogar den Höhenrücken des Schwarzwalds ausmachen konnte.

Die schmale Nadel des Fernsehturms kam in ihr Blickfeld. Dort lag die Landeshauptstadt. Über das ausgesetzte Plateau fegte eine kräftige Böe. Isabella löste Angies Fleecejacke von ihren Hüften und schlüpfte hinein.

Als sie aufsah, fiel ihr Blick auf eine junge Frau in Jeans und Pullover. Sie gehörte zur Gruppe der Wanderer. Die Frau lachte über einen Scherz, den einer ihrer Begleiter gemacht hatte, und warf den Kopf in den Nacken. Ihre blonden Haare strichen über den Rucksack. Isabella fühlte sich an Sofie erinnert, die oft eine ähnliche Bewegung gemacht hatte. Das würde sie nun nie mehr tun. Sie würde nie mehr den Wind im Gesicht spüren oder einen Sonnenuntergang genießen. Ihr Leben war heute zu Ende gegangen.

Obwohl Isabella unter Sofies Hochmut und ihrem Spott gelitten hatte, fühlte sie Mitleid mit ihr. Ihre Augen füllten sich mit Tränen. Inzwischen lag sie in einem kalten, sterilen

Leichenschauhaus voller metallischer Oberflächen und chirurgischer Instrumente. Vielleicht schnitt gerade in dieser Minute ein Arzt ihren Oberkörper auf, entfernte ihr Brustbein und die Rippen, um die inneren Organe zu untersuchen und die genaue Todesursache festzustellen. War sie erwürgt worden? Hatte jemand sie erstochen oder gar erschossen? Bald würde alle Welt wissen, wie Sofie gestorben war. Die Frage war, aus welchem Grund sie hatte sterben müssen. Und wer es getan hatte.

Ob sie den Täter oder die Täterin kannte? Die Wahrscheinlichkeit war groß. Eventuell war es sogar jemand aus ihrem direkten Kollegenkreis. Jemand, mit dem sie täglich zusammenarbeitete. Jemand, der möglicherweise auch den Einbrecher beauftragt hatte, ihr Angst einzujagen, um sie von weiteren Nachforschungen im Auktionshaus abzuhalten.

Ein Frösteln lief durch Isabellas Körper. Die Ursache war nicht der auffrischende Wind auf dem ausgesetzten Aussichtspunkt. Plötzlich wusste sie, dass zwischen dem Angriff auf sie und Sofies gewaltsamem Tod ein Zusammenhang bestehen musste. Der Schlüssel waren die Fälschungen. Sie musste herausfinden, wer dahintersteckte, bevor die Polizei sie erneut befragte.

Donnerstag

Wo war nur die Telefonnummer des Gutachters? Isabella durchwühlte die Stapel auf Angies Schreibtisch, bis sie den gelben Post-it-Zettel am Holzregal entdeckte. Aus dem Restaurator Johannes Rösch hatte sie keine Details über die Expertise der heiligen Barbara herausbekommen, daher war Gustav Gruber ihre einzige Spur.

Sie griff nach dem Telefon und wählte.

»Gruber.« Dieselbe Frauenstimme wie gestern.

»Walser. Ich muss dringend mit Herrn Dr. Gruber sprechen.«

»Dr. Gruber ist krank.«

»Das haben Sie mir bereits gesagt. Walter Lichtenstein, der Leiter des Auktionshauses Lichtenstein, für den Dr. Gruber arbeitet, hat eine dringende Nachricht für ihn.« Diesmal würde sie sich nicht so einfach abwimmeln lassen.

»Herr Lichtenstein? Nun, das ist etwas anderes. Ich hole meinen Mann, Augenblick.«

Wenig später meldete er sich. »Gruber. Guten Tag, Herr Lichtenstein.«

»Mein Name ist Isabella Walser, ich bin die Schwiegertochter von Herr Lichtenstein«, erwiderte Isabella, um das Missverständnis aufzuklären. »Leider ist mein Schwiegervater beschäftigt. Er hat mich gebeten, mit Ihnen in Verbindung zu treten. Es geht um eine Holzfigur, für die Sie eine Expertise verfasst haben. Können wir uns heute noch treffen? Es eilt.«

»Ich bin leider unpässlich.«

»Die Angelegenheit duldet keinen Aufschub.« Isabella überlegte bereits, wie sie das Wort Polizei einflechten könnte, als Gruber einlenkte.

»Also gut. Kommen Sie am besten heute Nachmittag vorbei. Gegen vierzehn Uhr.«

Befriedigt beendete Isabella die Verbindung. Erstaunlich, was man mit ein bisschen Druck an der richtigen Stelle erreichen konnte.

Sie ging in die Küche. Karlotta kam mit einem Eierkarton und zwei Salatgurken im Arm durch die offene Verandatür herein. »Du hast mein Klopfen nicht gehört.«

»Ich habe telefoniert. Du bist später dran als üblich.«

»Hab verschlafen. Ich habe nicht einmal das penetrante Krähen meines Hahns mitbekommen, so erledigt war ich.«

»Alpträume?«

»Nein, obwohl ich gestern Abend noch lange mit Leon über den Polizeieinsatz gesprochen habe.« Karlotta legte den Eierkarton in ein Fach in der Kühlschranktür und die Salatgurken ins Gemüsefach.

»Mit Leon?«

»Ich war bei ihm im Atelier. Nachdem du und ich uns auf der Veranda unterhalten haben. War eine spontane Idee.«

Verblüfft verfolgte Isabella, wie Karlotta errötete. »Hast du ihm von mir erzählt?«

»Du meinst, woher du die Frau kennst? Natürlich nicht. Wir haben darüber gesprochen, wie schrecklich es ist, dass hier bei uns jemand ermordet wurde. Und über dies und das, du weißt schon.« Karlotta wirkte verlegen.

Endlich ging Isabella auf, was hier gespielt wurde. Karlotta war in Leon verliebt! Das hätte ihr schon viel früher auffallen müssen.

»Mit wem hast du telefoniert?«, fragte Karlotta schnell. »Du wirkst zuversichtlicher als gestern.«

Sie lenkt ab, dachte Isabella, beschloss aber, das Thema Leon nicht weiter zu vertiefen.

»Ich habe endlich einen Gesprächstermin mit dem Gutachter.«

»Das bringt dich einen großen Schritt weiter.« Karlotta zögerte. »Kann ich dir bei deinen Nachforschungen helfen? Irgendwas recherchieren oder so?«

»Aktuell nicht. Vielleicht komme ich zu einem anderen Zeitpunkt auf dein Angebot zurück. Ich muss los nach Kirchheim, sonst werden die Marktstände abgebaut, bevor ich einkaufen konnte.«

»Wir sehen uns später.« Karlotta winkte und verschwand durch die Verandatür.

Im Parkhaus am Krautmarkt ergatterte Isabella im untersten Parkdeck einen der letzten freien Plätze.

Sie nahm das Treppenhaus hinauf in die Innenstadt von Kirchheim, schlenderte über den von Fachwerkhäusern und blühenden Kastanienbäumen gesäumten Marktplatz und ließ sich vom farbenfrohen Angebot ablenken. Nachdem sie zwei Taschen voll Gemüse, Obst und griechische Vorspeisen fürs Abendessen gekauft hatte, besorgte sie einige Tageszeitungen.

Im Auto überflog sie die Titelseiten. Die Stuttgarter Zeitung berichtete lediglich in einer knappen Spalte über den Leichenfund im Randecker Maar. Leider lieferte das in den letzten Jahren ziemlich heruntergewirtschaftete Blatt keine neuen Informationen. Die Nürtinger Zeitung hingegen widmete dem Verbrechen den Aufmacherartikel und veröffentlichte sowohl Sofies Namen als auch ein Bild von ihr, das wie ein Porträtfoto aus ihrem Personalausweis aussah.

Aus dem dreispaltigen Artikel erfuhr Isabella, dass der Fundort der Leiche vermutlich nicht der Tatort war. Sofie musste bereits tot gewesen sein, als der Täter sie im Gebüsch neben der Kläranlage zurückgelassen hatte. Über die Art und Weise, wie sie zu Tode gekommen war, gab es keine Hinweise. Ob die Kripo dieses wichtige Detail aus ermittlungstaktischen Gründen zurückhielt?

Der Teckbote, die Tageszeitung von Kirchheim, widmete dem Mordfall ebenfalls die Titelseite und lieferte deutlich mehr Informationen als die beiden anderen Blätter. Anscheinend hatte der Polizeireporter einen guten Draht zur Kripo. »Junge Frau tot im Randecker Maar gefunden«, lautete die wenig originelle Schlagzeile. Die Unterzeile war dafür umso aufschlussreicher. »Wusste die Angestellte eines Stuttgarter Auktionshauses zu viel?«

Isabella überflog den Artikel. Der Reporter spekulierte, ob es eine Verbindung zwischen Sofies gewaltsamem Tod und der kürzlich versteigerten Degas-Zeichnung gab, die sich als Fälschung erwiesen hatte. Beweise lieferte er nicht. Doch allein die Tatsache, dass er eine mögliche Verbindung sah, brachte Isabellas Blut in Wallung. Ihr eigener Name wurde nicht genannt, dafür aber der des Seniorchefs und ebenso Alex, der als Nachfolger an der Spitze des Auktionshauses bezeichnet wurde.

Auch ein Foto von Sofie war abgedruckt. Aufgenommen worden war es bei der Vernissage einer Galerie im Stuttgarter Westen. Isabella kannte das Bild bereits von Sofies Facebook-Seite. Dort war Alex neben ihr zu sehen gewesen. Bei dem Abdruck auf der Titelseite endete der Bildausschnitt direkt neben Sofie. Alex war abgeschnitten.

Ob das Absicht war?, fragte sich Isabella. Oder hatten weder die Bildredaktion noch der Reporter den Juniorchef erkannt? Auf jeden Fall hatte sich jemand einen Skandal durch die Lappen gehen lassen, denn immerhin galt Isabella offiziell noch als Alex' Verlobte. Hätte der Reporter besser recherchiert, wäre er auf die Affäre der beiden gestoßen.

Isabella faltete die Tageszeitungen zusammen und legte sie auf den Rücksitz. Im selben Moment erschrak sie. Hinter dem Agila stand eine Gestalt in einem braunen Parka. Trotz der warmen Witterung hatte sie die Kapuze über den Kopf und in die Stirn gezogen. Als sie ihren Blick bemerkte, lief sie auf den Eingang zum Treppenhaus zu, riss die Tür auf und verschwand.

Sofort musste Isabella an den Überfall denken. Außer ihr hielt sich niemand auf dem Parkdeck auf. Hätte die Gestalt es auf sie abgesehen gehabt, wäre es für sie ein Leichtes gewesen, sie zu überwältigen. Ob es dieselbe Person war, die in die Pension eingebrochen war und sie niedergeschlagen hatte?

Panisch verriegelte Isabella die Türen, startete den Motor und fuhr mit quietschenden Reifen aus dem Parkhaus.

Auf dem Weg nach Ochsenwang sah sie alle paar Sekunden in den Rückspiegel. Von Dettingen durch Nabern bis zum Kreisverkehr vor der Abzweigung nach Bissingen hing ein blauer BMW mit getönten Scheiben dicht hinter ihr. War das die unheimliche Gestalt aus dem Parkhaus?

Isabella verließ den Kreisverkehr Richtung Weilheim. Der Wagen klebte weiter an ihrer Stoßstange.

Was mache ich, wenn er mir die Albsteige hinauf folgt?, überlegte sie.

Auf der steilen Strecke gab es mehrere Abschnitte, an denen das Gelände gefährlich abfiel. Wenn er sie dort abdrängte, hatte sie keine Chance.

Vor der Abzweigung nach Ochsenwang setzte sie den Blinker und bog ab. Ihr Herz schlug laut, als sie sich nach dem BMW mit den getönten Scheiben umsah. Der Fahrer gab Gas und raste in Richtung Weilheim davon.

Nachdem sie die Einkäufe ausgeräumt und ein paar eingelegte Weinblätter mit Fladenbrot gegessen hatte, war keine Zeit mehr, um die Onlinemeldungen zu sichten. Isabella steckte ihr Handy in die Tasche und brach zu ihrem Termin mit dem Gutachter auf.

Auf der Fahrt zu dessen Privathaus in Bad Urach musste sie mangels Navigationsgerät mehrfach am Straßenrand stoppen und ihr Handy zurate ziehen. Jedes Mal sah sie sich nervös nach möglichen Verfolgern um.

Die Route führte über die Hochfläche der Alb an der Torfgrube und am Naturschutzzentrum vorbei durch verschlafene Orte wie Schopfloch und Römerstein. Unterwegs begegneten ihr Motorrad- und Radfahrer in Funktionskleidung, die ihren eigenen Verkehrsregeln zu folgen schienen. Handzeichen vor dem Abbiegen oder das Fahren nahe dem Straßenrand gehörten nicht zu ihrem Repertoire.

Isabella folgte der Bundesstraße 28 nach Bad Urach. Die dicht gedrängten Häuser im engen Tal der Erms waren von Wäldern umgeben. Gesunde Luft gab es hier reichlich. Offene Landschaft und weite Blicke wie oben in Ochsenwang suchte man dafür vergeblich.

Gustav Gruber wohnte in einer hübschen Backsteinvilla aus der Jahrhundertwende mit Maßwerkelementen. Der Gutachter bat Isabella in seine Bibliothek, in der es säuerlich nach altem Papier und Stockflecken roch.

»Anscheinend geht es Ihnen gesundheitlich besser«, sagte sie und folgte dem Angebot, sich in einem knarzenden Ohrensessel niederzulassen.

Dr. Gruber setzte sich auf einen Holzstuhl mit verschnörkelter Lehne und räusperte sich umständlich. »Nun ja, eine leichte Erkältung, das geht vorüber. Wie kann ich Herrn Lichtenstein behilflich sein?«

»Könnten Sie mir das Anschreiben zeigen, mit dem Sie um das Gutachten für die heilige Barbara gebeten wurden?«

»Mir ist nicht ganz klar, aus welchem Grund Sie das sehen möchten. Schließlich haben Sie es selbst geschrieben. Aber bitte …« Er nahm einen Ausdruck aus einem Ablagefach auf seinem Schreibtisch und reichte ihn Isabella. »Der Auftrag kam per E-Mail von Ihnen, Frau Walser.«

Isabella überflog das Blatt. Es gab keinen Zweifel. Sie selbst hatte die Anfrage an Gruber gesendet. Auch das Datum passte. Es lag vor ihrer Flucht aus Stuttgart.

»Wie Sie vielleicht wissen, hat der Käufer des Objekts ernsthafte Zweifel an der Korrektheit der Angaben im Katalog.« Sie erläuterte die Unstimmigkeiten aufgrund der teils echten, teils nachträglich gebohrten Wurmlöcher.

Dr. Gruber faltete die Hände und schwieg.

»Leider sehe ich mich gezwungen, Herrn Lichtenstein über Ihre mangelnde Bereitschaft bei der Aufklärung dieser unerfreulichen Sache in Kenntnis zu setzen«, sagte Isabella und erhob sich aus dem Sessel. »Und ebenso das LKA, das bereits

Ermittlungen aufgenommen hat. Darüber ist mein Schwiegervater alles andere als begeistert, wie Sie sich –«

»Das LKA?« Gruber fuhr sich durch die schütteren Haare. »Nun, wie es der Zufall will, erinnere ich mich an ein Detail, das vielleicht helfen könnte.«

»Ja?«

»Wenn ich mich nicht täusche, hatte ich keine Gelegenheit, die heilige Barbara im Original zu begutachten. Lediglich die Fotos im Anhang der E-Mail.«

»Sie haben die Figur also nicht mit eigenen Augen geprüft?«

»Äh, nein. Wohl nicht«, stotterte Dr. Gruber. »Dieses Vorgehen ist nicht unüblich bei einem Objekt von geringem Wert. Der Aufwand wäre zu groß, Sie verstehen.«

Isabella war nicht willens, den Gutachter so schnell vom Haken zu lassen. »Aber wie konnten Sie dann Ihre Expertise anfertigen?«

»Aufgrund der Fotos.«

»Nur Fotos? Mehr stand Ihnen nicht zur Verfügung?«

»Nun, der Restaurator hat einige Sätze formuliert, die ich verwendet habe.«

»Lagen Ihnen diese Sätze schriftlich vor?«

»Wir haben telefoniert.« Gruber wich ihrem Blick aus und trommelte mit den Fingern auf die Armstütze.

»Damit ich Sie richtig verstehe: Herr Rösch hat seine Einschätzung am Telefon gegeben, und Sie sind seinem Wortlaut gefolgt.«

»Wie gesagt, das ist kein unübliches Vorgehen. Der Aufwand …«

»… wäre zu groß.« Isabella stand auf und verabschiedete sich. »Gute Besserung, Herr Dr. Gruber.«

Auf dem Weg zu ihrem Agila fragte sich Isabella, warum Johannes Rösch dem Gutachter falsche Angaben gemacht haben mochte. Das konnte sie nur im Auktionshaus herausfinden.

Als sie ins Zentrum von Bad Urach zurückfuhr und auf den

Hinweisschildern Stuttgart las, reihte sie sich einer Eingebung folgend auf der Spur Richtung Landeshauptstadt ein, statt in die Pension zurückzukehren. Von unterwegs rief sie Karlotta an.

»Ich muss dringend ins Auktionshaus. Könntest du für mich Informationen über einen Gutachter namens Dr. Heinrich Meichsner recherchieren?«

Karlotta war Feuer und Flamme. »Bin dabei. Wer ist das genau?«

»Meichsner hat die Expertise für die Tänzerinnen von Degas erstellt.«

»Die gefälschte?«

»Ja, genau. Er hat ein Ladengeschäft in der Stuttgarter Innenstadt und ist seit Jahren als Gutachter für die Lichtensteins tätig.«

»Sobald ich mein Kräuterbeet gegossen habe, kümmere ich mich darum.«

Isabella legte auf und bog auf den Zubringer zur B 27 ein. Ihr Ziel war die Restaurationswerkstatt. Sie wollte Johannes Rösch Daumenschrauben anlegen. Bei Gruber hatte diese Strategie funktioniert – und langsam fand sie Gefallen an den Machtspielchen.

Im Auktionshaus ließen alle, die ihr im Foyer und auf dem Flur begegneten, die Köpfe hängen. Niemand grüßte sie, einige wichen dem Blickkontakt mit ihr sogar absichtlich aus. Anscheinend hatte sich herumgesprochen, dass ihre Verlobung mit dem Juniorchef der Vergangenheit angehörte.

Im Treppenhaus kam ihr Moritz entgegen. Sein niedergeschlagener Gesichtsausdruck verhieß nichts Gutes.

»Ich komme mir vor, als wäre ich unsichtbar«, sagte Isabella. »Du bist der Erste, der es wagt, mir ins Gesicht zu sehen. Ich schätze, inzwischen wissen alle im Haus, dass Alex und ich kein Paar mehr sind.«

Einige Sekunden lang fixierte Moritz sie stumm. Dann stieß

er einen Seufzer aus. »Ausnahmsweise bist du heute nicht das Gesprächsthema Nummer eins im Haus, Isabella. Wir sind alle schockiert über Sofies Tod. Seit gestern Abend berichten die Medien in Dauerschleife darüber. Auch wenn nicht jeder Sofie gemocht hat, ist die Vorstellung, dass sie brutal ermordet wurde, nur schwer auszuhalten. Geht es dir nicht ebenso?«

Isabella ließ den Kopf sinken und schluckte heftig. »Du hast recht. Ich schäme mich, weil ich so egoistisch bin. Im Vergleich zu dem, was Sofie zugestoßen ist, sind meine Sorgen ... nicht wichtig.«

»Schon gut«, erwiderte Moritz. »Ich verstehe, was in dir vorgeht.« Er trat zur Seite, um einen Kollegen mit einem zusammengerollten Orientteppich unter dem Arm vorbeizulassen. »Ich habe gestern aus den Abendnachrichten von Sofies Tod erfahren. Den meisten Kollegen ging es ebenso. Bei denen ruft aber nicht mitten in der Nacht die Presse an und will blutrünstige Details wissen.« Er schüttelte sich vor Abscheu. »Manchmal hasse ich meinen Beruf. Aber sag mal, du wohnst doch jetzt in Ochsenwang. Hast du etwas von dem Polizeieinsatz mitbekommen?«

»Ich war dabei, als sie Sofie ... als ihre Leiche weggebracht wurde.«

»Du warst am Tatort?«

Isabella nickte.

»Das wird die Gerüchte noch zusätzlich anheizen.«

»Welche Gerüchte?«

»Frag mich nicht, wer das losgetreten hat. Heute Morgen ging es wie ein Lauffeuer durch die Flure, dass Sofies Leiche in der Nähe deines neuen Zuhauses gefunden wurde. Die meisten haben auch von ihrer Affäre mit Alex erfahren. Und dass Sofie und du euch am liebsten die Augen ausgekratzt hättet. Da fällt mir ein, die Kripo ist im Haus und hat nach dir gefragt.«

Erschrocken wich Isabella zurück. »Die Kripo?«

»Sie befragen alle, die mit Sofie zusammengearbeitet haben. Melde dich am besten im Konferenzraum im zweiten

Stock. Dort finden die Befragungen statt.« Moritz zögerte einen Augenblick. »Darf ich dir einen Tipp geben? Verhalte dich kooperativ und erzähle der Polizei alles, was du weißt. Keine Geheimnisse mehr, verstanden? Damit schadest du dir nur selbst.«

»Mach ich. Am besten, ich gehe sofort hoch.«

Sie sah Moritz hinterher. Wie gut es tat, wenigstens einen Freund im Haus zu haben, der zu ihr hielt. Widerstrebend machte sie sich auf den Weg nach oben und versuchte, sich für die bevorstehende Befragung zu sammeln.

Vor dem Konferenzraum blieb sie stehen. Ihr Herz schlug gegen die Rippen. Sollte sie anklopfen oder besser warten, bis jemand sie hereinbat? Möglicherweise fand gerade ein Verhör statt. In diesem Moment schwang die Tür auf, und Alex trat heraus. Sein Haar war zerzaust, und ein Knopf seines Hemdes stand über dem Hosenbund offen. Bei Isabellas Anblick verzogen sich seine angespannten Züge.

»Du hast mir gerade noch gefehlt«, zischte er und hob drohend die Hand. »Ich weiß, dass du mein Büro durchwühlt hast, Isabella. Versuch erst gar nicht, es zu leugnen. Die Kratzspuren am Rollcontainer haben dich verraten. Wir sprechen uns noch, darauf kannst du dich verlassen.«

»Das sehe ich genauso. Dein Handlanger hat mich fast umgebracht.«

»Was? Wovon redest du?«

»Ich weiß, dass du dir dein Verlobungsgeschenk zurückgeholt hast. Der Typ hat mich niedergeschlagen und beinahe zu Tode gewürgt.«

Alex stieß einen verächtlichen Laut aus, als wäre sie nicht ganz richtig im Kopf. »Du spinnst doch!« Er ließ sie stehen und eilte davon, als könne er nicht schnell genug Abstand zu ihr gewinnen.

Fürs Erste verdrängte Isabella den Gedanken an ihre offene Rechnung mit Alex. Sie hatte mindestens so viele Hühnchen mit ihm zu rupfen wie er mit ihr. Doch nun musste sie sich auf die Befragung konzentrieren. Sie wartete, bis sich ihr Puls beruhigt hatte.

Durch den Spalt der angelehnten Tür drangen Stimmen. Isabella zupfte ihr Halstuch zurecht, bevor sie sie aufzog.

An dem langen Besprechungstisch saßen zwei Männer in Zivilkleidung. Sie waren in ein Gespräch vertieft.

»Entschuldigung«, sagte sie, um sich bemerkbar zu machen. »Mir wurde gesagt, Sie wollen mich sprechen. Mein Name ist Isabella Walser.«

An der Kopfseite des Tisches blickte ein schwarzhaariger Mann auf. Er war etwa Ende vierzig und trug ein blaues Hemd und Jeans. Über der Stuhllehne hing eine Jacke aus Leder. Der hellgraue Ton seiner Augen bildete einen starken Kontrast zu den Haaren, die bis über die Ohren reichten und länger keinen Friseur mehr gesehen hatten.

»Bitte kommen Sie herein, Frau Walser.« Er wies auf einen freien Stuhl gegenüber von ihm.

Isabella nahm Platz und verschränkte die Hände im Schoß.

»Ich bin Kommissar Gabriel vom Dezernat für Tötungsdelikte«, sagte er und wies auf seinen Begleiter. »Meinen Kollegen Tom Hartenstein von der Kripo Reutlingen kennen Sie bereits.«

Tom Hartenstein nickte ihr mit ernster Miene zu.

Kommissar Gabriel schlug ein Notizbuch auf, das vor ihm auf dem Tisch lag. Sein Blick fokussierte sich auf die grüngelb verfärbte Stelle über Isabellas Augenbraue. »Hatten Sie einen Unfall, Frau Walser?«

Isabella blieb bei der üblichen Antwort. »Ich bin auf der Treppe ausgerutscht und mit der Stirn aufgeschlagen.«

Der Kommissar machte nicht den Eindruck, als nähme er ihr das ab. »Muss ein übler Sturz gewesen sein«, erwiderte er, ließ das Thema aber auf sich beruhen. »Jens Petermann, unser Kollege vom LKA, hat uns bereits darüber informiert, welche Rolle Sie im Betrugsfall dieser Holzskulptur spielen.«

Hartenstein ergänzte: »Der Barbara.«

»Wie?« Gabriel schien aus dem Konzept gebracht.

»Es handelt sich um eine Holzfigur der heiligen Barbara«, präzisierte Tom Hartenstein. »Sie gehört zu den vierzehn Nothelfern.«

»Als Katholik musst du das ja wissen.« Gabriel wandte sich wieder an Isabella. »Frau Walser, das LKA wird sich wegen des Betrugsdelikts zu einem anderen Zeitpunkt mit Ihnen beschäftigen. Wir ermitteln im Mordfall Sofie Stolzenburg. Wie wir von unseren Reutlinger Kollegen erfahren haben, waren Sie am Fundort der Leiche?«

Isabella nickte zögerlich. »Das ist richtig. Zurzeit betreue ich die Pension meiner Schwester in Ochsenwang. Gestern Nachmittag habe ich gehört, wie die Einsatzwagen der Polizei und Rettungswagen zum Randecker Maar gefahren sind. Wie viele andere bin ich dorthin und habe alles verfolgt.«

»Davor haben Sie in Stuttgart gelebt, und zwar in der Wohnung Ihres Verlobten Alex Lichtenstein. Ist das korrekt?« Gabriel sah von seinen Notizen auf.

»Ja, das stimmt.«

»War Frau Stolzenburg gestern bei Ihnen in der Pension?«

»Nein, das war sie nicht«, erwiderte Isabella verwundert und sah kurz zu Tom Hartenstein. Bei der Befragung in Ochsenwang hatte er das bereits wissen wollen. Vielleicht glaubten sie ihr nicht. Oder es gehörte zur Ermittlungsroutine, solche wichtigen Aspekte zweimal abzuklären. »Dass sie dort war, wusste ich nicht.«

Während Kommissar Gabriel sich Notizen machte, fuhr Tom Hartenstein mit der Befragung fort. »Wie standen Sie zu Frau Stolzenburg?«

»Wir waren Kolleginnen. Sofie Stolzenburg, Petra Kern und ich teilen uns ein Büro. Wir erstellen gemeinsam die Kataloge für die Auktionen. Petra Kern ist für die Gestaltung zuständig, während Sofie und ich uns um die Texte kümmern. Für die Kataloge und auch für die Öffentlichkeitsarbeit. Social Media, Pressearbeit und so weiter.«

Kommissar Gabriel warf seinem Kollegen einen kurzen Blick zu, den sie nicht deuten konnte. »Wussten Sie von Frau Stolzenburgs Affäre mit Alex Lichtenstein?«

»Ja.« Sie presste die Lippen aufeinander.

»Woher?«

Ein paar Sekunden lang war es still, während Isabellas Gehirn an einer Antwort arbeitete. »Zufall.«

»Sie dürfen gern ausführlicher werden, Frau Walser«, forderte Tom Hartenstein sie auf.

»Fotos auf Facebook zum Beispiel, auf denen sie zusammen abgebildet sind. Bei einer Vernissage.« Dass sie die beiden in flagranti beobachtet hatte, behielt Isabella für sich. Diese folgenreiche Entdeckung war ihre Privatsache und ging niemand etwas an. Auch nicht die Polizei.

»Inwiefern geben die Fotos Aufschluss über eine Affäre?«, fragte Gabriel.

»Weil ich nichts davon wusste, dass sie die Vernissage besuchen. Gemeinsam, meine ich.«

»Gibt es weitere dieser, wie sagten Sie, Zufälle?«

»Ich habe sie im Porsche meines Verlobten … ich meine von Alex Lichtenstein gesehen.«

Gabriel signalisierte ihr mit einer Handbewegung, fortzufahren.

»Sie waren, wie soll ich mich ausdrücken, sehr vertraut miteinander«, formulierte Isabella zurückhaltend.

»Was darf ich mir darunter vorstellen? Küsse? Sexuelle Handlungen?«

Isabella krallte die Finger im Schoß ineinander. »Nein, so etwas nicht. Ich meinte eher intime Blicke. Eine Art Nähe, die es nur gibt, wenn man ein Paar ist.«

»Das klingt nicht gerade nach einem handfesten Beweis. Oder, Tom, was meinst du?«, fragte Gabriel seinen Kollegen.

»Frau Walser, ich rate Ihnen dringend, mit uns zusammenzuarbeiten.« Hartenstein schien nun die Rolle des Bad Cop zu übernehmen. »Wenn Sie wichtige Informationen verschweigen und die Ermittlungen behindern, kann das ernste Konsequenzen haben. Strafrechtliche Konsequenzen. Hier geht es um einen Mordfall. Eine Frau musste sterben, und unsere Aufgabe ist es, ihren Mörder zu fassen.«

Ihren Mörder, echote es in Isabellas Kopf. Ob ich ihn kenne? Dann kannte er sie auch. Sie entschied sich für die Wahrheit. »Ich habe die beiden beobachtet. In unserem Bett«, sagte sie leise.

»Wie haben Frau Stolzenburg und Herr Lichtenstein reagiert? Gab es eine Auseinandersetzung?«

»Sie haben mich nicht bemerkt.«

»Aha«, sagte Gabriel hörbar erstaunt. »Soll das heißen, Ihr Verlobter weiß gar nicht, dass Sie von seiner Affäre mit Frau Stolzenburg Kenntnis haben? Und das Opfer wusste es auch nicht?«

»Vielleicht. Vielleicht auch nicht. Ich habe mit Frau Stolzenburg nie offen darüber gesprochen.«

Nun schien Gabriel genug von ihren ausweichenden Antworten zu haben. »Wir wissen von Ihrer Kollegin Petra Kern, dass Sie zwei Wochen krank waren. In dieser Zeit hat Frau Stolzenburg wichtige Aufgabenbereiche übernommen, für die vorher Sie zuständig waren. Und sie hatte eine Affäre mit Ihrem Verlobten. Das sind gute Gründe, um sich an ihr zu rächen.«

Isabella fuhr hoch. »Glauben Sie etwa, ich hätte sie umgebracht?«

»Wir glauben nicht, Frau Walser, wir ermitteln«, erklärte Gabriel. »Eifersucht gehört zu den häufigsten Tatmotiven bei Gewaltverbrechen. Wir wissen, dass es Spannungen zwischen Ihnen und dem Opfer gab. Einige Ihrer Kollegen haben uns von wiederholten Auseinandersetzungen erzählt. Sie sollen sie sogar geohrfeigt haben, stimmt das?«

»Das war keine Absicht. Frau Stolzenburg kann ziemlich … Sie konnte ziemlich arrogant sein. Sie hatte mich provoziert, und da habe ich im Affekt –«

»Provoziert? Was genau hat sie zu Ihnen gesagt?«

»Das weiß ich nicht mehr«, erwiderte Isabella. »Es ging um ein Attest, das Herr Lichtenstein, ich meine, der Seniorchef, von mir verlangt hat.«

»Ein Attest? Für die Krankschreibung?«

»Ja, genau.«

»Das werden wir mit Herrn Lichtenstein abklären.« Gabriel schrieb das Wort »Attest« in sein Notizbuch. »Ich habe noch eine Frage zum Auffindeort des Opfers. Die Tote wurde vierzig Kilometer von ihrem Lebensmittelpunkt entfernt gefunden. Und zwar exakt dort, wo Sie seit Kurzem wohnen. Würden Sie das auch als Zufall bezeichnen?«

Ein Schweißtropfen löste sich aus Isabellas Achselhöhle. »Ich sagte bereits, dass ich keine Ahnung habe, warum Sofie sich in Ochsenwang aufgehalten hat. Oder was sie im Randecker Maar wollte. Vielleicht war sie auf einer Wanderung. Hat ihr Wagen dort gestanden, wo sie … ich meine, wo man sie gefunden hat?«

»Nein. Ihr Auto steht in der Tiefgarage des Wohnblocks auf dem Killesberg, in dem sie lebte. Wir haben noch nicht abschließend geklärt, wie sie nach Ochsenwang gelangt ist. Haben *Sie* Frau Stolzenburg im Auto mitgenommen? Sie fahren einen …?«

»Einen Agila. Und nein, ich habe sie nicht mitgenommen.«

»Keinen schwarzen Audi TT?«

»Der Audi war ein Geschäftswagen. Zurzeit benutze ich mein Auto aus Studentenzeiten. Das hatte ich in meiner alten WG untergestellt.«

Kommissar Gabriel nickte, als wisse er das bereits. »Der schwarze Audi wurde Ihnen von Walter Lichtenstein zur Verfügung gestellt, richtig?«

»Das stimmt.«

»Nun, Herr Lichtenstein hat uns gegenüber den Verdacht geäußert, dass Sie durch die Verbindung mit seinem Sohn auf eine Karriere in seinem Unternehmen hofften.«

Bleib ruhig, sagte sich Isabella, auch wenn sie Walter am liebsten verflucht hätte. »Das habe ich nicht nötig, Herr Kommissar. Ich habe mich seit dem ersten Tag sehr für das Auktionshaus engagiert und mein ganzes Know-how eingebracht. So viel Nacht- und Wochenendarbeit wie ich haben nur wenige geleistet. Ich habe Kunstgeschichte studiert, bin also fachlich durchaus qualifiziert.«

Gabriel blätterte in seinem Notizbuch ein paar Seiten zurück. »Sie haben das Studium abgebrochen.«

Die Bemerkung brachte Isabella kurz ins Schlingern. »Ich hatte die Chance auf ein Praktikum und wurde nach ein paar Wochen sofort übernommen. Das schien mir wichtiger, als weiter zu studieren.«

»Zurück zum Tatfahrzeug.« Gabriel fuhr sich übers Kinn. »Frau Stolzenburg wurde nicht dort getötet, wo sie gefunden wurde. Unsere Ermittlungen laufen noch, wir sind uns aber sicher, dass sie überfahren wurde. Und zwar mit dem schwarzen Audi TT, den Sie bis vor Kurzem gefahren sind, Frau Walser. Mindestens ein Autoschlüssel befindet sich in Ihrem Besitz, ist das korrekt?«

»Was?«, stieß Isabella verblüfft aus.

»Einen der Schlüssel zu besagtem Audi haben Sie.«

Kann das sein? Isabella versuchte, sich daran zu erinnern, was sie damit gemacht hatte. Ihr altes Handy lag auf dem Grund des Feuersees. Wo waren die Schlüssel? Sie wusste es nicht.

»Die habe ich in Alex Lichtensteins Wohnung gelassen«, behauptete sie, ohne mit der Wimper zu zucken. Ob das stimmte, war fraglich. Möglich wäre es durchaus.

»Wir werden Ihre Aussage überprüfen, Frau Walser. Bitte verlassen Sie die Stadt nicht, ohne uns zu benachrichtigen. Falls Ihnen noch etwas Wichtiges einfällt, melden Sie sich.« Gabriel zog eine Visitenkarte aus seinem Notizbuch und reichte sie ihr. »Danke für Ihre Mitarbeit. Sie können gehen.«

Isabella wollte aufstehen, doch ihre Knie gaben nach. Sie

musste sich am Tisch abstützen, was den beiden Polizisten nicht entging.

»Gut. Dann gehe ich an meinen Arbeitsplatz«, sagte sie, um Zeit zu gewinnen, bis sie ihren Knien wieder trauen konnte. Mit erhobenem Kinn verließ sie den Raum.

Ihre Bluse war nass geschwitzt, und ihre Gedanken schossen wirr durcheinander: Die verdächtigen mich. Ich soll Sofie umgebracht haben. Was wollte sie ausgerechnet in Ochsenwang? Was hat Alex über mich gesagt? Wo sind die Autoschlüssel für den Audi? Weshalb versucht Walter, mir zu schaden?

Sie ging in den nächsten Waschraum und schloss sich in einer Kabine ein. Nachdem sie ein paar Minuten ruhig durchgeatmet hatte, konnte sie wieder halbwegs klar denken.

Es war nur eine Frage von Stunden, höchstens Tagen, bis die Kripo sie erneut befragen würde. Und das nächste Mal würde Kommissar Gabriel ihr keine ausweichenden Antworten mehr durchgehen lassen.

Ihr blieb nur wenig Zeit, um ihre Unschuld zu beweisen. Und sie wusste auch, wo sie mit der Lösung des Rätsels beginnen würde.

Johannes Rösch war in der Restaurationswerkstatt mit einer gotischen Madonna beschäftigt. Er trug eine Staubmaske und entfernte mit einem kleinen Pinsel lose Partikel aus dem Gesicht der Heiligen.

»Eine sehr schöne Madonna«, sagte Isabella. »Eichenholz?«

Rösch hatte nicht bemerkt, dass jemand neben ihm stand. Er zuckte zusammen und ließ den Pinsel fallen, der an der Skulptur abprallte und auf den Fußboden fiel.

»Mist.« Er schob sich die Maske unter das Kinn. Als er Isabella erkannte, wirkte er wenig erfreut.

»Wir haben letzte Woche wegen der heiligen Barbara telefoniert, Sie erinnern sich?«

Johannes Rösch hob den Pinsel auf und warf ihn in einen Eimer auf der Werkbank. »Ja.«

»Vorhin habe ich mit dem Gutachter gesprochen, Herrn Dr. Gruber. Er sagte mir, er habe seine Expertise erstellt, ohne die Holzfigur gesehen zu haben. Ihm hätten nur einige Fotos vorgelegen. Ist das so weit korrekt?« Isabella trat selbstbewusst auf, wie es ihr als zukünftiger Frau des Unternehmensnachfolgers zustehen würde. Sie vertraute darauf, dass sich die Nachricht von ihrer geplatzten Verlobung noch nicht bis zu ihm herumgesprochen hatte.

Rösch ging zur Werkbank und sichtete die aufgereihten Pinsel.

Er spielt auf Zeit, dachte Isabella. An seiner Stelle würde sie es genauso machen. »Herr Rösch?«

Der Restaurator drehte sich um und zückte den Pinsel, den er ausgewählt hatte. »Das ist durchaus möglich. Bei den vielen Objekten, die ich betreue, kann ich mir nicht jede Einzelheit merken.«

»Das verstehe ich«, erwiderte Isabella freundlich. »Mir geht es da wie Ihnen. Dennoch erinnere ich mich, dass Sie sagten, Herr Dr. Gruber sei in der Werkstatt gewesen, um die heilige Barbara zu untersuchen.«

»Gruber ist gelegentlich hier, das stimmt. Ob er dabei neben anderen Objekten auch diese Skulptur begutachtet hat, kann ich nicht sagen.«

»Dr. Gruber war sich sicher, die Figur nicht im Original gesehen zu haben, sondern lediglich Fotos. Und er erwähnte eine fachliche Einschätzung, die von Ihnen kam.«

»So?« Rösch zog seine Maske wieder über Mund und Nase und pinselte Staub aus der Lidfalte der Madonna.

»Er sprach von einigen Sätzen, die er gutgläubig eins zu eins in seine Expertise übernommen hat.«

Rösch setzte nur kurz den Pinsel ab, bevor er mit der Reinigung fortfuhr. Dieses Zögern genügte Isabella.

»Herr Rösch, Sie wissen genau, dass das untere Drittel der Holzfigur eine spätere Ergänzung ist. Haben Sie die falschen Wurmlöcher gebohrt?«

Nun fuhr Rösch hoch. »Was sollen die Unterstellungen?«, sagte er aufgebracht. »Ich arbeite seit über zehn Jahren in diesem Haus und habe mir noch nie etwas zuschulden –«

»Das weiß ich, Herr Rösch. Walter Lichtenstein legt großen Wert darauf, dieses Ärgernis aus der Welt zu schaffen. Nicht zuletzt wegen Herrn Wenzlinger, dem Käufer. Mein Schwiegervater pflegt ein enges Vertrauensverhältnis zu ihm und hat mich gebeten, nach dem Schuldigen zu suchen. Das Landeskriminalamt ermittelt ja bereits in der Sache.«

»Das Landeskriminalamt?« Rösch bekam einen starren Blick.

»Hat der Ermittler, ein gewisser Jens Petermann, noch nicht mit Ihnen gesprochen?«

»Doch. Er wollte nur allgemeine Auskünfte.«

Isabella durchschaute Rösch, was kein Wunder war, schließlich war sie selbst Petermann gegenüber auch nicht gerade auskunftsfreudig gewesen. »Umso besser, dann können wir die Angelegenheit hausintern klären.«

Rösch drehte angespannt den Pinsel zwischen den Fingern. Isabella sah ihm an, wie er mit sich kämpfte.

»Sie wissen genau, dass es nur eine Frage der Zeit war, bis die falschen Wurmlöcher jemandem auffallen.«

Rösch schob die Maske wieder unter das Kinn, als bekäme er damit nicht genug Luft.

»Es wäre besser, Sie würden mit mir zusammenarbeiten, bevor der Chef mit dem Ermittler des LKA hier auftaucht.«

Diese Bemerkung und ein eindringlicher Blick genügten, um Johannes Rösch endlich zum Reden zu bringen.

Wenig später klopfte Isabella an Alex' Bürotür, ohne den Umweg über das Vorzimmer zu nehmen.

»Was willst du hier?«, fuhr er sie an. Seine blaugrauen Augen blitzten aggressiv. »Hast du noch nicht genug herumspioniert?«

Eine ältere Frau aus dem Archiv kam über den Flur. Als sie die beiden sah, verlangsamte sie ihre Schritte.

»Alex, können wir das in deinem Büro klären?«, bat Isabella. »Ohne Zuhörer.«

Widerwillig ließ Alex sie herein, setzte sich hinter den Designer-Schreibtisch und verschränkte die Arme. Wortlos verfolgte er, wie Isabella sich auf einem Freischwinger niederließ.

Erst jetzt fielen Isabella die dunklen Ringe unter seinen Augen auf. Die Nachricht von Sofies Tod musste ihn mehr als jeden anderen im Haus verstört haben. Doch sie hatte nicht vor, von sich aus auf seinen demütigenden Betrug zu sprechen zu kommen, lieber hätte sie sich die Zunge abgebissen. Ob er wie sie zu den Verdächtigen gehörte?

»Ich habe eben mit Johannes Rösch gesprochen. Du ahnst, was er mir erzählt hat?«

Alex zuckte mit den Schultern. »Woher soll ich das wissen?«

»Es geht um die Holzfigur der heiligen Barbara. Und um Wenzlingers Anzeige gegen uns.«

»Gegen *uns*?« Alex stieß einen missbilligenden Laut aus. »Wen genau meinst du mit uns? Dich und mich? Dieses Uns gibt es nicht mehr. Du hast es ja vorgezogen, dich auf die Alb abzusetzen.«

»Ich spreche vom Auktionshaus. Dem Unternehmen, das du demnächst übernehmen wirst. Es sei denn, das LKA kommt dir auf die Schliche. So wie ich.«

»Ich habe keinen Schimmer, wovon du sprichst«, gab Alex wütend zurück. »Ich reiße mir den Arsch auf, um das miese letzte Jahr auszugleichen und die Verkaufszahlen zu pushen.«

»Was dir gelungen ist, Alex. Wenn auch mit gefälschten Objekten.«

»Wie kannst du es wagen, mir das zu unterstellen?« Er schoss einen vernichtenden Blick auf sie ab. »Von uns beiden bist du die Kriminelle, Isabella.« Er deutete auf den Rollcontainer. »Dumm von dir, die verbogene Büroklammer liegen zu lassen. Du weißt genau, dass ich den Trick kenne.«

Leugnen war zwecklos. Isabella erinnerte sich noch gut

daran, wie sie versucht hatte, Alex in der Anfangszeit ihrer Beziehung damit zu beeindrucken.

»Was hast du gesucht? Bargeld, um dein neues Leben zu finanzieren?« Alex wirkte angriffslustig.

Es war höchste Zeit, ihm den Wind aus den Segeln zu nehmen. »Nein, kein Geld. Ich war auf der Suche nach dem Ehevertrag, den du für uns hast aufsetzen lassen. Daraus weiß ich, dass ich zwar weiter für das Auktionshaus hätte arbeiten können. Aber ich hätte keinerlei Ansprüche gehabt für den Fall, dass unsere Ehe scheitert.«

Dass sie nach dem Ehevertrag gesucht hatte, war eine plausible Notlüge. Wie gut, dass Karlotta das Machwerk in Juristensprache durchgesehen und ihr das Wichtigste übersetzt hatte. Isabella selbst hatte kein Wort verstanden.

»Mein Vater hat darauf bestanden, das so zu regeln wie bei Mutter und ihm. Du weißt, wie er ist. Was er will, das bekommt er auch.«

»Darin bist du ihm sehr ähnlich«, erwiderte Isabella. »Du bekommst auch, was du willst. Zum Beispiel die Geschäftsführung. Oder eine blutjunge Kollegin, die dich anhimmelt.« Sie presste die Lippen aufeinander. Zu spät.

Alex ließ ihre Worte ein paar Sekunden lang im Raum stehen. »Du meinst Sofie. Wieso sprichst du ihren Namen nicht aus?« Sein Blick verdüsterte sich.

Isabella schluckte hart. »Trotz allem tut es mir leid, was ihr zugestoßen ist.«

»Mir auch. Wenn ich das Schwein erwische, der ihr das angetan hat …«, stieß er aus, bremste sich dann aber. »Isabella, ich weiß, wir müssen miteinander reden. Lass uns das bald tun, ja? Aber im Moment brauche ich meine ganze Kraft für das Unternehmen. Vater ist äußerst aufgebracht, weil wir die Kripo im Haus haben, und verlangt von mir vollen Einsatz.«

Isabella verstand. »Er gibt dir die Schuld und denkt, das ist alles nur passiert, weil du Sofie nicht widerstehen konntest.« Mit jedem Wort war ihre Stimme schriller geworden.

Alex machte eine beschwichtigende Bewegung mit den Händen. »Wir sollten uns auf das Tagesgeschäft konzentrieren. Du hattest dein Gespräch mit Johannes Rösch erwähnt.«

Es dauerte ein paar Sekunden, bis Isabella so weit war. »Gut, also zurück zur heiligen Barbara. Wusstest du, dass die Expertise nicht korrekt war?«

Alex lehnte sich zurück. »Gruber hat sie mit Rösch erstellt, nicht ich.«

»Aber du steckst mit Johannes Rösch unter einer Decke, nicht wahr? Er hat mir eben verraten, dass du ihm eine Leitungsposition versprochen hast, sobald du hier das Sagen hast. Dafür musste er dir nur mit einem beschönigenden Gutachten zu besseren Verkaufszahlen verhelfen.«

»Da hast du dir groben Unsinn zusammengereimt.« Alex schnaubte. »Die Landluft tut dir nicht gut.«

»Und dir scheint die Aussicht auf die Geschäftsführung das Hirn zu vernebeln, Alex. Was für eine Rolle hast du mir in diesem üblen Spiel zugedacht?«

»Dir? Du bist raus, Isabella, hast du das schon vergessen? Was willst du überhaupt hier? Hast du in deiner Landkaschemme nicht genug zu tun?«

Ihr Bauchgefühl sagte Isabella, dass sich das Blatt zu ihren Gunsten wendete. »Du willst wissen, warum ich noch hier bin? Um meine Unschuld zu beweisen. Ich kenne dich, Alex. Du hast gedacht, als deine Verlobte halte ich zu dir und breche in Freudentänze aus, wenn dein Vater dir endlich das Auktionshaus überlässt. Vergiss nicht, ich stecke in der Sache mit drin, und ich lasse nicht locker, bis ich die ganze Wahrheit kenne.«

Alex stand auf. »Bist du fertig mit deiner Jammerei? Ich habe zu tun.«

»Willst du weitere Fälschungen einschleusen, um deinen Vater zu beeindrucken?«

»Du steigerst dich in etwas hinein, das dich nichts mehr angeht, Isabella.«

»Und ob mich das etwas angeht! Du hast mich in deine Betrügereien mit reingezogen. Ich soll die gefälschten Gutachten beauftragt haben. Ganz schön clever, Alex. Aber dir ist ein Fehler unterlaufen. Denn als ich das Gutachten für die Tänzerinnen angefordert haben soll, war ich gar nicht im Haus. Ich vermute, dass Sofie meinen Account benutzt hat. War sie deine Komplizin?«

»Bist du verrückt geworden?« Alex sprang auf. »Willst du deinen Fehler einer Toten in die Schuhe schieben? Wenn du mich fertigmachen willst, wird dir das nicht gelingen, glaube mir.«

»Hast du deshalb das gefälschte Bild, das du mir zur Verlobung geschenkt hast, klauen lassen? Dein gewalttätiger Dieb hat mich fast erwürgt. War es das, was du wolltest? Mich umbringen? So wie Sofie?«

»Isabella, drehst du jetzt völlig durch? Glaubst du ernsthaft, ich bin zu so etwas fähig?«

»Ich weiß, dass du über Leichen gehst, um dein Ziel zu erreichen. Vielleicht hat Sofie das auch erkannt und wollte nicht länger mitspielen. Wenn das so ist, dann hättest du ein Motiv dafür gehabt, sie zum Schweigen zu bringen, bevor sie dich verrät.«

»Raus!« Alex schob sie mit Gewalt zur Tür. »Davon ist kein Wort wahr, Isabella. Ich schwöre, wenn du mit deinen Unterstellungen nicht aufhörst, bringe ich wirklich jemanden zum Schweigen. Dich!« Er packte sie an der Schulter, riss die Bürotür auf und stieß sie in den Flur. Hinter ihr knallte die Tür zu.

Isabella strauchelte und landete auf dem Boden. Gedemütigt von dem groben Rauswurf rappelte sie sich auf.

Eine von Alex' Assistentinnen kam den Flur entlang. Sie hielt zwei Teller Kuchen in den Händen und steuerte auf das Vorzimmer nebenan zu. Als sie Isabella sah, stoppte sie.

»Frau Walser, was ist passiert? Kann ich Ihnen helfen?«

Isabella ordnete ihr Haar. »Nicht nötig. Ich bin nur ausgerutscht. Das müssen die neuen Schuhe sein.« Sie deutete auf ihre schwarzen Wildlederpumps.

Die Assistentin setzte ein spärliches Lächeln auf und verschwand im Vorzimmer.

Isabella hielt nichts mehr in diesem konfliktbelasteten Haus. Sie ließ alles stehen und liegen, setzte sich in den Agila und fuhr auf die Alb.

Erst als sie vor der Pension parkte, fiel ihr das Abendessen ein. Obwohl sie von dem Streit mit Alex völlig aufgelöst war, schaffte sie es, einen Käseteller anzurichten und ihn zu servieren.

Nach einem kurzen Wortwechsel mit Estelle Gandolfini über die Ermittlungen räumte sie die Küche auf und aß ohne Appetit ein Salamibrot.

Sie schenkte sich ein Glas Wodka on Ice ein und dekorierte es mit einem Zweig Petersilie. Auf der Sitzbank vor der Küche rekapitulierte sie ihren Streit mit Alex. War er dazu fähig, eine Frau zu ermorden?

Freitag

Am nächsten Morgen parkte ein Möbeltransporter vor der Pension.

Nanu? Hatte Angie vor ihrer Abreise neue Möbel bestellt? Nötig gewesen wäre das, dachte Isabella. Davon hätte sie ihr doch sicher erzählt.

Ein kräftig gebauter Mann in einem grauen Overall lehnte an dem Pfosten neben dem Gartentor. Er sah von seinem Tablet auf, als sie die Tür öffnete. »Sind Sie Frau Walser?«

Auf seiner Brust erkannte Isabella den Schriftzug eines Stuttgarter Umzugsunternehmens. »Ja, die bin ich. Worum geht's?«

»Wir haben eine Lieferung für Sie. Wo sollen wir die Kisten abstellen?«

»Was für Kisten?«

»Das weiß ich nicht, gute Frau. Wir liefern nur.«

»Wer ist Ihr Auftraggeber?«

»Lichtenstein, Stuttgart, Hasenbergsteige«, las der Mann von seinem Tablet ab. Seine Finger trommelten gegen den Rand des elektronischen Geräts.

Hasenbergsteige. Ihre alte Adresse. Beziehungsweise die von Alex. Eine heiße Welle rollte durch Isabellas Körper. Offenbar wollte er sie nach ihrem Streit so schnell wie möglich aus seinem Leben streichen.

»Wohin?« Der Möbellieferant legte das Tablet auf dem Gartenpfosten ab.

Isabella zog die Eingangstür weiter auf. »Bringen Sie die Kisten herein.«

Sekunden später stand der Mann mit einem XXL-Umzugskarton im Flur. »Hier abstellen?«

Hinter ihm kämpfte sich sein Kollege mit einem weiteren Karton die Stufen herauf.

»Nein, nicht im Flur. Bitte hier hinein.« Isabella zeigte den Männern Angies Büro und bat sie, alles an einer Wand entlang zu stapeln.

Bald war der Spuk vorbei und die Hälfte des Raums mit Kisten und zwei riesigen Kleiderboxen vollgestellt. Isabella bestätigte die Lieferung auf dem Tablet mit ihrer Unterschrift. In einer Staubwolke rumpelte der Umzugswagen mangels Wendemöglichkeit rückwärts den Weg zurück.

Isabella fühlte sich wie eine Heimatlose. Verstoßen aus ihrem Leben und ans Ende der Welt verbannt.

Bevor das Jammern die Oberhand gewinnen konnte, besann sie sich auf das Praktische. Wenigstens war es ihr erspart geblieben, ihre restlichen Sachen selbst zu packen und den Transport zu organisieren.

Sie ging über den Flur, um den Inhalt der Kartons im Büro zu sichten und zu kontrollieren, ob Alex an alles gedacht hatte.

War er der Mörder von Sofie? Wenn ja, dann hatte sie die letzten zwei Jahre an der Seite eines Gewaltverbrechers verbracht und wäre um ein Haar sogar seine Frau geworden. Mussten Ehefrauen überhaupt gegen ihre Männer aussagen?

Um sich abzulenken, sammelte sie Frotteewäsche und Geschirrtücher ein, stopfte sie in Angies Waschmaschine und startete das Kochprogramm.

Was stand auf ihrer Liste außerdem ganz oben? Die Fenster im Treppenhaus. Sie gab ein paar Spritzer Spülmittel in einen Eimer mit heißem Wasser und klemmte ein Fensterleder und einen Schwamm in ihren Hosenbund. Beginnen wollte sie mit dem Sprossenfenster im Dachgeschoss.

Oben angekommen, schweifte ihr Blick über den Acker von Bauer Schmalz und die Landstraße hinweg über die Hochfläche bis fast zum Torfmoor. Wälder, Wiesen und Äcker bildeten ein farbenfrohes Flickenmuster wie auf einem Landschaftsbild.

Du wolltest putzen, ermahnte sie sich und begutachtete den Dreck an Rahmen, Fenstersprossen und Glasscheiben. In den oberen Ecken hingen riesige Spinnweben.

Isabella eilte die Treppe hinunter und holte den Staubwedel aus dem Putzschrank. Damit nahm sie die Spinnweben auf, hielt ihn aus dem Fenster und schüttelte kräftig. Eine langbeinige Spinne floh über die Fassade zum halb abgefallenen Schriftzug »Wacholderblick« und verschwand hinter dem großen W.

Sie griff nach dem Schwamm und beugte sich über die Fensterbank, um den Rahmen von außen zu säubern. Stimmen drangen an ihr Ohr.

Wanderte der Schwäbische Albverein zum Mörikefelsen? Oder fuhr eine Gruppe Radfahrer auf der Landstraße vorbei? Nein, niemand unterwegs.

Der Hof neben Leons Scheune kam in ihr Blickfeld. Dort stand der Hausherr und gestikulierte. Jemand rief einige Worte, die Isabella nicht verstehen konnte. Die Männerstimme gehörte nicht Leon. Sie kam von jemandem, der von der Scheune verdeckt wurde.

»Du bist ein Idiot!«, schrie Leon und tippte sich an die Stirn.

»Aus dir ist dafür ein richtiger Dorftrottel geworden«, brüllte es zurück.

»Und du? Machst auf Schnösel mit deinen schnieken Lederschuhen. Ich wette tausend Euro, dass du die FDP wählst.«

Jemand trat aus dem Schatten der Scheune. Leon wich zurück.

Endlich konnte Isabella den anderen Mann sehen. Er trug braune Chinos. Sein sandfarbenes Haar war zerzaust.

Alex! Was hatte der hier zu suchen? Und warum stritt er sich mit Leon? Woher kannten die beiden sich überhaupt?

Was Alex sagte, konnte Isabella diesmal nicht verstehen. Es brachte Leon derart in Rage, dass er ihn mit einem Schlag gegen die Schulter wegstieß.

Es dauerte keine drei Sekunden, bis sich die beiden Streithähne ineinander verhakt und einen Ringkampf begonnen hatten. Was sie nicht daran hinderte, sich weiter zu beschimpfen.

Als Isabella das Wort »Einbrecher« aufschnappte, versteifte sich ihr Körper.

»Der Typ hätte sie beinahe zu Tode gewürgt«, hörte sie Leon rufen, während er Alex in den Schwitzkasten nahm.

Ging es bei dem Streit etwa um sie? Isabella ließ den Schwamm fallen, lief die Treppe hinunter und riss die Haustür auf.

Die beiden wälzten sich noch immer in Leons Hof am Boden.

»Das Blut ist ihr übers Gesicht gelaufen, und sie hat kaum Luft bekommen«, keuchte Leon.

Eine ziemliche Übertreibung. Dennoch tat es gut zu hören, dass er sich um sie sorgte.

»Wieso hast du das Bild behalten?«, rief Leon.

Alex drehte ihn auf den Bauch und setzte sich auf seinen Rücken. Er packte Leons Zottelmähne und riss seinen Kopf hoch, bis die Nackenwirbel knackten. »Du hast es mir überlassen, hast du das vergessen?«

»Überlassen? Pah! Ich habe es vergessen, trifft es eher. Warum hast du es Isabella geschenkt, du mieser Betrüger?« Leon holte aus und schlug Alex den Handrücken ins Gesicht.

Der fuhr zurück und fasste sich an die Nase. Blut tropfte heraus und hinterließ rote Flecken auf seinem Hemd.

»Als ich es bei ihr entdeckt habe, wusste ich sofort, dass du dahintersteckst.« Leon wand sich unter Alex hervor.

Der Schotter knirschte, und eine Staubwolke umwehte die beiden Streithähne. Leon rappelte sich hoch, sah auf – und erblickte Isabella.

»Was wird hier gespielt?«, rief sie. »Woher kennt ihr euch?«

»Frag deinen Verlobten«, stieß Leon aus.

Was Isabella umgehend tat. »Alex! Was ist hier los?«

Alex legte den Kopf in den Nacken, um das Nasenbluten zu stoppen. »Du hast wohl einen neuen Lover. Bist du wegen ihm aus Stuttgart abgehauen?«

»Spinnst du, Alex?« Isabella kickte gegen sein Schienbein

und hinterließ einen Fleck auf der Hose. »Ich bin wegen Sofie und dir weg.«

»Sofie?« Leons Augen wurden schmal. Er fixierte Isabella. »Hieß so nicht die Tote, die im Randecker Maar gefunden wurde?«

»Genau.« Isabella nickte. »Die Frau ist Sofie. Die Sofie, mit der mich Alex betrogen hat. Ich wette, das ging bereits Monate mit euch!«

Leon wandte sich an Alex. »Vielleicht ist sie dir lästig geworden, und du wolltest sie loswerden?«

Isabella hielt den Atem an. Auch Leon traute Alex einen Mord zu.

Alex sprang auf ihn zu und boxte ihm gegen das Kinn. »Bist du übergeschnappt?«

Bevor die beiden sich wieder ineinander verkeilen konnten, packte Isabella Alex am Arm und zog ihn von Leon weg.

»Alex, so etwas könntest du nicht tun, oder? Sag mir die Wahrheit!«

Mit einem ruppigen Laut riss sich Alex von ihr los. »Du würdest mir sowieso nicht glauben, Isabella. Wie ich sehe, hast du inzwischen die Seiten gewechselt.« Mit einem vielsagenden Blick zu Leon ging er vom Hof und hielt auf seinen schwarzen Porsche zu, der am Rand des Feldwegs stand. Sekunden später heulte der Motor auf. Der Sportwagen schoss davon.

Als das Dröhnen leiser wurde, wandte sich Leon zu Isabella. »Alles in Ordnung mit dir?«

Alex' Fausthieb hatte die Haut an seinem Kinn aufgerissen. Ein schmaler Faden Blut rann zwischen den Bartstoppeln hinunter.

»Du denkst, Alex könnte Sofie umgebracht haben? Weißt du etwas über ihn, das ich nicht weiß?«

Leon schnaufte. »Ich schätze mal, ich weiß eine ganze Menge über deinen Ex, das für dich neu sein dürfte. Vor allem weiß ich, dass er dir eine Fälschung zur Verlobung geschenkt hat. So was macht kein anständiger –«

»Halt! Hör auf, Leon.« Isabella hob die Hand. »Mir ist das gerade alles zu viel.« Sie drehte sich auf dem Absatz um und verließ den Hof.

Die Streitereien sind mir von Stuttgart bis hierher gefolgt, stellte sie ernüchtert fest. Nun war Schluss mit der Illusion, in diesem beschaulichen Ort inmitten intakter Natur würden die Menschen in Harmonie miteinander leben. Vielleicht war das einfach so. Wo Menschen zusammenlebten, gerieten sie aneinander. Und manchmal musste jemand sterben, so wie Sofie.

Vor Isabellas innerem Auge lief die Szene ab, wie die Sanitäter die Tote auf der Trage den Hang hinaufgeschleppt hatten und ihr blondes Haar unter der Plane herausgerutscht war.

In der Pension angekommen, beschloss sie, sich abzulenken und die Kochwäsche draußen aufzuhängen. Bei dem milden Wetter würde sie rasch in der Sonne trocknen und wieder einsatzbereit sein, wenn die nächsten Pensionsgäste eintrafen. Für morgen hatte sich ein Pärchen aus Köln angekündigt, das zum ersten Mal die Schwäbische Alb besuchte und die Gegend bei Wanderungen erkunden wollte.

Isabella ging in den Keller und öffnete die Trommel der Waschmaschine. Sie atmete den Duft der sauberen Wäsche ein und fühlte sich minimal besser.

Damit war es schlagartig vorbei, als sie die Sachen herausnehmen wollte. Alles war rosa. Die Handtücher in den Gästezimmern waren beige und hellgrau gewesen. Daran erinnerte sie sich genau, weil auch ihre Mutter die spießigen Farbtöne bevorzugte.

Da! Isabella traute ihren Augen kaum. Ein rotes Badetuch zwischen all den rosa Teilen. Wenn die draußen im Wind flatterten, würde jeder ihr Missgeschick sofort bemerken. Egal. Was war ein Korb verfärbter Wäsche angesichts der Tragödien, die sich in ihrem Leben ereignet hatten.

Sie brachte den Korb in den Garten und hängte die in allen

Schattierungen zwischen leuchtendem Rot und blassem Rosa changierenden Teile an die Leine zwischen den Bäumen.

»Waschtag, hm?« Leon kam über den Rasen. An seinem Kinn klebte ein hautfarbenes Pflaster. »Von Rubinrot über Schweinchenrosa bis zu den Tönen der wilden Heckenrose ist bei deiner Sammlung alles dabei.«

»Ja, genau. Heute war alles Rote dran.«

Eine Weile war es still. Nur die Meisen zwitscherten in den Baumkronen.

»Ich wollte mich vergewissern, ob es dir gut geht«, sagte Leon schließlich. »Tut mir leid, dass du unseren Streit mit anhören musstest.«

»Ein harmloser Streit war das kaum. Immerhin hast du Alex die Nase blutig geschlagen.«

»Die Aggression ging nicht von mir aus, ich habe mich nur gewehrt. Mein Kinn sieht ziemlich übel aus.«

Isabella nahm den Korb hoch und stellte ihn auf die Veranda. »Du hast nie erwähnt, dass du Alex kennst.«

Leon sah ihr in die Augen. »Und du hast Alex nie erwähnt.«

»In der Nacht nach dem Überfall habe ich dir von ihm erzählt.«

»Stimmt. Das habe ich verdrängt.« Leon kickte ein Steinchen von der Veranda und verfolgte seine Flugbahn, bis es in dem Holunderbusch am Gartenzaun landete.

Verdrängt? Was wollte er ihr damit sagen? »Also? Woher kennt ihr euch?« Isabella ließ sich auf der Sitzbank nieder und streckte die Beine von sich.

»Wir haben zusammen studiert. An der Kunstakademie auf dem Killesberg. Das liegt lange zurück. Wir hatten seit Jahren keinen Kontakt mehr.«

Isabella erinnerte sich daran, dass Alex mit dem Studium der Malerei begonnen hatte, bis er sich eingestanden hatte, zu wenig Talent für eine Künstlerlaufbahn zu haben.

»Lass mich raten. Ihr habt euch zerstritten, weil Alex sich für den schnöden Kapitalismus entschieden hat.«

»Du meinst Betriebswirtschaftslehre?« Leon setzte sich zu Isabella. »Tja, da könntest du recht haben. Ich glaube aber, wir haben uns wegen einer Kommilitonin in die Haare gekriegt.«

»Eine Frau also.« Isabella nickte. »Hab gehört, dass Alex früher kaum was hat anbrennen lassen.«

»Du meinst, bis er dich kennengelernt hat?«

Darauf wusste Isabella keine Antwort. Stattdessen schwieg sie und wunderte sich, wie einfach das war. Schließlich kannte sie Leon erst seit ein paar Tagen.

»Ihr habt vorhin über ein Bild gesprochen«, sagte sie. »Ging es um das Ölbild, das der Einbrecher gestohlen hat?«

Leon rutschte auf der Bank herum. »Was den Baumeister angeht, muss ich dir ein Geständnis machen. Oder besser gesagt zwei.«

»Gleich zwei Geständnisse? Meine Nerven verkraften keine weitere Hiobsbotschaft.«

»Tja. Es ist so.« Leon holte tief Luft. »Der Baumeister ist gar kein Baumeister. Kein echter, meine ich.«

Dass ihr Bild höchstwahrscheinlich eine Fälschung war, wusste Isabella bereits. Weshalb tat Leon so geheimnisvoll?

»Du weißt, ich habe Malerei studiert«, erklärte er. »Um meinen eigenen Stil zu finden, habe ich mich in den ersten Jahren mit den großen Meistern und den Künstlern der Nachkriegszeit beschäftigt und mich mit ihrer Sichtweise vertraut gemacht. Ja, und um ihre Technik besser zu verstehen, habe ich ihre Gemälde … kopiert. Zu Übungszwecken.«

Es dauerte eine Weile, bis bei Isabella der Groschen fiel. »Willst du damit sagen, mein Bild stammt in Wahrheit von *dir*?« Schockiert sah sie zu Leon.

»Mhm«, erwiderte er. »Eine Improvisation aus meiner abstrakten Phase an der Akademie. Kein Meisterwerk, aber ziemlich gut geraten, oder? Du bist vom Fach und kannst das beurteilen.«

»Ja, Willi Baumeisters Stil ist dir gut gelungen. Mich hat es jedenfalls überzeugt. Ich bin überhaupt nicht auf die Idee gekommen, dass es kein Original sein könnte, weil ich das Bild von Alex zur Verlobung bekommen habe.« Ups, nun war sie ins Plaudern gekommen.

»Davon wusste ich nichts, Isabella. Das schwöre ich dir beim Leben meiner Katze«, bekundete Leon. »Als ich das Gemälde plötzlich auf der Kommode gesehen habe, habe ich meinen Augen nicht getraut.«

»Das kann ich nachvollziehen. Hast du daraufhin wieder Kontakt zu ihm aufgenommen?«

Leon nickte. »Ich wusste ja nicht, dass du und Alex … dass ihr euch kennt. Aber ich habe mich daran erinnert, dass das Bild in unserem gemeinsamen Atelier gestanden hat. Nachdem Alex und ich uns zerstritten hatten, habe ich mir eigene Räume gesucht. Den falschen Baumeister muss ich damals zurückgelassen haben. Wie es aussieht, hat Alex ihn behalten.«

»Und ihn mir geschenkt.« Isabella stieß einen Seufzer aus. »Wie lautet dein zweites Geständnis?«

»Auch dabei geht es um dieses Bild. Nach dem Einbruch hast du gedacht, der brutale Typ hätte es geklaut. Das stimmt nicht. Ich war es. Ich habe es mitgenommen.«

»Du warst das?« Isabella blinzelte verwirrt. »Aber warum denn?«

»Ich wusste von Karlotta, dass du vorhattest, das Bild zu verkaufen. Hättest du das wirklich getan, wäre ich früher oder später aufgeflogen.«

»Karlotta ist also auch in die Geschichte verwickelt? Das wird ja immer schöner.« Isabella fasste sich an die Stirn. »Jetzt fehlt eigentlich nur noch das Geständnis, dass die Kohlezeichnung, die als Werk von Degas verkauft wurde, von dir stammt. Oder bohrst du vielleicht auch falsche Wurmlöcher?«

»Was für Löcher?«

»Wurmlöcher. Ich meine nicht diese Dinger im Weltraum, sondern die Gänge von Holzwürmern«, erklärte Isabella.

»Interessant. Weshalb glaubst du, ich helfe Holzwürmern bei ihrer Arbeit?«

»Eine Heiligenfigur aus Lindenholz ist ergänzt worden. Jemand hat künstliche Wurmlöcher hineingebohrt, um das Holz älter erscheinen zu lassen.«

»Wieso sollte jemand das tun?« Leon verzog das Gesicht, als er aus Versehen sein Kinn berührte.

»Um mehr Geld dafür zu bekommen. Ich habe Nachforschungen angestellt. Alles weist darauf hin, dass Alex dahintersteckt.«

»Er hat Wurmlöcher in eine Heiligenfigur gebohrt?«

»Nein, er selbst natürlich nicht. Er hat einen Restaurator dazu veranlasst und ihm dafür eine bessere Stellung zugesagt.«

»Aha. Und was hat es mit dem falschen Degas auf sich, den du mir in die Schuhe schieben willst?«

»Es handelt sich um eine Kohlezeichnung, die Edgar Degas zugeschrieben wird«, erläuterte Isabella. »Sie wurde bei uns im Auktionshaus versteigert. Es war kein Original von Degas. Falsches Fixativ und die Zeichenkohle sind deutlich jünger als hundert Jahre.«

Leon prustete heraus. »Da waren Amateure am Werk. Ich würde das professioneller angehen und mir Material besorgen, das aus der entsprechenden Zeit stammt.«

Argwöhnisch musterte Isabella ihn. »Du hast in letzter Zeit nicht zufällig Werke von Degas nachgeahmt? Eine Skizze mit zwei Tänzerinnen? Oder eine Pferdestudie?«

»Was soll das, Isabella?« Leon rückte ein Stück von ihr weg. »Traust du mir das zu? Nur weil ich als Student einige Kopien zu Übungszwecken angefertigt habe?«

Isabella dachte an Leons Streit mit Alex zurück. Wie es zu der Auseinandersetzung gekommen war, war ihr entgangen. War es möglich, dass die beiden zusammenarbeiteten? »Worüber habt ihr gestritten, du und Alex?«

»Das hast du doch mitbekommen.«

»Nicht alles. Vielleicht hat Alex dich mit den Fälschungen beauftragt und dich beschuldigt, nicht sorgfältig genug gearbeitet zu haben.«

Leon fuhr zurück. »Jetzt mach mal halblang, Isabella. Ist das dein Ernst?«

»Du kennst Alex von früher. Du bist Künstler, und du hast ein Händchen für … täuschend ähnliche Kopien.« Das Wort Fälschungen zu vermeiden, war ihr gerade noch gelungen.

»Isabella, ich schwöre dir, ich habe nichts damit zu tun. Alex und ich haben uns heute das erste Mal seit vielen Jahren gesehen.«

Ihr Bauchgefühl riet Isabella, Leon zu glauben. Ihr Kopf dagegen war nicht so leicht zu überzeugen.

Ein quietschendes Geräusch aus dem Nachbargarten lenkte sie ab. Karlotta öffnete die Tür zu ihrem Hühnergehege. In der Hand hatte sie eine Gießkanne. Als sie die beiden entdeckte, zögerte sie.

»Ich habe mit Leon gerade über den Ärger im Auktionshaus gesprochen«, sagte Isabella und versuchte, zwischen den Zeilen mitschwingen zu lassen, dass ihre Unterhaltung rein beruflich gewesen war und Karlotta nichts hineininterpretieren sollte.

Leon schlug mit den Händen auf die Oberschenkel und stand auf. »Ich muss los. Wir sehen uns.« Er lief über den Rasen und verschwand durch das offen stehende Gartentor.

Isabella beobachtete, wie Karlotta ihm hinterhersah und auf der Unterlippe herumkaute.

»Möchtest du rüberkommen?« Sie machte eine einladende Geste. »Auch wenn es noch früh ist, könnte ich einen Wodka vertragen.«

Karlotta trat schweigend zu der Vogeltränke aus Kalkstein und füllte Wasser hinein. Zwei Hühner rannten herbei und tranken gierig. Ein Huhn kletterte auf den Rand des Bassins und machte Anstalten, sich dort zu entleeren.

»Weg mit dir.« Karlotta schob das Tier mit ihrem Gummistiefel vom Rand. »Hier wird nicht reingekackt, Taylor. Such dir dafür ein Loch im Boden.«

Das Huhn sprang mit schlagenden Flügeln herunter und stolzierte davon.

»So gut möchte ich es auch mal haben«, murmelte Karlotta. »Einfach kacken, wenn mir danach ist, egal, wo ich gerade bin.«

Isabella musste lachen. »Komm rüber, Karlotta«, bat sie erneut.

Karlotta wehrte ab. »Nein, lass mal, ich wollte dir nur kurz berichten, was ich über den Gutachter herausgefunden habe.« Sie verteilte das restliche Wasser im Kräuterbeet.

»Du meinst diesen Heinrich Meichsner?«

»Genau den«, erwiderte Karlotta. »Nach deiner Bitte habe ich Meichsner gegoogelt und ihn den Abend über nicht aus den Augen gelassen.«

»Was hast du herausgefunden?« Isabella schob sich von der Bank hoch und ging zum Zaun.

Ein zufriedenes Schmunzeln überzog Karlottas Gesicht. »Du wirst es nicht glauben, der gute Herr Doktor hat eine Menge Dreck am Stecken.«

»Du hast meine ganze Aufmerksamkeit.«

»Ich bin nach Plieningen zu seiner Adresse gefahren«, erzählte Karlotta. »Während ich das Haus beobachtet habe, kam ich mit einer Nachbarin ins Gespräch, die nicht gut auf ihn zu sprechen ist. Die beiden haben sich zerstritten, weil Meichsner ihre Ligusterhecke hat schneiden lassen, ohne sie vorab zu informieren.«

»Das ist ungemein spannend. Könntest du trotzdem zum Punkt kommen?«

»Mach ich doch«, erwiderte Karlotta. »Die Nachbarsfrau hat mir verraten, Meichsner habe ein gehöriges Alkoholproblem und hohe Schulden. Was auch daran liege, dass seine Frau sich von ihm habe scheiden lassen. Er müsse ihr wohl die Hälfte des Hauses auszahlen und außerdem Alimente.«

»Alkohol- und Geldprobleme? Der tut mir fast leid.«

»Nicht mehr lange«, meinte Karlotta. »Rate, wo er gestern Abend hingefahren ist. Ich habe mich an seine Stoßstange gehängt und ihn observiert. Vielleicht sollte ich nebenher als Privatdetektivin arbeiten.«

»Von mir aus gern. Verrate mir endlich, was du herausgefunden hast.«

Karlotta lächelte triumphierend. »Meichsner hat den Abend in der Spielbank in Möhringen verbracht. Zum Glück hatte ich schwarze Kleidung an, damit ich im Dunkeln nicht auffalle, und nicht meinen üblichen bunten Freizeitlook. Deshalb haben die mich ins Casino reingelassen. Ich habe gesehen, wie er nach allen Regeln der Kunst gezockt hat. Poker, Roulette, Black Jack, Spielautomaten ... Der hat das Geld rausgehauen, als hätte er zu viel davon.«

Isabella stutzte. »Aber eben hast du gesagt, er sei verschuldet.«

»Ich glaube, Meichsner hat versucht, das, was er noch besaß, zu vervielfachen. Ging selbstverständlich schief, wie meist, wenn man das Schicksal herausfordert.«

»Gut, aber was hat das mit den Gutachten fürs Auktionshaus zu tun?«

»Denk nach, Frau Akademikerin. Wer kein Geld hat, ist ...« Karlotta machte eine erwartungsvolle Pause.

»Arm?«

Sie stieß ein tadelndes Geräusch aus. »Bestechlich!«

»Stimmt«, meinte Isabella. »Dem Restaurator, der die falschen Wurmlöcher in die Heilige gebohrt hat, hat Alex eine Führungsposition versprochen. Nach dem, was du herausgefunden hast, spricht viel dafür, dass Alex auch Dr. Meichsners Schwachstelle erkannt und ihn bestochen hat, ein falsches Gutachten für die Tänzerinnen-Zeichnung zu erstellen.«

»Du meinst den Degas?« Karlotta pfiff durch die Zähne. »Dann wird es Zeit, dass du dir deinen Ex zur Brust nimmst, oder? Natürlich nur im übertragenen Sinne.«

Nach Karlottas Bericht fühlte sich Isabella in ihrem Verdacht bestätigt. Seit sie Alex kannte, war es sein größter Traum, das Auktionshaus zu übernehmen. Um seinen sturen Vater davon zu überzeugen, sein Lebenswerk endlich ihm anzuvertrauen, musste er ihn beeindrucken. Wie konnte er dieses Ziel besser erreichen als durch Umsatzsteigerungen? Oder anders gesagt durch Objekte, die er, Alex, für das Auktionshaus aufstöberte? Wie zum Beispiel eine bisher unbekannte Zeichnung von Degas. Oder sogar zwei.

Je mehr sie darüber nachdachte, desto sicherer war sie, dass Alex dahintersteckte. Ob er seit Längerem Fälschungen einschleuste? Möglich wäre das.

Der Einzige, der ihr diese Frage beantworten konnte, war Alex selbst. Morgen würde sie ihn zur Rede stellen.

Samstag

Um Alex noch zu Hause anzutreffen, hatte Isabella den Wecker auf vier Uhr früh gestellt. Sie deckte den Frühstückstisch für Estelle Gandolfini und bereitete eine Käseplatte sowie Kaffee in der Thermoskanne vor. Dann packte sie das Smartphone und eine Flasche Wasser in ihre Umhängetasche und setzte sich in den Agila.

Auf der Fahrt nach Stuttgart überlegte sie, welche Strategie sie verfolgen sollte – und entschied, lieber spontan vorzugehen. Um gewappnet zu sein, rief sie sich unterwegs alles in Erinnerung, womit Alex ihr wehgetan hatte. Dazu gehörte auch, wie er ihr Fachwissen zu seinem Vorteil ausgenutzt hatte.

Als sie vor dem Penthouse parkte, war sie derart wütend, dass sie innerlich die Messer wetzte. Bis obenhin voll mit Adrenalin klingelte sie bei allen Nachbarn Sturm, bis jemand die Haustür öffnete. Im obersten Stock hämmerte sie mit den Fäusten gegen Alex' Wohnungstür.

»Alex, mach auf oder ich rufe die Polizei!«

Er reagierte nicht.

Mit dem Absatz kickte sie gegen die cremefarben lackierte Tür und hinterließ eine Schramme. »Alex! Ich rufe jetzt den Kommissar an.«

Falls er sie durch den Türspion beobachtete, zog sie das Smartphone heraus, um ihrer Drohung Glaubwürdigkeit zu verleihen.

Laut Zeitanzeige war es kurz vor sechs Uhr. Zu dieser frühen Stunde lag Alex normalerweise noch in den Seidenlaken und träumte davon, das Auktionshaus zu einem der führenden Unternehmen Süddeutschlands zu machen.

Dieser Traum würde heute für ihn zu Ende gehen.

Endlich hörte Isabella, wie aufgeschlossen wurde, und sie hob angriffslustig das Kinn.

Alex' verschlafenes Gesicht erschien im Türspalt. »Bist du übergeschnappt, um diese Zeit so ein Theater zu veranstalten, Isa? Hast du deine Tage?«

»Du bist ein Arsch!«, rief sie und versuchte, die Tür aufzudrücken. Alex hielt dagegen. »Und ein Betrüger bist du auch. Nicht nur wegen deiner Affäre mit Sofie, sondern weil du es gewagt hast, mir ein gefälschtes Gemälde zur Verlobung zu schenken.« Mit jedem Wort steigerte sie die Lautstärke, bis Alex Angst um seinen Ruf im Haus bekam und sie hereinließ.

Isabella stürmte an ihm vorbei ins Wohnzimmer. In ihrem Körper brodelte es.

»Schrei bitte nicht so herum.« Alex kam ihr nach. Er gähnte ausgiebig und strich die vom Schlaf zerzausten Haare glatt. Von seinem T-Shirt ging ein leichter Schweißgeruch aus. Seine Nase leuchtete rot und sah lädiert aus von dem Hieb, den Leon ihm gestern versetzt hatte. »Willst du den Rest meines Lebens auch noch zerstören?«

Isabella war kurz sprachlos. »*Dein* Leben? Glaubst du etwa, die Welt würde sich nur um dich drehen? Werde endlich erwachsen!«

»Pah«, stieß er verächtlich aus. »So erwachsen wie du? Du hast der Polizei erzählt, ich hätte dich geschlagen.« Er zeigte auf die gelb schimmernde Beule an ihrer Stirn. »Das war eine Lüge, und das weißt du genau!«

»Wie kommst du auf diese absurde Idee? Kein Wort habe ich denen gesagt.«

»Aber der Kommissar hat mich danach gefragt. Der hat mich angeschaut, als wäre ich ein Gewalttäter.«

»Also hat Petra es herumerzählt«, murmelte sie.

»Petra? Sie hat der Kripo gesagt, ich hätte dich geschlagen?«

»Ach, das ist eine lange Geschichte.« Isabella winkte ab. »Sag mir zuerst, warum du mir verschwiegen hast, dass du Leon kennst.«

Alex kratzte sich am Ohr. »Ich wusste gar nicht, dass du

ihn kennst.« Er trottete zur Kaffeemaschine. »Möchtest du auch einen Espresso?«

»Er hat dich doch angerufen, nachdem er den falschen Baumeister in der Pension gesehen hat. Da hat er von mir erzählt, oder?«

»Ja, er hat erwähnt, dass du Angies Pension übernommen hast. Aber du hast mich verlassen, schon vergessen?« Nach einem Blick auf Isabellas entschlossene Miene stöhnte Alex auf. »Also gut. Ich entschuldige mich dafür, dass ich dir eine Fälschung zur Verlobung geschenkt habe. Mit den anderen Betrügereien habe ich nichts zu schaffen, das musst du mir glauben.«

»Ich glaube dir gar nichts mehr. Du hast Johannes Rösch dazu gebracht, die Wertminderungen an der Heiligenfigur zu vertuschen. Das hat er mir persönlich gesagt, und ich bin überzeugt, er erzählt es auch der Polizei.«

Ungerührt holte Alex eine Kapsel Espressopulver aus einem Schrankfach und setzte sie in die Kaffeemaschine ein. »Die heilige Barbara ist meine geringste Sorge.«

Sein unerwartetes Geständnis nahm Isabella den Wind aus den Segeln. »Du gibst also zu, Rösch angestiftet zu haben?«

»Ja. Eine Dummheit, ich weiß. Ich wollte Vater beeindrucken. Aber mit den anderen Fälschungen habe ich nichts zu tun.«

»Fälschungen? Du sprichst in der Mehrzahl? Gibt es noch mehr nachgemachte Objekte als die Tänzerinnen?«

Alex verzog das Gesicht. »Bei der Zeichnung hätte ich eine zweite Expertise einholen sollen, statt allein auf Dr. Meichsner zu vertrauen. Laut seinem Gutachten handelte es sich um einen echten Degas.«

»Das Gutachten ist gekauft«, warf Isabella ein und beobachtete Alex' Reaktion.

Er wirkte ehrlich erstaunt. »Gekauft? Woher weißt du das?«

»Von Meichsner selbst«, behauptete sie. »Er ist verschuldet und hat es gegen Bares angefertigt.«

»Was soll dieser vorwurfsvolle Blick? *Ich* habe ihn nicht bestochen.«

Isabellas Theorie schnurrte zusammen wie ein Luftballon, aus dem man die Luft herauslässt. »Du hast ihm kein Geld für ein falsches Gutachten geboten? Aber ich war mir sicher, dass du –«

»Zum letzten Mal: Ich habe nichts damit zu tun. Als ich Meichsner gefragt habe, sagte er, ihm sei ein Fehler unterlaufen.«

»Und was ist mit der Pferdestudie? Hat er dafür auch ein Gutachten erstellt?«

»Hat er. Unsere Experten prüfen die Studie gerade.«

Isabella war sprachlos. Auch dieser Degas könnte also gefälscht sein.

Alex drückte auf einen Schalter der Kaffeemaschine. Ein brauner Strahl lief in die bereitgestellte Tasse. Er nahm sie hoch, pustete über die Oberfläche und trank einen Schluck.

»Dann hat Sofie die Gutachten nicht in deinem Namen beauftragt?«

Nun verdüsterte sich Alex' Miene. »Sofie ist tot. Du machst es dir zu leicht, wenn du sie beschuldigst. Sie kann sich schließlich nicht mehr wehren.«

»Das tue ich doch nicht, weil sie nicht mehr am Leben ist. Die Kriminalpolizei verdächtigt mich, hinter den falschen Gutachten zu stecken«, erklärte Isabella. »Aber ich war zu dem Zeitpunkt, als Dr. Meichsner angeblich von mir beauftragt wurde, gar nicht im Auktionshaus. Deshalb muss Sofie meinen Account benutzt haben. Und zwar in deinem Auftrag.«

»Das ist absurd, Isabella, und das habe ich dir neulich schon gesagt. Um es klarzustellen: Ich habe die Gutachten nicht bestellt, und Sofie ist nicht meine Komplizin. Oder war es.« Er trank die Tasse leer und stellte sie geräuschvoll auf die Arbeitsplatte.

Isabella startete einen letzten Versuch, ihre Theorie zu retten. »Ihr habt keine gemeinsame Sache gemacht?«

Energisch schüttelte Alex den Kopf.

»Aber … wieso hat sie dann …«, Isabella brach ab. Ein ungeheurer Verdacht braute sich in ihrem Gehirn zusammen. »Könnte es sein, dass Sofie hinter allem steckt? Vielleicht war sie eifersüchtig und wollte mich kaltstellen, damit ich ihr nicht in die Quere komme.«

»In die Quere? Wobei?«

Isabella sah Alex schweigend an und wartete, bis er verstand. Entweder war er noch nicht richtig wach oder schwer von Begriff. »Na, bei dir.«

»Bei mir?«

»Sie wollte meine Rolle an deiner Seite einnehmen. Deshalb hat sie mir die Fälschungen in die Schuhe geschoben.«

»Das hört sich reichlich abenteuerlich an. Sofie wusste genau, was sie wollte, das stimmt. Hinterlistig oder verschlagen war sie aber nicht.«

»Bist du dir da sicher? Sie war alles andere als das wohlerzogene Mädchen mit guten Manieren, das sie nach außen dargestellt hat.«

»Na gut, wenn du meinst. Lassen wir das Thema.« Alex lehnte sich gegen den Küchenschrank und verschränkte die Arme. »Die Frage ist, wer hinter den Fälschungen steckt. Wir sollten das schleunigst herausfinden, denn übermorgen findet die nächste Auktion statt. Unsere hausinternen Gutachter prüfen eine Pastellzeichnung von Adolf Hölzel, die versteigert werden soll. Ein Restaurator hat den Malgrund analysiert und ist auf Unstimmigkeiten gestoßen.«

»Der Hölzel könnte auch falsch sein?« Isabella erinnerte sich an das Gutachten, das sie im Büro des Seniorchefs gesehen hatte.

Alex nickte. »Unsere Experten nehmen gerade alle Objekte unter die Lupe, für die Meichsner Expertisen erstellt hat. Ich kann nur hoffen, dass sich daraus kein Riesenskandal entwickelt.«

»Wir müssen herausfinden, wer im Hintergrund die Fäden

zieht«, sagte Isabella. Sie war sich noch nicht klar darüber, ob Alex ehrlich zu ihr war oder ob er raffinierter vorging, als sie es ihm zugetraut hätte. Auf jeden Fall mussten sie ab sofort gemeinsame Sache machen, um ihre Haut zu retten.

Während Alex nach Plieningen fuhr, um Heinrich Meichsner zu befragen, kümmerte Isabella sich um Sofies Rolle bei den Betrügereien. Beginnen wollte sie mit ihren Nachforschungen an Sofies Arbeitsplatz.

Als sie das gemeinsame Büro im Auktionshaus betrat, war Sofies Schreibtisch leer geräumt. Auch ihr Computer war verschwunden. Das Netzkabel steckte noch in der Steckdose, das andere Ende des Kabels lag verwaist auf der Tischplatte. Wahrscheinlich hatte die Kripo alles beschlagnahmt.

Was nun? Ihre erste Anlaufstelle bei offenen Fragen war in der Regel Moritz. Doch in diesem Fall konnte der Pressereferent, der sonst über alles informiert war, was im Haus vor sich ging, ihr kaum weiterhelfen.

Mechanisch schaltete Isabella ihren Computer ein. Für die eingegangenen E-Mails interessierte sie sich heute nicht. Stattdessen sichtete sie die neuesten Meldungen des Auktionshauses in der News-Rubrik, auf Facebook und auf Instagram.

Auf der Website informierten Moritz und sein Team in einer knappen, sachlich formulierten Meldung über die Degas-Zeichnung. »Wir bedauern sehr … konzentrieren uns darauf, die Hintergründe aufzuklären …« und ähnliche Worthülsen vertuschten die Tatsache, dass das renommierte Auktionshaus in einen Kunstskandal verwickelt war, der sich gewaschen hatte.

Rasch scrollte Isabella nach unten. Keine Meldung zum Mord an einer Mitarbeiterin. Verständlich. Schweigen bewahren, solange es ging, war das Motto der Öffentlichkeitsarbeit.

Unter der Überschrift »Erfolgreiche Geschäftsentwicklung« stieß sie auf einen Post, in dem Moritz den Seniorchef in einigen Zitaten zu Wort kommen ließ. Wie nicht anders zu erwarten, zeigte sich Walter Lichtenstein hochzufrieden über die Rekordumsätze der letzten Monate.

Isabella fluchte laut, was niemanden störte, da Petra frühestens in einer Stunde zur Arbeit kommen würde.

Das sah dem Alten ähnlich. Das Positive herausstellen, das Negative unter den Tisch fallen lassen. Was zählte, war der schöne Schein. So hatte er es immer gehalten. Aber jetzt war eine seiner engsten Mitarbeiterinnen ermordet worden. Noch dazu eine, die ihm als zukünftige Schwiegertochter tausendmal lieber gewesen wäre als sie.

Das brachte sie auf eine Idee. Sie schaltete den Rechner aus und verließ den Raum.

Der frühe Vogel fängt den Wurm, dachte sie kurz darauf und betrat Walters Vorzimmer. Noch war es unbesetzt und die Tür zu seinem Büro nicht abgeschlossen.

Wenn es etwas Belastendes gegen Walter gab, dann würde sie es hier finden. Da sie Moritz regelmäßig bei der Pressearbeit unterstützte, war Isabella darüber informiert, dass er die meisten Zitate, die er Mitarbeitern in den Mund legte, schlicht und ergreifend selbst erfand. Das galt aber nicht für Walter Lichtenstein. Der Seniorchef gehörte zur alten Schule und versorgte Moritz alle paar Tage mit Statements über sein Unternehmen. Es müsste mit dem Teufel zugehen, wenn er das bei der News-Meldung über die Rekordumsätze anders gehalten hätte. Vielleicht fand sie einen Anhaltspunkt in seinen persönlichen Aufzeichnungen.

Nur Sekunden später schlug sie die handschriftlichen Notizen erneut auf. Dabei rutschte ein loses Blatt Papier mit einigen Textblöcken heraus. War das ein neuer Beitrag für Walters Autobiografie beziehungsweise seine Geschichte des Auktionshauses? Ob er einen Hinweis enthielt? Isabella überflog die Überschrift. »Entwurf meiner Rede für die Übergabe an Alex«, lautete die erste Zeile. Die Unterzeile lautete: »Abschiedsrede eines Patriarchen«.

Das sah dem Alten ähnlich, sich selbst als Patriarchen zu bezeichnen. Sie entzifferte die eigenwillige, altmodisch wirkende Handschrift und quälte sich durch eine Ansammlung an Selbstbeweihräucherungen, die auch für Walters Verhältnisse übertrieben wirkte. Beim Lesen gewann sie den Eindruck, als wären jeder Ankauf und jede erfolgreiche Versteigerung allein sein Verdienst gewesen. Alex wurde nur an einer einzigen Stelle im Zusammenhang mit einer Weihnachtsfeier für die Mitarbeiter erwähnt. Enttäuscht stellte sie die Notizen ins Regal zurück und trat zum Schreibtisch.

Seit ihrer Durchsuchungsaktion vor ein paar Tagen wusste Isabella, wo Walter seine wichtigen Unterlagen aufbewahrte: in der obersten Schublade. Sie bog eine Büroklammer zurecht und öffnete die Lade. Vor ihr lag der Stapel Ledermappen, in dem sie auf die Gutachten von Gruber und Meichsner gestoßen war. Dazu gehörten auch jene für die Pastellzeichnung von Adolf Hölzel, die Alex vorhin erwähnt hatte, weil nun auch ihre Echtheit in Zweifel stand.

Sicherheitshalber nahm sie die Mappen heraus und blätterte eine nach der anderen abermals durch. Darin begegnete ihr nichts Neues. Als sie die Mappen in die Lade zurücklegen wollte, fiel ihr Blick auf einen Taschenkalender. Nanu? War der neulich schon hier drin gewesen? Wenn ja, dann musste sie ihn übersehen haben.

Sie nahm den Kalender heraus und schlug ihn auf. Er enthielt knappe Einträge, die alle demselben Muster folgten. Zuerst war das Datum aufgeführt, dann eine Geldsumme, dahinter stand in Stichworten der Verwendungszweck. Sie blätterte zu den aktuellen Einträgen. »Reparatur Brille, Optiker«, stand hier, danach folgte ein weiterer Eintrag: »zehn Flaschen Champagner für Fest«. Nach dem Datum zu schließen handelte es sich um einen Einkauf für die Geburtstagsfeier seiner Frau.

Isabella blätterte zurück bis in den April, als ein Eintrag sie innehalten ließ. Ihr Herz begann zu rasen. War sie bereits betriebsblind und interpretierte zu viel in diese Notiz hinein?

Ein paar Zeilen weiter oben stieß sie auf einen Begriff, der bewies, dass sie auf der richtigen Fährte war. Das konnte kein Zufall sein!

Um einen Irrtum auszuschließen, las sie die letzten Zeilen erneut. Sie hatte sich nicht getäuscht. War das der entscheidende Hinweis? Kurzerhand fotografierte sie die Seite und legte den Kalender in die Schublade zurück, gefolgt von den Ledermappen.

Inzwischen war es fast acht Uhr. Jede Minute konnten Walter oder seine Sekretärinnen ihr Tagwerk antreten. Wegen der bevorstehenden Versteigerung würden auch an diesem Samstag die meisten Mitarbeiter im Haus sein. Höchste Zeit, hier zu verschwinden und woanders weiterzusuchen.

Während der Fahrt auf den Killesberg versuchte Isabella vergeblich, Alex zu erreichen. Sie hinterließ eine Nachricht auf seiner Mailbox.

»Alex, ich bin auf einen wichtigen Hinweis im Büro deines Vaters gestoßen und unterwegs zur Villa. Ich melde mich von dort aus wieder.«

Die Fahrt zum herrschaftlichen Familiensitz der Lichtensteins dauerte nur ein paar Minuten. Isabella stellte den Agila ein paar Häuser entfernt ab.

Statt an der protzigen Pforte mit Gittertor und Kamera zu läuten, kletterte sie im Sichtschutz einer Baumkrone über den Gartenzaun des Nachbarhauses, der deutlich niedriger als bei den Lichtensteins und oben nicht mit Metallspitzen und Stahldraht gesichert war. Sie folgte ihm an der Innenseite, bis sie auf Höhe der Lichtenstein'schen Villa angelangte. An dieser Stelle ersetzte eine Buchenhecke den Zaun. Nachdem sie sich vergewissert hatte, dass die Luft rein war, kletterte sie über die Hecke. Ein paar Kratzer und Hautabschürfungen später landete sie auf dem Grundstück des Seniorchefs.

In geduckter Haltung huschte sie über den gepflegten Golfplatzrasen zur Terrasse, wo die Familie im Sommer zu dinieren pflegte. In der Aushöhlung des Fundaments einer Skulptur von Otto Hajek befand sich ein Ersatzschlüssel für die Terrassentür. Auch Isabella kannte dieses Versteck.

Auf nackten Füßen, die Pumps in der Hand, schlich sie durch das Gartengeschoss zur Treppe und arbeitete sich auf Zehenspitzen ins Erdgeschoss hoch. Walter müsste um diese Zeit bereits unterwegs in das Auktionshaus sein und würde erst um die Mittagszeit zurückkehren. Seine Frau Claudia trainierte jeden Morgen in einem exklusiven Fitnessclub. Nur das Hauspersonal, der Gärtner und die Haushälterin, könnten sie bei ihrem Vorhaben stören. In dem Fall würde sie einfach behaupten, Lichtenstein habe sie geschickt, um Unterlagen aus seinem Privatbüro zu holen. Bereits zweimal war das vorgekommen und insofern eine gute Ausrede.

Wonach Isabella suchte, war ein Beweis, der ihren ungeheuren Verdacht bestätigte – und dokumentierte, dass sie nur eine Schachfigur in diesem Spiel war.

Ihr Ziel war Walters Arbeitszimmer im ersten Stock. Über den hellgrauen Marmorboden im Flur schlich sie zur Treppe ins obere Geschoss. An der Wand hing eine Reihe von Originalskizzen, die Oskar Schlemmer für sein Triadisches Ballett angefertigt hatte. Warum der Senior einen solchen Narren an dem eigenwilligen Tanztheater gefressen hatte, war Isabella ein Rätsel. Ob es an dem beträchtlichen materiellen Wert der Skizzen lag? Oder weil Schlemmer zu den bekanntesten Stuttgarter Künstlern gehörte?

Im Obergeschoss steuerte Isabella direkt auf ihr Ziel zu. Durch die Eichenholzdecke und die dunklen Holzmöbel wirkte der Raum düster. An diesem Morgen lag über dem Häusermeer im Talkessel ein klares Licht, das durch die Fensterfront hereinfiel und es ihr erleichterte, sich zurechtzufinden, ohne eine Lampe einzuschalten.

Sie war erst einmal zuvor hier drin gewesen – an dem Tag, an dem Alex sie seiner Familie vorgestellt hatte. Damals hatte Walter ihr stolz ein Gemälde von Ida Kerkovius gezeigt. Die

Malerin hatte zum Stuttgarter Kreis der Avantgardisten gehört und unter anderem Glasfenster für das Rathaus entworfen. Das Gemälde zeigte eine ihrer raren Stadtansichten.

Isabella stellte ihre Pumps ab und sah sich um. Das private Arbeitszimmer des Seniors war ähnlich eingerichtet wie sein Büro im Auktionshaus, abgesehen von den Gemälden und Fotos an der Wand. Auch hier gab es einen Bücherschrank. Außerdem eine Sitzgruppe aus zwei Ledersofas um einen gläsernen Couchtisch, auf dem sich Kunstbände und Fachzeitschriften stapelten, die Lichtenstein nicht nur als intellektuelle Dekoration nutzte, sondern tatsächlich auch las.

Ihre Suchaktion begann Isabella mit der Ablage auf dem Schreibtisch. Rechnungen, ein großer Briefumschlag von einem befreundeten Sammler aus der Schweiz, eine Liste mit Galeristen aus der Region. Nichts, was ihr weiterhalf. Als sie die Schubladen sichtete, hörte sie ein Geräusch auf dem Flur. Geistesgegenwärtig griff sie nach ihren Pumps und tauchte rückwärts in den dunklen Beinbereich des Schreibtischs ab.

Keine Sekunde zu früh. Die Tür ging auf, und Irene Rosner kam herein. Die Haushälterin hielt ein paar Briefe und eine Kunstzeitschrift in der Hand und legte sie auf den Schreibtisch. Von ihrer Kleidung ging der Geruch gerösteter Zwiebeln aus.

Als sie gegangen war, wartete Isabella ein paar Sekunden, bis sie auf allen vieren herauskroch.

Während sie unter dem Schreibtisch gekauert hatte, war ihr eingefallen, dass sie vergessen hatte, ihr Smartphone auf lautlos zu stellen. Nicht auszudenken, in welchen Schlamassel sie geraten wäre, hätte es geklingelt.

Sie zog das Handy aus der Hosentasche und reduzierte die Lautstärke. Das Display zeigte an, dass Alex ihr eine Sprachnachricht hinterlassen hatte. Sie hier abzuhören, war zu riskant. Das würde sie später nachholen.

Isabella sichtete den Stapel Briefe und stieß auf ein amtlich aussehendes Schreiben aus grauem Umweltschutzpapier. Absender war die Stadt Kirchheim unter Teck. Irritiert starrte sie auf den Umschlag. Kirchheim/Teck lag knappe vierzig Kilometer weg von Stuttgart, aber nur circa zwölf Kilometer entfernt von Ochsenwang.

In einer Schale aus Jade lag Lichtensteins Brieföffner. Kurz entschlossen schlitzte sie den Umschlag auf, überflog das Schriftstück und sackte auf den Drehsessel.

Der Brief enthielt einen Bußgeldbescheid mit Blitzerfoto, das Walter Lichtenstein zeigte. Auch das Nummernschild war deutlich zu erkennen. Es gehörte zu dem schwarzen Audi TT, den Isabella bis vor drei Wochen als Geschäftswagen genutzt hatte.

Was sie schockierte, war das Datum, an dem Walter unterwegs gewesen war: Dienstag letzter Woche, präziser der späte Abend dieses Dienstags. Ein Tag, bevor Sofies Leiche im Randecker Maar gefunden worden war.

Natürlich konnte es sich um einen Zufall handeln, vielleicht hatte Walter einen Sammler in der Gegend besucht. Aber die Wahrscheinlichkeit war gering. Und sie reduzierte sich fast gänzlich, wenn man die Stelle mit bedachte, an der die Geschwindigkeitsbegrenzung überschritten worden war. Das Foto war an der Ortsdurchfahrt von Nabern aufgenommen worden, einem Dorf, durch das die Strecke zwischen der Autobahnausfahrt der A 8 und Ochsenwang führte.

Plötzlich nahm Isabella Stimmen und näher kommende Schritte wahr. Mit dem Bußgeldbescheid in der Hand verschwand sie erneut unter dem Schreibtisch und schob sich weit nach hinten.

»Ich weiß wirklich nicht, wieso du denkst, ich hätte ihn dazu veranlasst, das zu behaupten.« Diese Stimme gehörte Walter.

Eigenartig, dachte Isabella und spürte ihr Herz gegen die Rippen pochen. Normalerweise war Walter wie an jedem Werktag um diese Uhrzeit im Auktionshaus. Es musste etwas Wichtiges vorgefallen sein, das ihn davon abhielt.

Nun sprach seine Begleitung.

»Du hast ihm Geld dafür gegeben«, erwiderte Alex. Seine Stimme klang aufgebracht. »Das sagt zumindest Meichsner. Und weißt du was, Vater? Ich glaube ihm.«

»Das ist doch Unsinn.«

Vor Isabella tauchten zwei Hosenbeine auf. Walter war an den Schreibtisch getreten. Sie zog den Kopf zwischen die Schultern und wich weiter zurück, bis sie hinten mit den Fersen anstieß. Zum Glück hatte sie ihre Pumps nicht wieder angezogen. Trotzdem war das Geräusch erschreckend laut.

»Hast du das gehört? Was war das?«, hörte sie Walter fragen. »Alex, kam das von dir?«

»Kann sein«, gab Alex zurück. »Bin gegen den Couchtisch gestoßen.«

»Dann mach deine Augen auf, Junge. Schon als Kind warst du derart ungeschickt, dass deine Mutter immer Pflaster in ihrer Handtasche mit sich trug.«

»Lenk nicht ab«, mahnte Alex und trat neben seinen Vater.

Isabella machte seine Wildlederschuhe und die Stoffhose im Licht der Morgensonne aus, das durch die Fensterfront hereinfiel.

»Ich soll die Fälschungen eingeschleust haben, Alex? Du warst es doch, der die Degas-Zeichnungen aufgespürt hat.«

»Darüber habe ich lange nachgedacht, Vater. Irgendjemand hat mir den Tipp gegeben, den Nachlass anzuschauen, in dem die angebliche Degas-Studie der Tänzerinnen sich befand. Leider kann ich mich nicht mehr erinnern, von wem der Tipp kam. Ich wette mein Erbe darauf, dass du dahintersteckst.«

Walter stieß ein tadelndes Geräusch aus. »Was reimst du dir da nur zusammen? Tatsache ist, du hast die Zeichnungen entdeckt und die Besitzer davon überzeugt, sie uns zu überlassen.«

»Ich kann nicht glauben, dass du das sagst. Du willst mich zum Schuldigen für den Betrug machen.« Alex klang betroffen und zugleich ungläubig.

Isabella verfolgte, wie er einen Schritt zur Seite machte.

Dann hörte sie ihn sagen: »Ist es nicht eher so, dass du die Fälschungen in Auftrag gegeben hast? Und dann hast du sie über Mittelsmänner, die du bestochen hast, ins Auktionshaus eingeschleust, um die Verkaufszahlen zu pushen. Damit das Unternehmen wirtschaftlich gut dasteht, wenn du es an mich übergibst.«

Genau das war meine Schlussfolgerung nach der Entdeckung in Walters Büro, dachte Isabella und lauschte angespannt.

»Da geht wohl mal wieder die Phantasie mit dir durch, Alex. Du enttäuschst mich, Junge. Und das ist bei Gott nicht das erste Mal, wie du weißt«, erwiderte Walter in missbilligendem Ton. »Langsam frage ich mich, ob ich mein Lebenswerk überhaupt guten Gewissens in deine Hände geben kann.«

»Etwas anderes wird dir kaum übrig bleiben, wenn deine Machenschaften auffliegen«, sagte Alex barsch. »Wenn du nicht selbst zur Polizei gehst und ein Geständnis ablegst, werde ich das für dich übernehmen.«

»Du willst die Polizei auf mich hetzen?«

Beunruhigt über den aggressiven Ton schob sich Isabella leise weiter vor, bis sie beide im Blick hatte.

»Ich lasse nicht zu, dass du mein Lebenswerk zerstörst.« Walter trat zu einem Holzregal, in dem Skulpturen aus verschiedenen Epochen aufgereiht waren, griff nach einer Goethe-Büste aus Marmor, holte aus und schlug seinem Sohn damit gegen die Schläfe.

Während Alex zu Boden ging, berührte er die Wunde an seiner Schläfe und starrte fassungslos auf das Blut an seinen Fingern.

Isabella verfolgte, wie Walter sich über ihn beugte und erneut ausholte. Ohne nachzudenken, schoss sie in die Höhe und stellte sich schützend vor den wehrlosen Alex. Der wand sich am Boden und stöhnte, die Hände gegen die heftig blutende Platzwunde gepresst. Auf dem Teppichboden breitete sich ein dunkelroter Fleck aus, dessen Anblick Isabella einen

Energieschub versetzte. Obwohl sie einen Kopf kleiner war als Walter, baute sie sich bedrohlich vor ihm auf.

Er überwand seine Irritation über ihr Auftauchen schnell und holte erneut mit der Marmorbüste aus. Diesmal zielte er nicht auf Alex, sondern visierte Isabella an.

Instinktiv hob sie die Hände und wurde kurz abgelenkt, als sie etwas Graues in ihrer Rechten sah. Der Bußgeldbescheid! Sie faltete ihn auf und streckte ihn Walter entgegen.

»Walter, hör auf«, schrie sie. »Ich weiß, dass du Sofie umgebracht hast. Hier ist der Beweis.«

Als er das Schreiben mit dem Blitzerfoto sah, ließ er die Marmorbüste sinken. »Das ist ein Foto von mir«, sagte er erstaunt. »Wo hast du das her?«

»Aus deiner Post. Der Brief ist amtlich. Vor ein paar Minuten habe ich die Polizei informiert.« Sie zog ihr Smartphone heraus und zeigte es ihm. Ein Bluff, das wusste Walter aber nicht.

Er zögerte. Seine Pupillen zuckten hin und her, während er überlegte, was er tun sollte. Dann blitzten seine Augen auf, und er riss die Marmorbüste wieder hoch.

Sofort duckte sich Isabella weg, um dem Schlag auszuweichen. Es war bereits zu spät. Die Büste schoss auf ihren Kopf zu.

»Vater, nicht!«, schrie Alex. Inzwischen war sein Gesicht blutüberströmt. Er richtete sich auf, holte mit einem Bein aus und stieß mit dem Fuß gegen Walters Knöchel.

Der Seniorchef verlor das Gleichgewicht und kippte um. Die Marmorbüste flog durch das Fenster. Scherben fielen klirrend auf die Fensterbank. Mit einem dumpfen Knall plumpste die Büste auf den Rasen.

Im Fallen prallte Walter mit der Schulter gegen eine Ecke des Schreibtischs und schrie vor Schmerz auf, ehe er zu Boden stürzte.

»Isabella, ist dir etwas passiert?« Alex wischte sich über die blutverschmierte Augenpartie. »Bist du verletzt?« Er ging in die Hocke und legte den Arm um Isabellas Schulter. »Hast du meine Nachricht nicht abgehört? Ich hatte dich gewarnt, nachdem ich von Meichsner erfahren hatte, dass er dahintersteckt.« Sein blutiger Finger wies auf Walter, der sich auf dem Teppichboden krümmte.

»Es geht mir gut«, sagte Isabella. »Danke, dass du –«

»Schon gut.« Alex verstand, was sie sagen wollte. »Wieso bist du hier? Ich dachte, du wolltest Sofies Computer durchsuchen.«

»Der ist verschwunden.« Isabella setzte sich auf. »Die Polizei hat ihn mitgenommen.«

Ihr Blick glitt zu Walter. Sein Gesicht war grau geworden, und sie sah ihm an, dass er große Schmerzen hatte. Sein linker Arm lag in einem unnatürlichen Winkel auf dem Boden, und mit der Rechten umfasste er seine Schulter.

»Im Büro deines Vaters habe ich einen Taschenkalender gefunden, in dem ich den entscheidenden Hinweis entdeckt habe.« Sie nahm ihr Handy heraus, rief die Galerie auf und zeigte Alex die Einträge, die sie fotografiert hatte. »Siehst du hier, diese Stelle?«

Alex las vor. »Zweitausend Euro, 10. April, Ballett.«

»Und da ist die zweite«, sagte sie.

»Dreitausend Euro, 8. April, Pferd.« Er holte tief Luft. »Das ist der Beweis, dass Walter es war, der die Zeichnungen fälschen hat lassen.«

»Leider wissen wir nicht, an wen diese Zahlungen gingen.«

»Das wird das LKA schnell herausfinden, wenn es sich um einen Fälscher handelt, der in der Szene bekannt ist. Aber das ist nicht mehr unser Problem.« Er sah verächtlich zu Walter. »Bist du sicher, dass er es war, der Sofie …« Seine Stimme brach.

»Dass er sie umgebracht hat? Ja. Hier ist der Beweis. Oder zumindest ein Indiz, das ihn belastet.« Isabella hob den Bußgeldbescheid hoch.

Alex nahm ihr das Schreiben aus der Hand und überflog

es. Bevor er etwas sagen konnte, ging die Zimmertür auf, und die Haushälterin trat mit besorgtem Gesicht herein.

»Ist alles in Ordnung? Ich habe ein lautes Geräusch gehört und …« Als sie Alex' blutüberströmtes Gesicht und ihren wimmernden Arbeitgeber sah, stieß sie einen Schrei aus und schlug die Hand vor den Mund.

»Frau Rosner, bitte rufen Sie einen Krankenwagen«, sagte Isabella. »Und die Polizei. Die Mordkommission auf dem Pragsattel. Richten Sie aus, Kommissar Gabriel könne den Mörder von Sofie Stolzenburg abholen.«

Mit einem Blick zu Alex vergewisserte sich die Haushälterin, ob sie Isabellas Anweisungen folgen sollte. Dann verschwand sie und polterte die Treppe hinunter.

Isabella fühlte sich so erschöpft wie noch nie in ihrem Leben. Eine Sache gab es, die sie noch tun musste.

»Alex, es tut mir leid, dass ich dich verdächtigt habe. Alle Hinweise deuteten auf dich. Ich musste davon ausgehen, dass Sofie deine Komplizin war. Dabei war sie in Wirklichkeit seine.« Sie sah zu Walter, der am Boden kauerte und sich in sein Schicksal gefügt zu haben schien.

»Sie hat dich mit ihrem Wissen erpresst, nicht wahr, Walter?«, sagte Isabella. »Deshalb hast du sie aus dem Weg geräumt und ihre Leiche ausgerechnet in meine Nachbarschaft gebracht, um den Verdacht auf mich zu lenken.«

Alex hatte sichtlich damit zu kämpfen, dass sein Vater ihn hintergangen hatte.

»Hast du große Schmerzen?«, fragte Isabella ihn.

Es dauerte eine Weile, bis Alex reagierte. »An der Schläfe? Ja. Hier drin tut es noch mehr weh.« Seine blutverschmierte Hand legte sich auf seine Brust. Dort, wo sein Herz schlug.

Schweigend warteten die drei auf das Eintreffen von Notarzt und Polizei.

Schließlich wandte sich Alex an sie. »Isabella, mir tut auch etwas leid. Der Einbrecher, der dich niedergeschlagen hat … Ich habe den Mann engagiert. Er sollte sich vergewissern, ob sich der falsche Baumeister bei dir in der Pension befindet. Aber ich schwöre, er sollte dich nur einschüchtern. Dass er gewalttätig geworden ist, bedaure ich sehr. Bitte glaube mir.«

Durch das zerbrochene Fenster drang das Heulen einer näher kommenden Sirene herein. Isabella atmete auf. Endlich war der Alptraum zu Ende, und sie konnte mit ihrem alten Leben abschließen.

»Ich glaube dir, Alex«, sagte sie. »Meine Wunden werden heilen. Irgendwann. Ein kleiner Trost oder besser eine Art Rache ist es für mich, dass alle im Auktionshaus denken, du hättest mich geschlagen.«

»Damit kann ich leben, Isabella. Denkst du ...« Er brach ab und nahm einen neuen Anlauf. »Was hältst du davon, wenn wir das Auktionshaus gemeinsam weiterführen? So wie wir es geplant hatten. Ich meine, sobald ich meine Strafe abgesessen habe. Vielleicht komme ich auch mit einer Geldstrafe davon. Du und ich, Isabella, wir wären ein perfektes Team.«

Das Martinshorn war nun so laut, dass die Sirene in Isabellas Ohren schmerzte. »Ja, wir *waren* ein perfektes Team, Alex. Aber das ist vorbei. Ich will nicht mehr nur die Frau an deiner Seite sein. Ich will mehr als das.«

Alex schluckte so heftig, dass sie es hören konnte. »Was willst du dann, Isabella?«

»Das werde ich bald herausfinden.«

Es war schon dunkel, als Isabella an diesem Abend in die Pension zurückkehrte. Noch immer lag der süße Duft des Fliederbuschs an der Hausecke in der Luft. In Karlottas Hühnerbeet gackerte es leise.

Isabella ging in die Küche und nahm die Wodkaflasche aus dem Gefrierfach. Sie schenkte sich eine Handbreit in ein Wasserglas ein und ging damit in Angies Büro. Walter würde für die Betrügereien im Auktionshaus und den heimtückischen Mord an Sofie für viele Jahre hinter Gitter wandern. Auch Alex, Johannes Rösch und die Gutachter würden ihre gerechte Strafe bekommen. Was aus den Mittelsmännern werden würde, die Walter bestochen hatte, würde sie bald erfahren.

Bis dahin war genügend Zeit, die Umzugskartons auszupacken und auszusortieren, was sie in ihrem neuen Leben nicht mehr brauchen würde. Stilettos zum Beispiel und Bleistiftröcke mit Nadelstreifen.

Nachwort

»Ausgerechnet die Schwäbische Alb« – so beginnt dieser Roman, in dem die Großstädterin Isabella viele Vorurteile gegen die Alb, ihre Bewohnerinnen und Bewohner und die Landbevölkerung im Allgemeinen pflegt. Diese anfängliche Abneigung – Sie haben es sicher gemerkt – hat allein dramaturgische Gründe und schwindet von Kapitel zu Kapitel. Aus gutem Grund, denn mit ihren grafischen Landschaften, geheimnisumwitterten Burgen und dem reichen Schatz an schützenswerten Pflanzen und Tieren ist die Alb ein Paradies mit einem ganz eigenen Charme, den zu vermitteln mir hoffentlich gelungen ist. Seit vielen Jahren gehört die Schwäbische Alb zu meinen Herzenslandschaften, daher habe ich sie nach sieben Stuttgart-Krimis zum Schauplatz meines neuen Buches gemacht.

»Die Alb, die Liebe und der Tod« ist ein Roman und reine Erfindung. Alle Schauplätze habe ich realitätsnah, aber unter dem sehr persönlichen Blickwinkel meiner Figuren geschildert. Ich bitte um Nachsicht, falls an der einen oder anderen Stelle die Phantasie über die Realität gesiegt hat. Die Pension »Wacholderblick« in Ochsenwang und das Auktionshaus Lichtenstein in Stuttgart sind erfunden. Ähnlichkeiten mit existierenden ähnlichen Häusern sind rein zufällig und nicht beabsichtigt. Dasselbe gilt für alle Figuren des Romans, auch sie sind pure Phantasie. Falls sich trotz intensiver Recherche Ungenauigkeiten bei Beschreibungen der Schwäbischen Alb, den Abläufen in einem Auktionshaus oder anderen Themen eingeschlichen haben, bitte ich um Nachsicht gegenüber der künstlerischen Freiheit. Eventuelle Fehler sind allein mein Verschulden.

Einige künstlerische Freiheiten habe ich auch bei der Schilderung der Ermittlungsarbeit walten lassen. Der Fundort des

Opfers ist Ochsenwang, daher ist genau genommen die Kriminalpolizei des Polizeipräsidiums Reutlingen zuständig. Da es sich beim Opfer um eine Stuttgarterin handelt, können nach Absprache auch Kriminalbeamte des Dezernats für Tötungsdelikte in Stuttgart die Ermittlungen unterstützen. Als Autorin habe ich die Zuständigkeit nach einer ersten Befragung am Fundort der Leiche durch die Reutlinger Kripo kurzerhand an Kommissar Gabriel übergeben, den einige von Ihnen vielleicht aus meinen Stuttgart-Krimis kennen. Unterstützt wird er von seinem Kollegen aus Reutlingen.

An der Entstehung dieses Romans waren viele Ratgeberinnen und Ratgeber aus unterschiedlichen Bereichen beteiligt. Jeder hat auf seine Weise zum Gelingen beigetragen, ob mit Hintergrundwissen, Geduld oder der Versorgung der Autorin mit aufmunternden Worten. Danke an all die kompetenten InformantInnen, FreundInnen und KollegInnen, die mich unterstützt und motiviert haben. Ohne meinen Lebensgefährten Joachim, der jeden Wanderpfad, jedes Gewässer und jeden stillen Winkel der Alb kennt und die Schauplätze mit mir erforscht hat, hätte ich dieses Buch so nicht schreiben können. Und ich wäre vermutlich verhungert, weil oft keine Zeit fürs Einkaufen und Kochen blieb.

Danke an meine Lektorin Susann Säuberlich für ihre Arbeit am Text und die vielen Stunden, die sie auch am Wochenende und in ihrem Urlaub in das Gelingen dieses Buches investiert hat.

Ein großes Dankeschön gilt dem kreativen Team des Emons Verlags für die konstruktive und inspirierende Zusammenarbeit – und für das traumhaft schöne Cover, das von Dramatik über Lokalkolorit bis Romantik alle Aspekte meines Buches perfekt transportiert.

Martina Fiess
TOD IN DEGERLOCH
Stuttgart Krimi
Broschur, 240 Seiten
ISBN 978-3-89705-707-4

»Eine vergnügliche Ferienlektüre.« Staatsanzeiger Baden-Württemberg

»Erneut ist es Martina Fiess gelungen, die Handlung so packend zu präsentieren, dass der Leser Stück für Stück ins kriminalistische Geschehen hineingezogen wird und mit ermittelt.«
Cannstatter Zeitung

Martina Fiess
TOD AM BÄRENSEE
Stuttgart Krimi
Broschur, 256 Seiten
ISBN 978-3-95451-815-9

So schnell hatte Bea Pelzer ein Wiedersehen mit Kommissar Gabriel vom Stuttgarter Dezernat für Tötungsdelikte nicht erwartet. Warum muss aber auch ausgerechnet sie über die weibliche Leiche am Bärenschlössle stolpern? Ihre Recherchen führen die schlagfertige Werberin in die Kunst- und Immobilienszene. Doch ist ihr der Mörder vielleicht näher, als sie ahnt?

Martina Fiess
TOD AUF DEM WASEN
Stuttgart Krimi
Broschur, 240 Seiten
ISBN 978-3-7408-0396-4

Ganz Stuttgart ist in Feierlaune: Das 200-jährige Jubiläum des Cannstatter Wasen steht bevor. Doch dann brennt ein Festzelt ab, und die Feuerwehr findet unter den Trümmern eine Leiche. Kommissar Gabriel nimmt die Ermittlungen auf – ebenso wie die neugierige Stadtführerin Bea Pelzer. Eigentlich soll sie Besuchergruppen über den Wasen führen, stattdessen entdeckt sie ein mörderisches Komplott und ist dem Täter bald dicht auf den Fersen.

www.emons-verlag.de